btb
Aus Freude am Lesen

btb

Buch

Im Zentrum des Romans steht eine ungewöhnliche Liebesgeschichte: In einem alten Haus des arabischen Viertels Wadi An-Nisnas in Haifa lebt die Familie der Schwestern Huda und Mary, deren Großvater als koptischer Christ aus Ägypten eingewandert war. In das obere Stockwerk des Hauses zieht Alex, ein junger jüdischer Einwanderer aus Rußland. Tagsüber geht er seinen Studien nach, nachts verdient er sein Geld als Hafenarbeiter. Seine große Leidenschaft aber ist die Trompete – und so durchzieht das klare, beinahe wehmütige Lied des Fremden, des jüdischen Außenseiters, die Straßen des Wadi. Als Huda und Alex sich verlieben, scheint es keine Zukunft für sie zu geben. Meisterhaft greift Sami Michael die Tradition mündlichen Erzählens auf und bietet dem Leser ein detailreiches, farbenprächtiges Tableau, in dem die komplexen Verhältnisse der modernen, israelischen Gesellschaft eingefangen werden.

Autor

Sami Michael wurde 1926 in Bagdad geboren. 1948 floh er in den Iran, weil er als Mitglied der verbotenen kommunistischen Partei in Lebensgefahr schwebte. Nach einem Jahr im Untergrund wanderte er 1949 nach Israel aus. Heute lebt der Schriftsteller und Übersetzer aus dem Arabischen ins Hebräische in Haifa.

Sami Michael bei btb

Eine Handvoll Nebel. Roman (72072)
Viktoria. Roman (72187)

Sami Michael

Eine Trompete im Wadi

Roman

Aus dem Hebräischen
von Inken Kraft

btb

Die Originalausgabe erschien 1992
unter dem Titel »Chatsotsra Ba'waddi«
bei Am Oved, Tel Aviv

Umwelthinweis:
Alle bedruckten Materialien dieses Taschenbuches
sind chlorfrei und umweltschonend.

btb Taschenbücher erscheinen im Goldmann Verlag,
einem Unternehmen der Verlagsgruppe Bertelsmann.

1. Auflage
Genehmigte Taschenbuchausgabe August 1998

Umschlaggestaltung: Design Team München
Umschlagmotiv: Leopold Carl Müller
Satz: IBV Satz- und Datentechnik GmbH, Berlin
MD · Herstellung: Augustin Wiesbeck
Made in Germany
ISBN 3-442-72212-8

EINS

Mit seinem geheimnisvollen ägyptischen Lächeln auf den Lippen sagte Großvater Iljas, daß für jene Menschen, die die Last eines großen Unglücks mit sich trügen, die kleinen Sorgen der irdischen Welt wie Geschenke seien. Mutter ließ sich auf einen Stuhl fallen und deutete mit dem Kinn auf die Tür. »Allah muß ein Komiker sein, wie du, wenn er solche Geschenke verteilt.« Sie verzog das Gesicht und sah aus, als erwarte sie, daß jeden Augenblick die Tür eingetreten würde und eine ganze Horde mit schmutzigen Schuhen über den glänzenden Fußboden im Wohnzimmer getrampelt käme. Das war Mutter – sie hatte geheiratet, hatte mich und Mary zur Welt gebracht, war Witwe geworden, und dennoch hatte sie etwas beinahe Jungfräuliches an sich. Vielleicht weil sie erst geheiratet hatte, als sie für arabische Verhältnisse schon eine ältere Frau war, vielleicht weil Vater es so eilig gehabt hatte, uns zu zeugen, um kurz darauf diese Welt für immer zu verlassen. Aus den wenigen Dingen, die man mir über ihn erzählt hatte, stellte ich ihn mir als stillen, beinahe schüchternen Menschen vor – er hatte sicherlich nicht das heitere, immer zu Scherzen aufgelegte Wesen seines ägyptischen Vaters besessen. Wahrscheinlich habe ich mit ihm Ähnlichkeit.

Seit vielen Jahren wohnten wir im arabischen Stadtteil Haifas, im Wadi, aber arabische Freunde hatte ich nur wenige. Ich hatte immer versucht, israelischer zu sein als die Juden selbst.

Wie ein Fischer, dessen Netz immer leer bleibt, bewegte ich mich unter den Menschen, und Jehuda Amichai stand mir dabei stets näher als jeder arabische Dichter. Mary brauchte sich gar nicht zu bemühen. Sie war in der Familie der israelische Sprößling par excellence. Zwei Jahre jünger als ich und zu allem bereit. Mit einem Lächeln auf den Lippen hätte sie jederzeit ihr eigenes Leben verwettet. Ich versuchte gar nicht erst, ihr Moral beizubringen. Ich träumte das Leben, und sie lebte es – das war es, was uns unterschied.

Die polternden Schritte auf der Treppe, die zur Dachmansarde führte, brachten unsere alte Nachbarin Dshamila, die mit ihrer Katze eine Etage unter uns lebte, immer wieder zur Verzweiflung, und auch Mutter schreckte jedesmal auf.. Ich hingegen hörte die Schritte nur im Schlaf, dann jedoch noch viel lauter und beängstigender, als sie in Wirklichkeit waren: Sie lösten bei mir wilde Träume aus. Wenn ich dann erwachte, schämte ich mich dieser Träume, verabscheute die Gestalten, die ich im Traum gesehen hatte, das Stöhnen, das ich gehört, und die Gerüche, die ich wahrgenommen hatte. Mary spitzte die Ohren und spürte auch tagsüber die Gegenwart der jungen Männer. Vielleicht waren es ja gar nicht so viele. Wahrscheinlich nicht mehr als fünf oder sechs Jugendliche aus einem Dorf in der Westbank. Aber die Treppenstufen waren bereits ziemlich morsch, und wenn man von unten Dshamilas Zetern hörte, hätte man meinen können, das Haus würde jeden Moment einstürzen. Schwere Schritte polterten jetzt wieder nach oben, und auf dem großen Tisch klirrten leise die Gläser. Mutter schimpfte erneut los, daß es sich anhörte, als fiele eine Armee über uns her. Mich jedoch berührte das alles kaum – ich war wie gelähmt von dem bohrenden Schmerz in meiner rechten Schulter, der sich bis tief in den Rücken hinunterzog. Dieser Schmerz war es, der mich gefangenhielt, und nicht die bedrohlichen Schritte auf der Treppe. Mary hingegen gab sich den Geräuschen ganz hin – wie ein Kind. In diesem Augenblick schaute sie gerade in einen kleinen Spiegel und zupfte sich die Augenbrauen, wobei sie vor sich hin trällerte.

»Vielleicht sollten wir sie mal zu uns hereinbitten und ihnen eine Erfrischung anbieten«, sagte sie und fügte dann keck auf hebräisch hinzu: »Was meint ihr?«

Mutter war wütend, obwohl sie wußte, daß Mary sie bloß aufziehen wollte. »Mach du nur deine Witze«, fuhr sie Mary an, denn sie sah, wie Großvater ihrer jüngeren Tochter zuzwinkerte.

»Arbeit ist Arbeit, und wenn dir jemand was anderes erzählt, hör nicht auf ihn«, sagte Großvater. »Als ich jung war, war mir am Ende des Tages auch nach singen und tanzen zumute.«

»So wie diese Wilden?«

»Nein. Wir haben von Sonnenaufgang bis zum Einbruch der Nacht gearbeitet. Und ich mußte kochen, während dein Mann, der damals noch ein Kind war, herumrannte und schrie und mir auf den Nerven herumtrampelte.«

»Aber dann ist bei ihm wohl das große Schweigen ausgebrochen. Dann hat er geschwiegen, bis er uns verlassen hat«, sagte Mutter bitter.

Großvater brummelte etwas, nahm einen Zug aus der Wasserpfeife und stocherte mit seinen dunklen Fingern in der Glut, verteidigte seinen Sohn aber mit keinem Wort. Aus den glucksenden Tönen, die aus dem bauchigen Gefäß drangen, meinte ich allerdings herauszuhören, daß es sich für Mutter nicht zieme, so über ihren dahingegangenen Ehemann zu sprechen. Ich fragte mich immer wieder, wie Mutter und Großvater eigentlich zueinander standen – manchmal stört der Altersunterschied ja nicht. Amichai schrieb bereits Gedichte, als ich noch gar nicht geboren war, aber wenn wir unter einem Dach gewohnt und gemeinsam die Kälte des Winters und die Einsamkeit des Frühlings erlebt hätten, wenn mich die zurückhaltende Wärme und beherrschte Bewunderung eines Mannes umgeben hätte, so wie Großvater Mutter umgab, ja, wenn... Ich wäre jedenfalls nicht im mindesten entsetzt, wenn ich jemals erführe, daß die beiden einander näher waren, als sie uns eingestanden. Nun war Großvater inzwischen schon so alt, daß niemand zu sagen vermochte, wie viele Jahre er bereits auf dieser Welt zugebracht hatte, aber er war noch immer kräftig, geschmeidig in seinen Bewegungen und voller Heiterkeit. Er war sicher einmal ein begehrenswerter Mann gewesen. Was hatte sich in den langen Jahren nach dem Tod seines Sohnes zwischen seiner Schwiegertochter und ihm abgespielt? Ich schämte mich, Fragen zu stellen, und glaubte, daß nur der, der selbst beschmutzt ist, an solche Dinge rührte. Ich war mir im klaren darüber, daß es Heuchelei war, aber war Heuchelei nicht der Schutzschild der Ängstlichen? Meine Neugierde allerdings ließ mir keine Ruhe. Ein einziges Mal nur habe ich vorsichtig versucht, mit meiner Schwester darüber zu sprechen, um zu erfahren, ob sie etwas wußte. Mary war geradezu empört – aber ich glaube, sie hat sich vor allem darüber geärgert, daß mir der Gedanke gekommen war und nicht ihr. Denn im nächsten Moment lächelte sie schon wieder und sagte: »Mutter und Großvater? Hast du schon mal gehört, daß es ein Vogel mit einem Stein treibt? Wobei ich nicht mal sagen könnte, wer von beiden der Vogel und wer der Stein ist.«

Großvater legte den roten Schlauch um die Wasserpfeife und lehnte sich auf seiner Liege zurück, die im Wohnzimmer neben dem großen Tisch stand. »Die Burschen da oben werden sich schon beruhigen. Wir können ja den Fernseher anmachen«, sagte er gelassen.

Mutter stand auf, um ihm Kaffee zu bringen, aber auf dem Weg zur Küche blieb sie plötzlich stehen und zog den Kopf zwischen die Schultern, als fürchtete sie, die Decke würde jeden Moment auf sie hinabstürzen. Über uns hatte jemand gegen einen leeren Eimer getreten. Drei Flaschen zerbarsten, und plötzlich brüllte jemand, daß die Luft erzitterte: »Verflucht sei der Allmächtige, daß er mich zwingt, deine Fratze zu sehen, du Vieh!«

Mary klopfte sich aufgeregt mit der Pinzette gegen die Zähne, als säße sie im Theater in der ersten Reihe.

»Hörst du denn nicht!« sagte Mutter mit vorwurfsvoller Stimme, an Großvater gewandt.

»Ach, die werden schon irgendwann müde.«

Die Zimmerdecke bebte. Jemand rannte mit schweren Schritten hin und her und schien auf etwas einzutreten. Eine verängstigte Stimme schrie: »Laß mich los! Laß mich los!«

»Schmeiß ihn raus«, dröhnte es aus einer anderen Ecke.

»Gestern nacht«, sagte Mutter leise und erblaßte angesichts dessen, was sie uns nun erzählen wollte, »gestern nacht habe ich das Fenster geöffnet – und beinahe wäre ich von ihrem stinkenden Urin besudelt worden. Was ist das für eine Art, einfach übers Geländer zu pinkeln?«

Aber Großvater ließ sich nicht aus der Ruhe bringen. »Was bist du auch so verrückt und öffnest das Fenster, obwohl es draußen Herbst ist und schon kalt?«

Mutter schaute auf ihre Hände. »Auf solche Geschenke kann ich verzichten«, sagte sie leise.

Großvater war kein gläubiger Mensch. Sein Gott, wenn er denn an einen glaubte, war gewiß ein Müßiggänger, der sich die Beschwerlichkeiten des Lebens vom Halse hielt und dessen ganzes Vergnügen darin bestand, sich geistvolle Witze auszudenken. »Das ist allerdings sehr vernünftig«, sagte er nun zu Mutter. »Es lohnt sich nicht immer, den Geschenken Gottes nachzulaufen.« Und dann wandte er sich an Mary, die auf einem Stuhl neben seiner Liege saß. »Manchmal bindet er seine Geschenke allerdings an eine unsichtbare Schnur. An der zieht er dann, wenn ihm danach ist, und schüttet sich vor

Lachen aus, wenn die vermeintlichen Verführer hinterherlaufen.«

»Meinst du mit dem Geschenk etwa mich?« fragte Mary kichernd.

»Wer weiß.«

Mutter gab immer noch keine Ruhe. »Ich kann ja kaum noch schlafen. Mitten in der Nacht trampeln sie die Treppe hoch und runter. Und erst das Geschrei, wenn sie Karten spielen! Von den Drogen gar nicht zu reden – und den schmutzigen Frauen, die sie mit nach oben nehmen.«

»Ach, laß doch – es lohnt sich nicht einmal, darüber zu reden«, sagte Großvater.

»Red du nur! Verstehst du denn nicht, daß Abu Nachlah das mit Absicht macht? Er vermietet das Zimmer nur deshalb an solche Leute, weil er uns das Leben schwermachen will.«

Im Grunde genoß ich diese Streitereien. Sie reichten bis weit in die Vergangenheit zurück, und ich hatte mich mehr als einmal gefragt, ob diese Wortgefechte wohl der Beweis einer tiefen Liebe seien – einer tiefen Liebe zwischen zwei Menschen, die schon lange nicht mehr göttlichen Geschenken an unsichtbaren Schnüren nachliefen.

»Und die Mädchen?« fragte Mutter.

»Was ist mit den Mädchen?« In Großvaters Stimme schwang nun leise Besorgnis mit, und er rutschte sogar ein wenig auf seiner Liege hin und her.

»Weißt du nicht mehr, wie sie sich gegen unsere Tür geworfen haben, als sie betrunken waren? Wer wird uns beschützen, wenn sie plötzlich in unserer Wohnung stehen.«

Großvater machte ein beleidigtes Gesicht und erhob sich. »Schließlich bin ich ja da!« verkündete er etwas gespreizt.

Mary war offenbar nicht gerade beeindruckt, trotz seines langen Schattens, der bis an die Schwelle zur Küche fiel. »Die pusten einmal und du fällst um, Großvater.«

»Glaubst du wirklich?« fragte er mir ernsthafter Stimme.

»Du bist viel älter, als du denkst«, antwortete sie liebevoll.

»Wieder deine Schulter?« fragte Mutter mich plötzlich.

Mir waren meine ewigen Schmerzen peinlich. »Nein, nein«, sagte ich schnell.

»Sie ist ja richtig blaß«, sagte Mary.

»Arrak«, sagte Großvater bestimmt. »Wo ist der Arrak? Ihr und eure Ärzte! Frau!« befahl er, an Mutter gewandt. »Reib sie mit Arrak ein.«

Da er immer an unser knapp bemessenes Haushaltsgeld dachte, öffnete er nur selten eine neue Flasche und wartete dann auf eine gute Ausrede, um sich ein Glas zu genehmigen. Ich allerdings konnte den Geruch von Arrak nicht ausstehen: Er begleitete mich schon seit frühester Kindheit und war in meinem Bewußtsein für immer mit den Schmerzen in meiner Schulter verschmolzen. Mutters Finger glitten mit einer flinken Bewegung unter meine Bluse, öffneten den Verschluß meines Büstenhalters und begannen dann die energische Massage, als kennten sie die Bahnen genau, auf denen sich der Schmerz, der meinen Rücken und meine Brust durchbohrte, seinen Weg suchte. Großvater klopfte leicht mit dem Fuß auf den Boden, und seine tiefe, wohltönende Stimme gab den Bewegungen von Mutters Fingern den Takt vor. »Weiter, weiter, weiter, Frau. Weiter, weiter.« Ich schloß die Augen und wiegte mich auf dem Stuhl im Rhythmus der massierenden Hände. Langsam wurden die Schmerzen erträglicher – ob nun von den kräftig knetenden Fingern, den Dämpfen des Arrak oder von Großvaters monotonem Singsang, der der einschläfernden Beschwörung eines Medizinmannes glich. Als ich die Augen wieder öffnete, blickte ich direkt in sein Gesicht, das neben Mutter und Mary aufgetaucht war. Ich kannte die Intensität, die sich hinter seinen lächelnden Augen verbarg. Als ich noch klein war, hatte er oft an meinem Bett gestanden, wenn ich krank war, und seine Lippen hatten dieselben Beschwörungen gemurmelt, die er wohl noch aus seiner Kindheit kannte, wobei er mir niemals den Wunsch erfüllte, sie einmal laut und deutlich auszusprechen.

Auch jetzt murmelte er vor sich hin. Sein Körper schob sich zwischen Mutter und Mary, bis er sie schließlich beiseite drängte und seine dunklen Hände mein Gesicht umfingen. Ich schloß die Augen. Als ich sie wieder öffnete, sah ich, daß er sehr erschöpft war und ihm sogar Schweißperlen auf der Stirn standen.

Ich faßte seine Hände und küßte sie. »Genug, Großvater.«

Er beugte sich über mich, als wolle er mein Haar küssen, wie er es früher getan hatte. Doch plötzlich richtete er sich auf, nahm die Arrakflasche, die auf dem Tisch stand, und ging zu seiner Liege. Als es an der Tür klopfte, nahm er hastig einen Schluck und versteckte die Flasche unter der Pritsche.

Dshamila trat ein. »Bist du schon wieder krank?« fuhr sie mich an, als wäre ich ein ungezogenes Kind, das seinen Eltern Kummer bereitete. Sie war eine schrullige alte Frau, die kinderlos geblieben war – und jetzt vor allem nach Kaffee süchtig war. Immer erschien sie in den unpassendsten Momenten, natürlich ohne jede Vorwarnung. Wenn wir gerade aßen, zog sie sich nicht etwa höflich wieder zurück, sondern setzte sich auf Großvaters Liege, lehnte es aber stets ab, von den ihr angebotenen Speisen zu kosten – auch daran hatten wir uns schon gewöhnt.

Jetzt trat sie neben mich und legte mir, noch bevor ich ausweichen konnte, die flache Hand auf die Stirn. Mir war aufgefallen, daß die Juden einander viel seltener berühren als die Araber, und ich hatte Großvater gegenüber bemerkt, daß mir das im Grunde viel angenehmer sei als dieses ständige Anfassen, wie es bei uns im Orient üblich ist. Er war da ganz anderer Meinung gewesen. »Sie sind wie die Europäer«, hatte er geantwortet. »Lieben aus der Ferne und töten aus der Ferne.«

»Du bist noch jung«, sagte Dshamila, als spräche sie ein

medizinisches Urteil aus. »Du mußt heiraten. Was ist denn mit ihr los – hat sie sich über etwas aufgeregt?«

»Wir haben über Abu Nachlah und seine Mieter gesprochen«, erklärte Mutter.

Dshamila stellte eine Schüssel mit noch warmem Gebäck auf den Tisch und ließ keinen Zweifel daran, daß sie auf ein Täßchen Kaffee wartete.

»Diese Söhne des Teufels!« rief sie. »Ständig muß ich meine Katze vor ihnen beschützen! Letzte Woche haben sie ihr eine Bierbüchse an den Schwanz gebunden. Die Arme ist bald verrückt geworden. Und erst gestern kroch sie halbtot in die Wohnung – wahrscheinlich haben sie ihr Haschisch ins Futter gemischt.«

Großvater zog heimlich die Flasche Arrak unter der Liege hervor. Ihm ging Dshamilas Geschwätzigkeit auf die Nerven. Mutters Gesicht hingegen leuchtete: Endlich hatte sie eine Verbündete gefunden.

»Abu Nachlah hat diese Hunde absichtlich hier einquartiert«, sagte sie. »Er versucht, uns aus der Wohnung zu graulen, damit er sie an jemanden vermieten kann, von dem er mehr Geld bekommt.«

»Mich kriegt er hier aber nicht raus.«

»Du hast gut reden«, sagte Mutter, »dein Neffe Chalim ist Rechtsanwalt. Aber wir? Uns hilft niemand. Abu Nachlah war nichts als ein elender Dieb und ist dann mit dem Staat der Juden fett geworden. Seit er angefangen hat, als Informant zu arbeiten, laufen seine Geschäfte prächtig. Ein Mensch wie er hat Gott nicht im Herzen. Wißt ihr, wieviel man ihm für diese vier Wände bezahlen würde?«

»Er ist Millionär«, sagte Mary. »Das sind doch kleine Fische für ihn.«

»Ein Dieb ist er«, beharrte Mutter. »Und er wird immer ein Dieb bleiben. Dem macht es doch Vergnügen, andere zu berauben. Wie lange wird man noch die Hand über ihn halten?

Seine Söhne verkaufen den Töchtern der Juden auf dem Karmel seit langem Drogen. Er streckt bereits die Hände nach ihrem Fleisch und Blut aus. Aber sie werden ihn nicht zum Schweigen bringen, nie!«

»Nein«, murmelte Dshamila, und ihr Gesicht strahlte, als sie bemerkte, daß ich in der Küche Wasser aufsetzte. »Nicht zuviel Zucker, meine Tochter«, rief sie mir zu.

Großvater fuhr sich mit den Fingern durch die krausen grauen Haare. »Möge uns Gott vor den kriegerischen Weibern beschützen. Frau, hast du ihm etwa schon gedroht?« wollte er von Mutter wissen.

»Für wie dumm hältst du mich denn? Seit meiner Kindheit stutze ich mir selbst die Flügel. Ich weiß, daß es mir den Hals brechen würde, mich mit einem wie Abu Nachlah anzulegen.«

Von der Küche aus sah ich, wie Großvater ihr zulächelte. Es war das Lächeln, das mich immer schon verwirrt hatte – die schlaue Mary, sie war doch Expertin in Sachen Männer!

»Bist du ganz sicher?« fragte er noch mal. »Hast du ihm nicht vielleicht doch aus Versehen so etwas zugezischt?«

Sie war wütend, daß er ihr nicht glaubte. »Kein einziges Wort ist mir über die Lippen gegangen«, sagte sie barsch.

»Er wird heute abend zu uns kommen«, sagte Großvater und lehnte den Kaffee ab, den ich ihm anbot.

»Wer? Abu Nachlah?« rief Mutter entsetzt.

»Ich habe mit Freunden im Café gesessen, als plötzlich sein Sohn Suheer an unseren Tisch kam – mit einem Lächeln auf dem Gesicht, als verteilte er Almosen an die Armen. Bis dahin hatte er noch nie ein Wort mit mir gewechselt. Ich dachte, daß er etwas von Issa Matar wolle, weil der bei Abu Nachlah manchmal als Fliesenleger arbeitet. Aber nein, er wollte mit mir sprechen und sagte, daß sein Vater heute abend zu uns in die Wohnung kommt.«

»Vater und Sohn bringen gewiß nur schlechte Nachrichten«, sagte Dshamila mit bedeutungsschwangerer Stimme und forderte mich auf, ihr noch einen Kaffee einzuschenken. »Hat er denn nicht gesagt, wann er kommt, dieser Bandit?«

»Er sagte, heute abend. Er kann jeden Augenblick hier sein.«

Großvater hatte kaum den Satz beendet, da war Dshamila bereits aufgestanden und ging, obwohl sie beinahe vor Neugier platzte, zur Tür. Sie hätte natürlich zu gern Abu Nachlahs Auftritt beobachtet – vor allem nach einer so dramatischen Ankündigung. Andrerseits wollte sie offenbar eine Begegnung mit diesem Halsabschneider von einem Vermieter vermeiden.

»Ich gehe«, sagte sie, »gute Nacht.« Ihr Blick ruhte kurz auf Mary, während sie mit den Schneidezähnen an ihrer Unterlippe nagte, als wolle sie die Worte zurückdrängen, die ihr auf der Zunge lagen. Dann verschwand sie.

Ich mußte mir nicht von Dshamila erklären lassen, worum es ging – das wußte ich nur zu gut. Großvater und Mutter hatten allerdings offensichtlich nicht die leiseste Ahnung, was ihnen bevorstand, und Mary selbst wich meinem Blick aus, als sie sich erhob und auf Zehenspitzen in unser gemeinsames Zimmer verschwand.

»Huda, geht es dir jetzt besser?« fragte Mutter. »Du hast ja überhaupt noch nichts gegessen, seit du von der Arbeit zurückgekommen bist. Es ist Zeit fürs Abendbrot.« Sie drehte sich zu Großvater um. »Aber wenn Abu Nachlah plötzlich auftaucht, wenn wir essen.«

»Er wird uns das Essen nicht vom Tisch stehlen.«

»Gift würde ich ihm reinmischen!« sagte Mutter mit haßerfüllter Stimme. »Er hat damals, nach 1948, Informationen über meine Brüder weitergegeben. Seinetwegen sind sie nach Jordanien abgeschoben worden. Seinetwegen saß ich mutterseelenallein da. Wie eine Fremde war ich in meiner eigenen Stadt. Alles war auf ihre Namen eingetragen – und alles wurde beschlagnahmt. Möge ihm Allah die Jahre nehmen, die er noch zu leben hat. Ich trage kein Essen auf, bis dieser Verbrecher nicht wieder verschwunden ist – Huda wird mir verzeihen.«

»Dann fasten wir eben«, sagte Großvater mit einem Lächeln.

Ein Klopfen unterbrach Mutters Schimpftirade. »Abu Nachlah«, flüsterte sie, und in ihrer Stimme schwangen Angst und Ekel.

Großvater stand auf und reckte die Brust, als zöge er in einen Kampf, doch als er die Tür öffnete, war er wieder ein ganz der Tradition verpflichteter arabischer Gastgeber. Beinahe stürmisch begrüßte er Abu Nachlah, als hätte er den ganzen Tag auf ihn gewartet.

»Willkommen! Herzlich willkommen!« rief er. »Wie geht es? Ich hoffe gut, so Gott will.«

Obwohl zwei Stühle frei waren, bedeutete Großvater mir, von meinem Stuhl aufzustehen und mich auf einen anderen zu setzen, um dem Gast noch deutlicher unsere Ehrerbietung zu erweisen.

Auch Mutter setzte ein fast unterwürfiges Lächeln auf, was mich viel mehr ärgerte als Großvaters geheuchelte Freundlichkeit. Schließlich hatte Abu Nachlah Großvater nie persönlich gekränkt, im Gegenteil, er verhielt sich ihm gegenüber immer äußerst respektvoll. Im Wadi munkelte man, daß Großvaters große grüne Augen auch für einen Ägypter ganz und gar nicht typisch seien... Damals, als er aus Ägypten geflohen war und allein, nur mit meinem Vater auf dem Arm, die Wüste zu Fuß durchquert hatte, war er von den umherziehenden Räuberbanden verschont worden – er mußte also unter dem Schutz von Mächten stehen, die nicht von dieser Welt waren. Die Einsamkeit, die er sich viele Jahre lang selbst auferlegt hatte, bis schließlich mein Vater heiratete, verstärkte nur diesen Eindruck. Großvater selbst äußerte sich nie dazu: Es schadete ja nicht, daß er gefürchtet wurde und sich die Menschen vor ihm in acht nahmen – und Abu Nachlah war ein Experte in Sachen Achtsamkeit. Mutters Verhalten allerdings erboste mich. Sie hatte die Wahrheit gesprochen: Es war tatsächlich Abu Nachlah gewesen, der ihre Brüder verraten hatte. In den Wirren vor der Gründung des Staates Israel waren ihre Brüder nach Jordanien geflohen, und Mutter, die sich gerade in Jerusalem aufhielt, wurde von ihnen getrennt. Nach dem Krieg versuchten die Brüder dann, wieder über die Grenze zu gelangen. Abu Nachlah, der damals Flüchtlinge durch vermintes Gebiet und an Armeestellungen vorbei über die Grenze schmuggelte und nach Haifa brachte, stahl ihnen unterwegs angeblich ihr gesamtes Geld. Es war auch Abu Nachlah, der irgendeinen kleinen Spitzel informierte und die Flüchtlinge somit den israelischen Behörden ans Messer lieferte. Sie verloren ihren ganzen Besitz und wurden abgeschoben – jedes Detail dieser Geschichte hatte sich mir für immer ins Gedächtnis eingebrannt. Mutters Sehnsucht nach ihren Brüdern, ihre Verbitterung darüber, damals über Nacht völlig mittellos und allein dazustehen, die schreckliche Erfahrung der Einsamkeit, die Erniedrigung, anderen dienen zu müssen, um sich am Leben zu erhalten, all das nährte ihren Haß auf Abu Nachlah – und jetzt schenkte sie diesem Mann tatsächlich ein Lächeln!

Ich betrachtete unseren Gast. Sein Äußeres hatte etwas Beeindruckendes. Er trug einen roten Fes mit wippender schwarzer Quaste. Sein eleganter Anzug betönte seinen kräftigen, geschmeidigen Körper. An seinen Fingern prangten zwei schwere Goldringe, und eine diamantenbesetzte Nadel schmückte seine perfekt sitzende Krawatte. Nein, äußerlich hatte Abu Nachlah nichts Ordinäres an sich.

Er setzte sich auf die vordere Kante des Stuhls, wobei er vornehm mit beiden Händen seine Hosenbeine etwas hochzog, damit sie auch ja keine Falten warfen. Danach schaute er zufrieden um sich und lächelte aufmunternd – wie ein Herrscher, der seinen Sklaven zu verstehen gibt, daß man ihn nun bedienen könne. Als Mutter aufstand und in die Küche ging, um Kaffee zu machen, wandte er sich an Großvater: »Und wo ist Mary? Du hast zwar das Licht eingeschaltet, aber kein Licht läßt sich mit der strahlenden Schönheit deiner Enkelin vergleichen.«

Ich sah, wie Großvater zusammenzuckte – es gehörte sich nicht, daß ein fremder Mann eine junge Frau ohne Grund so überschwenglich pries. Abu Nachlah war alles andere als ein leichtfertiger Mensch und wußte sehr wohl um die Anstößigkeit seiner Worte. Sein Lächeln war verschwunden. Sein Blick traf Großvaters funkelnde grüne Augen, und in diesem Blick lag Ehrerbietung. Offenbar wollte er Großvater zu verstehen geben, daß sich hinter diesem vermeintlich ehrverletzenden Kompliment eine ernste Absicht verbarg. Aber Großvater war anzusehen, daß er letzteres viel mehr fürchtete als irgendeine Beleidigung. Abu Nachlah war ein wohlhabender Mann, er betrieb von Haifa bis nach Nazareth und Akko seine Geschäfte. Er besaß Wohnhäuser, Läden, Büros, aber man wußte, daß er vor allem mit Drogenhandel, Prostitution und Schmuggel sein Geld machte, wobei er natürlich immer darauf bedacht war, das alles unter dem Deckmantel der Ehrbarkeit und Seriosität zu verbergen. Vielleicht bemühte er sich ja tatsächlich, auf die Seite des Gesetzes überzuwechseln, aber sein ältester Sohn und Erbe, Suheer, hatte sich längst tief in die alten schmutzigen Geschäfte verstrickt. Trotz seiner vierzig Jahre war Suheer noch Junggeselle, gutaussehend, dreist und zügellos. Es war ein offenes Geheimnis – eines, das nur Mutter und Großvater verborgen geblieben war –, daß er bis über beide Ohren in Mary verliebt war. Und ich wußte, daß er alle Geschütze aufgefahren hatte, um sie zu erobern.

Großvater war barfuß, halb verhungert und von seinen Verfolgern gehetzt, in dieses Land gekommen, hier hatte er Nahrung und ein Dach über dem Kopf gefunden. Er hatte seinen Sohn und war zufrieden, ein bescheidenes Leben zu führen.

In der Tiefe seines Herzens bedauerte er nicht, daß Mutter damals ihren gesamten Besitz verloren hatte, denn er war immer darauf bedacht gewesen, nicht aufzufallen – vor allem nicht durch Reichtum. Das hatte nichts mit christlicher Demut zu tun, sondern mit einer tief verwurzelten Angst, die in seiner geheimnisumwitterten Vergangenheit begründet lag. Und auch heute war Großvater alles andere als darauf erpicht, sich mit einem Mann wie Abu Nachlah zu verschwägern – trotz der Armut, die er in seinem Leben hatte erfahren müssen. Er war zwar Christ und Abu Nachlah ein Muslim, aber nicht das war es, was einer Verbindung beider Familien durch eine Heirat in Großvaters Augen entgegenstand.

Jetzt suchten beide Männer erst mal eine Rückzugsmöglichkeit. Abu Nachlah hatte erkannt, daß er bereits viel zuviel gesagt hatte, und Großvater bedauerte, daß er seine Erregtheit nicht hatte verbergen können – nun tat er einfach so, als wäre bisher noch kein Wort gefallen. Sie waren beide wahre Meister der Verstellungskunst: Abu Nachlah auf seine etwas steife, pompöse Art, Großvater mit einer gewissen vornehmen ägyptischen Nonchalance. Und da Mutter noch immer in der Küche beschäftigt war, ließ sich Großvater nun auf seiner Liege nieder, klopfte sich auf die Schenkel und zwinkerte Abu Nachlah verschmitzt zu. »Vor dem Kaffee sollten wir ein Schlückchen von diesem ausgezeichneten Sachlawi zu uns nehmen«, sagte er und zog die Arrakflasche unter der Pritsche hervor.

»Mein Magen macht mir zu schaffen«, meinte Abu Nachlah, »aber wer kann schon der Versuchung durch einen Sachlawi widerstehen.«

Und aus dem »Schlückchen« wurden fünf Gläschen für jeden, bevor Mutter schließlich den Kaffee und Dshamilas Gebäck ins Zimmer trug.

»Wirf schon die amerikanische Zigarette weg«, rief Großvater, »ich dreh dir eine von meinem Tabak.«

Abu Nachlah schob seinen Fes so weit nach vorn, daß er ihm beinahe auf den Augenbrauen saß, was ihm ein etwas verwegenes Aussehen gab. Sogar Mutter senkte den Blick, als versuche sie, seinem Charme zu widerstehen, und er schenkte ihr ein bezauberndes Lächeln, als er die Kaffeetasse nahm.

»Umm Huda, ich bin gekommen, euch etwas mitzuteilen. Ich werde diesen Abschaum dort oben in der Mansarde hinauswerfen. Dieser Dreck soll doch wieder in das Loch verschwinden, aus dem er gekommen ist. Was sagst du dazu, Umm Huda?«

»Da gibt's nichts zu sagen, als dir zu danken. Mögest du immer gesund und stark sein.«

»Und was sagst du, Huda?« fragte er und drehte sich zu mir um. »Es ist gut, wenn eine junge Frau versteht zu schweigen, aber ganz stumm sollte sie nicht sein.«

»Wir sind dir sehr dankbar«, antwortete ich kühl.

»Das werden wir dir nie vergessen, Abu Nachlah«, sagte Großvater übertrieben freundlich. Er hatte durchschaut, welche Strategie sein Gast nun verfolgte.

Abu Nachlahs Blick wurde hart, und das gönnerhafte Lächeln verschwand aus seinem Gesicht. »Das bedeutet für mich natürlich einen großen finanziellen Verlust, und das alles nur, damit ihr euch hier wohl fühlt.«

»Allah wird's dir vergelten«, sagte Großvater.

»Laß Allah aus dem Spiel«, sagte Abu Nachlah. »Wenn sich die Geschöpfe allein darauf verlassen, daß Allah ihre guten Taten vergelten wird, dann müssen sie bald barfuß gehen.«

Ich wußte nur eines – dies war offenbar nur das Vorspiel zu schwierigen Verhandlungen. Wollte er nun auch uns aus der Wohnung vertreiben, oder wollte er uns das Dachzimmer zu einem gepfefferten Preis vermieten? Schon ging meine Phantasie mit mir durch – ich würde hinaufziehen auf das weitläufige Dach, dorthin, wo man den Lärm der Straße nicht mehr hörte. Ich könnte am Fenster sitzen und aufs Meer schauen.

»Wieviel willst du für das Zimmer haben?« fragte ich schnell.

Abu Nachlahs Finger hörten auf, mit der Gebetskette zu spielen. »Wie bitte?«

»Das Zimmer oben, wieviel müßte ich dafür bezahlen?«

Abu Nachlah sah zu Großvater hinüber und deutete mit dem Daumen hinter sich in meine Richtung. »Was ist denn mit ihr los? Sie sucht ein Zimmer? Einen Mann sollte sie sich suchen.«

Großvater schienen beim Feilschen die Karten etwas durcheinandergeraten zu sein. »Ach, sie träumt nur. Laß sie.«

»Vielleicht habt ihr mich ja all die Jahre angelogen. Ihr wohnt hier fast umsonst und werdet von den Gerichten der Juden verteidigt. Wer weiß, vielleicht seid ihr ja reich, während ihr mir die Ohren volljammert, ihr hättet keinen Schekel.«

»Wir haben niemals gejammert«, fiel Mutter ihm ins Wort. »Wir zahlen dir, was das Gesetz festlegt.«

»Das Gesetz! Der Elendigste wird aufgerichtet, der Löwe zertreten – so ist dein Gesetz! Allah, diese Gesetze sind nicht besser als der böse Blick. Tfu! Tfu!« Wütend spuckte er aus und sprang auf. Voll Abscheu blickte er sich im Zimmer um. Doch sogleich besann er sich wieder, ließ sich auf seinen Stuhl sinken und tupfte sich mit einem weißen Taschentuch die Stirn ab.

»Möge uns Allah vor dem Teufel, dem verfluchten, schützen«, murmelte er und wandte sich erneut an Großvater. »Ich bin nur wegen Suheer so außer mir. Er hatte schon wieder einen Unfall. Das Auto ist ein Wrack, und er selbst ist nur durch ein Wunder am Leben geblieben. Ich frage mich, wann er endlich zur Ruhe kommt, eine Familie gründet und mir einen Enkel schenkt. Ihr denkt, daß Geld alle Probleme löst. Es gab eine Zeit, als ich genauso dachte, Umm Huda, sieh, deine Brüder, all die Jahre hast du mich beschuldigt, ich hätte sie verraten...«

Mutter rutschte unbehaglich auf ihrem Stuhl hin und her. »Wer dir das erzählt hat...«

»Das mußte mir niemand erzählen, Umm Huda. Ich habe sie verraten, ja, ich gebe es zu. Die Zeiten damals kannten weder Mutter noch Vater. Die Spione der Juden waren doch nicht dumm. Hin und wieder mußte ich ihnen einen Knochen zuwerfen.«

Und aus irgendeinem Grund warf er ihnen damals ausgerechnet jene Knochen vor, von denen er selbst vorher alles Fleisch und Fett abgenagt hatte, dachte ich im stillen. Mutter schluchzte leise – wie immer, wenn von ihren Brüdern die Rede war.

»Allahs Wege sind unergründlich – vielleicht bin ich es ja nicht gewesen, sondern sein Engel, sein Gesandter«, sagte Abu Nachlah mit schmeichelnder Stimme.

»Der Gesandte Allahs?« Großvaters Augen lachten – sein ägyptischer Humor hatte wieder die Oberhand gewonnen.

»Ja, kann schon sein. Schaut doch hin, wie weit es ihre Brüder in Jordanien gebracht haben – einer ist beim Fernsehen, der andere ein hoher Beamter im Außenministerium und der dritte – was macht der dritte, Umm Huda?«

»Er ist Dozent an der Universität«, sagte Mutter stolz.

»An der Universität! Und was wäre bei den Juden in Israel aus ihnen geworden? Was ist aus mir geworden? Kummer zerfrißt mir das Herz: Mein Sohn ist nicht bei Sinnen, läuft von einer Hure zur nächsten oder fährt Autos zu Schrott.«

»Er wird schon noch zur Besinnung kommen«, sagte Großvater, um ihn etwas zu beruhigen. »Vielleicht kommen wir hier jetzt aber zur Sache?«

»Ihr schuldet mir Geld«, sagte Abu Nachlah.

»Wofür?«

»Dafür, daß ich diese Bastarde über euch rauswerfe und einen Burschen einziehen lasse, für den jeder ein Vermögen zahlen würde, allein um ihn zum Nachbarn zu bekommen.«

»Was, das Zimmer ist schon wieder vermietet?« fragte ich enttäuscht.

»Was dachtest du denn? Daß ich dort einen Taubenschlag einrichte? Geld ist Geld, meine Tochter.« Dann richtete er seinen Blick wieder auf Großvater. »Er zahlt nur die Hälfte der Miete, die ich von diesem Pack genommen habe, das euch das Leben schwergemacht hat, und dafür seid ihr mir etwas schuldig.«

Großvater besaß die Schläue eines Mannes vom Lande, aber der gerissene, mit allen Wassern gewaschene Abu Nachlah war ihm einfach überlegen. Jetzt schaute er drein wie ein Bauer, der auf seinem Esel einem Flugzeug nachstarrt. »Deshalb bist du gewiß nicht zu uns gekommen, Abu Nachlah. Es gibt wichtigere Dinge als Geld, selbst bei armen Leuten. Schweigen ist manchmal Gold wert, Abu Nachlah, und ich danke dir dafür.«

Der Gast erhob sich zu meiner Überraschung auch sogleich, und kaum war er gegangen, als Mutter schon das Gesicht verzog.

»Was mußtest du dich bei ihm bedanken?« fragte sie vorwurfsvoll.

»Frau, er kam, um für Suheer um Marys Hand anzuhalten, und Allah hat ihm die Lippen verschlossen.«

»Mary? Die Frau von diesem Verbrecher und Sohn eines Verbrechers?«

»Er hat geschwiegen, Frau, und es ist besser für uns, wenn wir von ihm lernen. Und jetzt werden wir erst mal etwas essen – willst du, daß Huda vor Hunger stirbt?«

In der Nacht hörte ich Mary in der Dunkelheit unseres gemeinsamen Zimmers schwer atmen. Ich war müde, spürte aber, daß ich so bald nicht in den erlösenden Schlaf finden würde, und als Mary sich auf ihrem Bett herumwarf, hielt ich es nicht mehr aus.

»Mary«, flüsterte ich, »Mary, Abu Nachlah hat sich doch

bestimmt nicht von ungefähr mit seinen Andeutungen so weit vorgewagt.«

»Huda, steck deine Nase nicht in fremde Angelegenheiten. Kümmere dich um deinen eigenen Kram«, sagte sie nur und drehte mir den Rücken zu.

Was blieb mir anderes übrig? Ich wiegte meinen Körper in einer Art dumpfer Betäubung, während meine Gedanken, meine Sinne mir noch hellwach und scharf wie Messer schienen.

ZWEI

Ich ging in die Unterstadt, nach vorn gebeugt, als müßte ich mich vor einem starken Wind schützen. In den verwinkelten, steilen Gassen setzte ich vorsichtig einen Fuß vor den anderen und hörte schon von weitem das Getöse der Menschenmenge auf der Straße der Unabhängigkeit. Hinter mir lag das Wadi, in dem vor allem Araber lebten, vor mir die vorwiegend jüdischen Straßenzüge. Die Händler des orientalischen Marktes, auf dem Obst und Gemüse verkauft wurden, priesen ihre Waren auf hebräisch an, fluchten auf arabisch, wogen mit wieselflinken Bewegungen saftige Äpfel und ließen zugleich ihren Blick prüfend über die vorübergehenden Frauen gleiten. Die meisten Käufer arbeiteten in den umliegenden Büros, und die Händler griffen mit begehrlichen Fingern nach ihrem Geld. Mit scharfer Zunge beschimpften sie die jungen Mädchen, die sich herausgeputzt hatten – die ließen sich von ihren Rufen allerdings nicht beeindrucken und zahlten es ihnen manchmal sogar mit gleicher Münze zurück. Sobald sich aber eine Kundin von ehrfurchtgebietendem Äußeren näherte, wurden ihnen die Zungen schwer, und sie schienen nach Worten aus einer anderen Welt zu suchen.

Manchmal kürzte ich meinen Weg zur Arbeit ab, indem ich den Markt überquerte. Ich liebte die leuchtenden Farben der aufgehäuften Früchte, das lärmerfüllte, pulsierende Leben nach den bedrückenden Nächten. Ein Na'na'-Verkäufer, der selbst im Hochsommer einen abgetragenen, langen Wintermantel trug, bahnte sich täglich seinen Weg durch die überquellenden Verkaufsstände. Er war älter als Großvater Iljas und sprach ein marokkanisch gefärbtes Arabisch sowie das Hebräisch der Bibel. Die Na'na'-Blätter bewahrte er in einem feuchten Beutel auf, aber mir kam es immer so vor, als stiege ihr Duft von dem alten Mann selbst auf, nicht aus dem Beutel. Zweimal wöchentlich kaufte ich bei ihm mehrere Stengel, um unseren Tee damit zu verfeinern. Mit einem kühlen Lächeln erwiderte er meinen Gruß und wühlte dann tief unten in seinem Beutel, um für mich die angeblich frischesten Stengel herauszuziehen. Das alles übte seinen Zauber auf mich aus, wenn ich jedoch müde war, nahm ich lieber den langen Weg und umging den Markt.

An jenem Morgen war ich allerdings wie benebelt vor Erschöpfung, denn anders war es wohl nicht zu erklären, daß ich den Markt betrat – die Zurufe, das Gelächter, die Blicke gingen sofort wie ein Steinhagel auf mich nieder. Ich hörte ein Gemisch von Arabisch und Hebräisch auf mich herabprasseln, Beschimpfungen und Anzüglichkeiten, derbe Witze und dreiste Komplimente – und keiner von ihnen, nicht einmal die Araber selbst, kam auf den Gedanken, ich könnte Araberin sein. Es war, als liefe ich einen gefährlich glatten Weg entlang und Abu Nachlahs Burschen folgten mir auf den Fersen, so nah, daß ich ihren Atem spüren konnte. Ich rannte und sah, wie der marokkanische Na'na'-Verkäufer auf mich zukam und mir mehrere Stengel wie einen Blumenstrauß entgegenstreckte. Ich wollte ihm zurufen, daß es nicht sein Kraut sei, das ich wollte, sondern den an seiner Schulter hängenden Beutel, um mir die trockenen Lippen damit anzufeuchten. Er lächelte mich mit seinen vier stummeligen Zähnen an, und ich war entsetzt über seine lüsterne Fratze. Aber ich nahm mich zusammen, schaute noch einmal in sein Gesicht und sah, daß in Wirklichkeit nichts Finsteres in seinem Lächeln lag – auch die anderen Händler beachteten mich offenbar gar nicht. Völlig grundlos rannte ich – oder bildete ich mir nur ein, daß ich rannte? Der Marokkaner winkte mit der Hand, als wolle er meinen umherirrenden Blick auf sich ziehen. Ich hatte nicht einmal die Kraft, mich zu bücken und die Stengel aufzuheben; die Hände zitterten mir so sehr, daß ich lieber nicht versuchte, meine Handtasche zu öffnen. Bloß weg aus diesem Gedränge, bevor ich mich zwischen Zigarettenkippen und verfaulenden Kohlblättern wiederfand. Ich kniff die Augen zusammen und öffnete sie wieder, aber das Schwindelgefühl blieb. Den Henkel meiner Tasche hielt ich so fest umklammert, daß sich mir die Fingernägel in die Handfläche bohrten – der Schmerz war wie ein Schwall kaltes Wasser, und so schaffte ich es schließlich, die Straße der Unabhängigkeit zu erreichen.

Ich betrat das Reisebüro und sah Adinas und Shirleys erwartungsvolles Lächeln. Boaz, der Geschäftsführer, war für den Tag nach Tel Aviv gefahren, und sein Büro stand leer.

Ich ging zu meinem Schreibtisch, und mein Blick fiel auf ein in Geschenkpapier eingeschlagenes kleines Päckchen, das mit einem farbigen Band verschnürt war. Es war eine Gedichtsammlung von Jehuda Amichai mit einer Widmung von Adina und Shirley sowie Glückwünschen zum Geburtstag. Auf einen Zettel, der im Buch lag, hatte Shirley drei Zeilen geschrieben:

> Einen Menschen zu vergessen,
> ist wie das Löschen des Lichtes im Hof zu vergessen,
> so daß es auch am Tage weiterbrennt.

Ich schaute zu Shirley hinüber. Wußte sie von Bahidsh? Das konnte nicht sein. Wie armselig wirkt doch eine Lampe, die in einem sonnendurchfluteten Hof brennt. So sah ich Bahidsh in meiner Erinnerung. Oder war ich vielleicht selbst diese Lampe?

»Geh in Boaz' Büro«, sagte Adina leise, »dort kannst du dich auf dem Sofa ausruhen. Wenn hier viel Betrieb ist, rufe ich dich.«

Das konnte ich natürlich nicht annehmen, auch wenn ich in der klammen Kälte der Klimaanlage zitterte. Und plötzlich kam mir eine seltsame Episode mit Bahidsh wieder in den Sinn. »Möchtest du mal richtig tosendes Hochwasser sehen?« hatte er einmal gefragt, nachdem er das Auto in der Nähe einer Brücke angehalten hatte.

»Bei dieser Kälte?« fragte ich überrascht.

Er war nicht gerade ein spontaner Mensch, aber manchmal hatte er plötzlich Lust, den großen Abenteurer zu spielen. Meist war er schon zufrieden, wenn ich mich über seine verrückten Einfälle aufregte – an jenem Wintertag wollte ich ihn allerdings einmal hereinlegen.

Bahidsh haßte Kälte; sobald sich der Winter mit den ersten kalten Tagen ankündigte, zog er sich schon seine langen Unterhosen und ein, wenn nicht gleich zwei Wollhemden an. Ich war ausgestiegen und ging am nassen Geländer der windumtosten Brücke entlang. Der Anblick des aufgewühlten, braun schimmernden Kischon hatte mich in seinen Bann gezogen. Der Regen durchnäßte mich und floß mir in Strömen über das Gesicht. Bahidsh versuchte, noch im Auto sitzend, den Regenschirm aufzuspannen, und stieg schließlich fluchend aus, wobei er der Tür einen kräftigen Tritt gab. In dem starken Wind stülpte der Schirm sich sofort um, und die Speichen bogen sich jämmerlich, bis er aussah wie ein erschlagener Vogel. Die Windböen wehten einzelne Wortfetzen zu mir herüber: »Verrücktes Weib! Was stehst du da herum? Schau doch, wie du aussiehst...« Sich selbst sah er natürlich nicht.

Mitten im tosenden Fluß stak der Metallpfosten eines hohen Zaunes, an dem das Wasser links und rechts vorbeischoß, wobei es Äste, alte Bretter, sogar Tierkadaver mit sich riß. Ein Ast verhakte sich an dem Pfosten und zitterte im Strom, als fürchte er, zum Meer hinuntergetragen zu werden. Ein Baumstamm trieb auf den Pfosten zu, prallte dagegen, und die Umklammerung des Astes lockerte sich. Einen Moment später gab er schließlich auf und überließ sich seinem Schicksal...

Ich schaute zu Adina und der Zigarette, die zwischen ihren Fingern glühte. An diesem Morgen hatte auch ich das Gefühl, ich klammerte mich an einen rettenden Halm, aber anders als der Ast hätte ich nichts lieber getan, als mich dem Strudel zu ergeben und in das Meer hinabgespült zu werden. Solange ich mich nicht lösen konnte, trieb das Leben einfach an mir vorüber – selbst das Geschenk der beiden hatte ich gleichgültig hingenommen. Und Adina machte sich schon wieder Sorgen um mich, wollte sogar, daß ich mich in Boaz' Büro ausruhte. Einundvierzig Jahre alt war sie und noch immer eine schöne Frau, aber wenn sie an ihrer Zigarette zog, sah man ihrem Gesicht plötzlich die Mühsal des Lebens an. Das Telefon auf ihrem Tisch klingelte, und sie antwortete mit ihrer wohlklingenden Stimme. »Ja, natürlich. Das ist ohne weiteres möglich... Wir können ja gern die Umbuchung vornehmen. Wer will schon so spätabends in Paris ankommen... Sie möchten zu El Al wechseln. Das ist eine vernünftige Entscheidung.«

Eine vernünftige Entscheidung... Und sie selbst? Hatte sie sich schon entschieden? Ihr Sohn hatte seinen Vater nie gekannt – er war noch vor seiner Geburt gefallen. Und jetzt wollte der Sohn Fallschirmspringer werden wie der Vater, und zwar in derselben Einheit, wozu er jedoch ihre Zustimmung benötigte. Er müsse schließlich sein eigenes Leben leben, hatte sie mir am Tag zuvor erklärt, und sich nicht von ihrem Schicksal blenden lassen. Aus der Haut fahren konnte man bei ihr. Noch immer ging sie regelmäßig zum Grab ihres Mannes, und an besonders schlimmen Tagen setzte sie eine dunkle Sonnenbrille auf und schluckte tapfer ihre Tränen.

Sie verfiel regelrecht in Panik, wenn Boaz, der Geschäftsführer des Reisebüros, für einige Wochen zur Reserve mußte. Und sie hatte nur diesen einen Sohn.

Um zehn Uhr glich das Reisebüro einem summenden Bienenstock. Selbst im Herbst waren die Israelis ganz verrückt danach, ins Ausland zu fahren. Die meisten hatten nicht einmal eine Vorstellung, wohin die Reise gehen sollte ... andere, meist junge Leute, die gerade den Wehrdienst hinter sich hatten, wollten eine Weltreise für den Preis einer Fahrt nach Eilath machen. Während meiner ersten Monate hier hatte ich nur arabische Kunden betreut, also diejenigen, die am wenigsten Mühe bereiteten. Wenn ein israelischer Araber ein Geschäft oder eine Behörde betritt, dann hat er geradezu das Gefühl, in den Palast eines Herrschers einzudringen, und verhält sich dementsprechend unterwürfig, ja, beinahe ängstlich. Allmählich begann Adina mir dann auch jüdische Kunden zuzuweisen, aber sie hatte ein sicheres Auge für schwierige Zeitgenossen, und an Tagen, an denen es mir nicht gut ging, kümmerte sie sich selbst mit schier endloser Geduld um die komplizierten Fälle.

Um drei Uhr nachmittags rief Boaz aus Tel Aviv an, und Adina sagte ihm, daß alles in bester Ordnung sei. Um fünf Uhr schloß sie die Agentur ab und sagte zu mir: »Komm, ich fahr dich nach Hause.«

Der Schatten eines hohen Bürogebäudes lag über den Autos, als wir den Parkplatz erreichten. Sie ließ den Motor an, und ihre Stimme wurde vom Lärm beinahe verschluckt. »Er wird nächste Woche eingezogen«, sagte sie plötzlich.

Ich schwieg. Was konnte eine Araberin einer jüdischen Mutter schon sagen? In der Jaffo-Straße gerieten wir in einen Stau. Adina zündete sich aus Versehen die Zigarette verkehrt herum an, und sofort breitete sich der stechende Geruch des angebrannten Filters im Auto aus.

Als ich eine halbe Stunde später in die Wohnung kam, stand

Mutter auf und ging, den Blick auf den Fernseher gerichtet, rückwärts in Richtung Küche. »Ich bringe dir gleich etwas zu trinken«, sagte sie und zog beim Anblick einer Löwin, die irgendwo in der afrikanischen Steppe eine Hirschkuh riß, die Augenbrauen hoch.

»Später«, erwiderte ich.

»Ich mache dir gleich etwas«, sagte sie noch mal und verfolgte gespannt einen Vogelschwarm, der wie eine Rauchwolke in den Himmel emporstieg; beim Anblick eines Krokodils zuckte sie zusammen, bevor sie schließlich den Blick zu mit wandte. »Fühlst du dich immer noch nicht besser?«

»Sie ist doch keine Kranke«, fuhr Mary gereizt dazwischen.

Offensichtlich war sie schlechtgelaunt. Wieder ein Tag, an dem sie vergeblich nach Arbeit gesucht hat, dachte ich im stillen. Zur Zeit war wenig zu machen – ganze Armeen junger Mädchen kämmten die Stellenangebote in den Zeitungen durch, und Marys Tagesablauf war nicht gerade hilfreich – sie ging spät ins Bett, wachte frühestens um zehn Uhr auf und kam erst gegen Mittag richtig in Gang. Sie war intelligent, sogar gebildet – wenn sie auch nicht zur Universität gegangen war –, aber bei den Bewerbungsgesprächen fielen vor allem ihre rotgeschminkten Lippen und Ohrringe auf, deren lange Gehänge ihr über die zarten Wangen strichen. Es wurde viel gelächelt, einige Männer fragten sie direkt, ob sie sich mit ihnen außerhalb des Büros »auf eine Tasse Kaffee« treffen würde, fuhren sie sogar in ihren Autos nach Hause ins Wadi, aber eine Anstellung war dabei noch nicht herausgekommen.

Meist nahm sie sich diese Enttäuschung nicht allzusehr zu Herzen und freute sich jeden Abend auf den neuen Tag, der sicherlich Besseres mit sich bringen würde … aber heute stimmte etwas nicht. Ihr langer, stolz gereckter Hals schien irgendwie kürzer, ihr Rücken gebeugt. Ich kannte das Kleid, das sie trug. Zwei kleine Stoffblumen waren über den Brüsten aufgenäht – eine von ihnen fehlte heute. Sie schien abgerissen zu sein: jedenfalls baumelten an ihrer Stelle zwei traurige weiße Fäden. Unter dem kurzen Ärmel entdeckte ich an ihrem linken Oberarm einen blauen Fleck. Der Name Suheer kam mir in den Sinn, aber weiter mochte ich nicht denken. Ich legte die Tasche auf den Tisch und setzte mich. Blitzschnell ließ Mary eine Hand in die Tasche gleiten, und plötzlich fing sie an zu lachen. »Tante, was für ein Geschenk hast du uns denn heute mitgebracht? Was ist es? Schokolade etwa?« bettelte sie im Tonfall eines kleinen Kindes.

»Ein Buch«, sagte ich.

Mary nahm den Band von Jehuda Amichai aus dem Geschenkpapier und rief: »Mutter, Huda hat doch heute Geburtstag! Ihre Freundinnen aus dem Reisebüro haben ihr etwas geschenkt!«

»Sie ist doch nicht mehr im Kindergarten«, sagte Mutter mißfällig, beugte aber den Kopf über das aufgeklappte Buch, als Mary ihr die Widmung zeigte. Hebräisch konnte sie nicht lesen, nur ein wenig Arabisch – erst zwei Klassen auf der Mittelschule hatte sie abgeschlossen, als sie heiratete, und war noch heute beinahe Analphabetin.

»Nett sind sie, deine Freundinnen«, sagte Mary mit spöttischem Unterton, als hätten Adina und Shirley mir mit ihrem Geschenk die Zahl meiner Jahre, die sich wie eine untilgbare Schuld angesammelt hatten, öffentlich bekannt machen wollen.

»Vielleicht veranstalten wir Huda zu Ehren ein Fest.« schlug Mary halb im Scherz vor.

»Du und deine verrückten Einfälle.« Mutter schüttelte noch immer den Kopf, als Dshamila völlig außer Atem hereinstürzte. »Abu Nachlah hat das Zimmer unterm Dach schon wieder vermietet«, verkündete sie, und es war ihr anzusehen, daß nur ein Kaffee sie wieder beruhigen konnte.

»Woher weißt du das?« fragte Mutter neugierig.

»Ich habe ihn gesehen – so einer ist das...«, antwortete sie und hielt die flache Hand etwa einen Meter über den Boden.

»Ein Zwerg?« fragte ich.

»So einer«, wiederholte sie. Es war klar, daß sie erst mehr verraten würde, wenn sie sich bei einem Täßchen Kaffee erholt hätte. Aber wir waren alle zu sehr auf die Neuigkeit gespannt, um jetzt in der Küche zu hantieren. Dshamila wackelte mit dem Kopf, als habe es ihr die Sprache verschlagen, und im gleichen Moment begriffen Mutter und ich, was ihr Schweigen zu bedeuten hatte. »Ein Jude?!« riefen wir wie aus einem Mund.

Aber Dshamila schwieg noch immer. Mutter gab auf und verschwand in der Küche. Als sie kurz darauf mit dem Kaffee ins Zimmer zurückkam, schaute sie zur Decke hoch und schimpfte leise: »Ein jüdischer Zwerg – möge Allah dir alle deine Knochen zerschlagen, Abu Nachlah. Was denkt der sich eigentlich? Will er da oben einen Zirkus aufmachen?«

Ich konnte es immer noch nicht fassen. »Ein Jude will hier im Wadi wohnen?«

»Du hast doch gehört, was Dshamila gesagt hat«, schimpfte Mutter weiter. »Er ist ein Zwerg, und einem Zwerg ist es egal, wo er wohnt.«

Mary lachte. Sie hatte eben Großvaters Sinn für Humor geerbt. Plötzlich erstarrten wir und schauten alle gleichzeitig zur Decke hinauf. Mutter warf einen prüfenden Blick zum Fernseher. Kam dieses Getöse etwa aus der Kiste? Nein. Es mußte ohne Zweifel von oben gekommen sein. Wie immer erholte sich Mary als erste von dem Schreck. »Das war eine Trompete«, verkündete sie.

Das Scharren von etwas Schwerem, das über den Boden geschoben wurde, war zu hören und dann nur noch Schritte. »Das sind keinesfalls die Schritte eines Zwerges«, sagte Mutter, »sondern die eines kräftigen Mannes.«

In diesem Augenblick kam Großvater herein. »Wir haben einen neuen Nachbarn oben, einen Juden«, ließ Mary ihn gleich wissen.

»Ein Jude – auch gut«, erwiderte Großvater mit seiner typisch ägyptischen Gelassenheit.

»Und er spielt Trompete«, sagte Mutter vorwurfsvoll.

»Trompete?« fragte Großvater, während sein Blick auf Mary ruhte. Auch er schien die abgerissene Stoffblume bemerkt zu haben.

Wir gingen zu dem großen Tisch hinüber. Dshamila hatte bereits Platz genommen und starrte in den Fernseher. Großvater nahm sich erst mal eine Olive, kaute genußvoll und lutschte dann an dem Kern, wie ein Kind, das sich nicht von seinem Bonbon trennen kann. »Geht es dir heute besser«, wandte er sich an mich.

»Mir? Ja...«

Trompetenspiel unterbrach meine Worte. Mit übertriebenem Entsetzen spuckte Großvater den Olivenkern aus. Es war ein langer, trauriger Ton, wie ein Windstoß, der durch ein offenes Fenster fährt. Ich verstand nicht viel von Musik, aber ich fühlte, daß der Trompetenspieler aus einer anderen Welt kam, ein Mensch, der mir ganz und gar fremd war. Und es war etwas an ihm, was mich verwirrte. Es war, als hätte sich, während ich schlief, eine Hand zu mir gestohlen, und ich hätte nicht die Kraft, sie zurückzustoßen.

»Dshamila«, sagte Großvater, nachdem die Trompete verstummt war und die Stimmen des Wadi wieder zu uns drangen. »Jetzt hat deine Katze Konkurrenz bekommen.«

Ja, das Spiel der Trompete war wie ein sehnsuchtsvoller Seufzer, der die Unendlichkeit umspannte. In ihm lag nicht der Hauch einer Erwartung, nicht einmal die eines Echos.

»Der Seufzer eines einsamen Menschen. Er ist traurig, dieser verwaiste Zwerg«, meinte Mary.

»Verrücktes Kind«, schimpfte Mutter, aber sie lächelte dabei. Plötzlich, als wäre der Teufel in sie gefahren, lief sie zum

Fernseher, um ihn leiser zu stellen, und dann flüsterte sie aufgeregt: »Er kommt herunter!«

Mary lief zum Fenster. »Dshamila«, rief sie und deutete mit der Hand auf die Straße hinunter, »ist das der Mann, der da unten?«

Lustlos stand Dshamila auf und schaute hinaus. »Ja, das ist er.«

Mutter war noch vor mir am Fenster, und ich mußte mich hinter den drei Frauen auf die Zehenspitzen stellen, um einen Blick nach draußen zu werfen. »Der ist ja gar kein Zwerg«, sagte Mary – fast enttäuscht, wie mir schien.

Dshamila hatte schon immer eine Schwäche für Großvater gehabt, und ein Mann, der nicht so hoch gewachsen war wie er, konnte in ihren Augen eben nur ein Zwerg sein. Mich aber hatte die Neugier gepackt, und als Mary, Mutter und Dshamila sich vom Fenster abwandten, stützte ich mich auf den Sims und sah mir den Fremden erst einmal genau an. Er ging gerade an der hell erleuchteten Vorderseite eines Schuhgeschäfts vorbei, und man konnte erkennen, daß er sehr muskulös war. Alles, was er anhatte, waren ein schwarzes T-Shirt, kurze Hosen, Sandalen, und ich empfand es als beinahe abstoßend, wie er seinen kräftigen Körper zur Schau zu stellen schien.

»Da hat Abu Nachlah, der Blutsauger, ja noch einen Unglücklichen gefunden«, sagte Mutter.

»Sprich nicht so verächtlich von ihm«, sagte Mary. »Jemand, der eine Trompete hat, kleidet sich sicherlich nicht immer so. Wahrscheinlich geht er zur Arbeit.«

»Schin Beit?« fragte Dshamila.

»So dumm sind die nicht, dafür haben sie genügend Araber im Wadi. Der ist bestimmt Einbrecher. Und das Zimmer oben hat er als Lager für sein Diebesgut gemietet. Noch heute nacht werden wir hören, wie er mit seiner Beute heimkehrt.«

»Genau«, sagte Großvater und griff Marys Scherz auf. »Ein

Räuber, der sein Geschäft eröffnet und das als allererstes mit einem Trompetenstoß verkündet.«

Dshamila riet uns, bevor sie zu ihrer Katze zurückkehrte, sicherheitshalber ein zusätzliches Schloß zu installieren. Großvater streckte sich auf der Liege aus und rauchte seine Wasserpfeife. Mutter stellte den Fernseher wieder lauter, und ich ging in unser Schlafzimmer. Die kleine Wandlampe über dem Kopfende von Marys Bett brannte, aber sie las nicht in dem Buch, das sie sich vors Gesicht hielt.

»Suheer?« fragte ich vorsichtig.

Mary schaltete das Licht aus.

»Sag es mir doch, Mary, du hast mir doch sonst immer alles erzählt.«

»Willst du ein Geständnis von mir? Was verstehst du schon davon? Überhaupt nichts verstehst du – du hast doch gar kein Leben. Jedenfalls hast du offenbar beschlossen, den Rest deiner Tage als Nonne zu verbringen. Es reicht, daß du dir selbst alles kaputtgemacht hast.«

Ich hörte sie in ihr Kissen schluchzen und hatte nicht die Kraft, aufzustehen und sie zu trösten. Sie hatte ja recht. Ich wußte mir nicht einmal selbst zu helfen. Ich verschränkte die Arme unter dem Kopf und sah einer weiteren endlosen Nacht entgegen. An Amichai mußte ich denken. Er hatte geschrieben, daß er auf alles Wissen verzichten wolle, auf alle Erfahrungen, die er im Leben gemacht habe, wie eine Wüste, die dem Wasser entsagt. Nirgends auf der ganzen Welt würde ein Flecken Erde jemals auf Wasser verzichten – allein der Mensch entsagte aus freiem Willen dem, was für ihn lebensnotwendig war. Und ich dürstete so sehr nach Dingen, an die ich nicht einmal zu denken wagte ... Dingen, die dann verzerrt und furchteinflößend in meinen nächtlichen Träumen erschienen. Mary war inzwischen eingeschlafen – ich aber fürchtete mich sogar vor dem Schlaf.

Als ich spät in der Nacht erwachte, schlug mein Herz laut,

ohne daß ich wußte, weshalb. Dann hörte ich die Schritte auf der Treppe. Er kehrte also in sein Zimmer auf dem Dach zurück. Vielleicht war er ja ein Dieb, der mich von den Sternen trennte. Ich fühlte mich übermütig und feige zugleich und fragte mich, wie es wohl wäre, wenn ich jetzt hinaufginge, um gemeinsam mit ihm die Beute zu begutachten. Aber der neue Tag war noch nicht einmal angebrochen, und so ließ ich mich wieder in den Schlaf sinken.

DREI

Ich schlug die Augen auf. Das Zimmer war lichtdurchflutet. Meine Schmerzen waren wie weggeblasen. Ich strich mit den Händen über meinen Körper, langsam und vorsichtig – aus Angst, es könnte eine Sinnestäuschung sein. Aber nein, meine Glieder schienen federleicht... Wäre ich allein im Zimmer gewesen, ich hätte laut herausgelacht. Unten auf der Straße lärmten Autos, priesen Händler ihre Waren an – ich spitzte die Ohren. Der Kerl war wach. Die Decke zitterte leicht unter seinen Schritten. Der Zauber verschwand, so als ärgere es mich, daß er vor mir aufgewacht war. Ich hatte gleich angenommen, daß dieser Bursche in irgendeiner Verbindung zu Abu Nachlah stehen müsse, und von Abu Nachlahs Verbindungen war nie etwas Gutes zu erwarten.

Mary schlief auf der anderen Seite des Zimmers, noch immer in dem Kleid, das sie gestern getragen hatte – dem Kleid mit der abgerissenen Blume. Im Schlaf war ihr die Bettdecke bis zu den Hüften heruntergerutscht, und der blaue Fleck auf ihrer Schulter glich einem Schmutzfleck auf einem Gemälde. Sie war wunderschön. Ihre Lippen waren zart wie die eines Mädchens, ihre Wimpern lang, ihr Haar fiel wie ein weicher schwarzer Nebel, und ihre Haut schimmerte wie das ruhige Wasser eines Sees. So stürmisch im Wachen, so ruhig im Schlaf – das genaue Gegenteil von mir.

Die Geräusche über mir wurden lauter. Eine Tür wurde

geöffnet, zugeschlagen und wieder geöffnet. Wahrscheinlich hatte er etwas vergessen und war zurückgekommen, um es zu holen. Er war offenbar auf dem Weg nach draußen. Ich schlug schnell die Decke zurück und ging ins Wohnzimmer. Großvater war bereits unterwegs, um seine morgendlichen Einkäufe zu erledigen, und Mutter saß auf seiner Liege.

»Du bist ja früh aufgewacht«, murmelte sie.

»Ja«, sagte ich und ging gleich ins Badezimmer. Ich schämte mich, am Fenster zu stehen und hinauszustarren – Mutter wäre sicherlich etwas aufgefallen. Ich war allerdings furchtbar neugierig und wollte den neuen Bewohner unbedingt bei Tageslicht sehen. Ich griff nach einem Handtuch und ging wieder ins Wohnzimmer, wobei ich tat, als trocknete ich mir das Gesicht.

»Mutter...«, sagte ich und ging gedankenverloren zum Fenster.

»Ja?«

Ich sah ihn sofort: lange Hosen und ein gewöhnliches Hemd trug er heute, an den Füßen hatte er wieder Sandalen. Er war bereits ein Stück vom Haus entfernt, und so konnte ich auch diesmal sein Gesicht nicht erkennen. Er ging mit kerzengeradem Rücken die Straße entlang und trug etwas in der Hand. Wenn er am vergangenen Abend nicht in einem so verdächtigen Aufzug aus dem Haus gegangen wäre, hätte ich angenommen, daß es Bücher seien. Sein Gang war fest und gleichzeitig leicht federnd, wie der Gang eines Athleten – oder eines Einbrechers –, und er schaute ruhig und gelassen mal hierhin, mal dorthin, nicht wie jemand, der nach Verfolgern Ausschau hält, sondern so, als interessiere ihn einfach, was um ihn herum vorging.

»Ich weiß von Abu Nachlahs Sohn«, sagte Mutter.

Ich blickte zu Boden, als hätte ich etwas Verbotenes getan.

»Sie ist ein gutes Mädchen, deine Schwester«, fuhr Mutter fort.

»Sie ist noch mehr als das. Ich wünschte, ich hätte ihren Kopf.«

»Aber was nützt schon ein großer Kopf auf schwachen Schultern? Sie ist eine Halbwaise und arm.«

Mutter hatte also nicht mitbekommen, weshalb ich aus dem Fenster geschaut hatte. »Ist sie schwanger?« fragte ich und wußte selbst nicht, was in mich gefahren war.

Mutter sprang auf, wobei sie wie besessen an ihrem Rock zerrte, als hätte sie ein Insekt entdeckt. »Wie kannst du nur so etwas von deiner Schwester denken?« fragte sie aufgebracht. Sie schlug mit der Hand auf den Tisch und reckte das Kinn vor. Als ich sie dort so stehen sah wie einen Heerführer, der auf einer leeren Empore mit dem Schwert herumfuchtelt, bereute ich meine Worte.

»Es wäre ja nicht so furchtbar, Mutter.«

»Ich will nichts mehr davon hören – und übrigens geht mir etwas ganz anderes immerzu durch den Kopf.«

»Was denn?«

»Du.«

»Also ich werde ganz bestimmt nicht so bald schwanger.«

Sie nahm meine Hand und zog mich zu sich auf Großvaters Liege hinunter. Ich war es gar nicht mehr gewohnt, meiner Mutter körperlich so nahe zu sein.

»Du verzeihst uns, ja?« flehte sie mit gesenkter Stimme.

»Was soll ich denn verzeihen?«

»Wir müssen Marys Zukunft im Auge behalten.«

»Was hat das denn mit mir zu tun?« fragte ich, obwohl ich schon ahnte, worauf sie hinauswollte.

»Wenn du nein sagst – wir würden es verstehen. Du bist die Ältere und hast das Recht ...«

»Sie wird doch nicht Suheer heiraten!«

»Gott behüte!« rief Mutter. »Sie sind Muslime und wir Christen!«

»Mary ist so etwas doch egal.«

»Nein, ich spreche von Wahid, dem Neffen meiner Schwägerin Nurija.«

»Der aus diesem Dorf? Aus Namrah?« Ich lachte laut heraus. »Was erzählst du mir denn da für einen Unsinn? Mary mit einem vom Dorf, der nichts weiter kann als Rolläden anbringen?« Fast wäre ich in unser Zimmer gelaufen und hätte Mary geweckt – sie und Großvater waren für Späße dieser Art immer zu haben. »Siehst du denn nicht, was Mary für Bücher liest – Wahid ist doch ein Tölpel. Wie sollen sie sich überhaupt unterhalten?«

»Ein Kleid ist ja wohl noch nie aus Büchern genäht worden.«

»Wer weiß noch von diesem Unsinn?«

»Dein Großvater...«

Ich stand auf. »Ihr hättet es nicht vor mir verbergen sollen. Ich hätte euch gleich gesagt, daß ihr euch damit nur lächerlich macht. Das ist ja, als wolltet ihr eine Prinzessin mit einem Gaul verheiraten.«

»Mary ist keine Prinzessin – sie ist eine Frau, die einen Mann braucht, der sie ernährt. Du gibst ja inzwischen sogar Geld für sie aus. Wie lange soll denn das noch so gehen?«

»Jetzt sag bloß, du hast seine Familie schon zu uns eingeladen.«

»Sie kommen übermorgen.«

»Mary wird sie bestimmt aus dem Haus jagen. Der arme Mann – das hättest du ihm nicht antun dürfen, Mutter.« Aber ich sah in ihrem Gesicht nichts als Mitleid, Mitleid mit mir. Ich war überrascht. »Willst du etwa sagen, daß Mary schon Bescheid weiß?«

»Ich habe deinen Vater doch auch geheiratet, und er war nicht besser als Wahid. Im Gegenteil. Und eine Zeitlang dachte ich auch, daß ich etwas Besseres verdient hätte. Alle Menschen werden, wenn man so will, mit einer Leine geboren, manche mit einer kurzen, andere mit einer langen. Mary kennt die Länge ihrer Leine genau.«

Ich war davon überzeugt, daß Mary nur in einem Moment des Übermuts ihre Zustimmung zu dieser Posse gegeben haben konnte. Ich ging wieder ins Badezimmer, drehte die Dusche auf und stellte mich unter das eiskalte Wasser. Mit bibbernden Lippen lächelte ich meinem Körper im Spiegel zu. Meine harten Brustwarzen hatten sich rosa gefärbt. Ich bedeckte mein Gesicht mit den noch feuchten Händen und schloß die Augen.

Als ich sie wieder öffnete, schaute ich verstohlen in die Ecke hinüber, als erwartete ich, unseren neuen Mitbewohner auf dem Boden neben dem Wäschekorb hocken zu sehen, den Kopf in die Hände gestützt und den Blick auf mich gerichtet. Dort ist niemand, sagte ich leise. Und dennoch ging ich in der Hoffnung auf eine Berührung, ein Zeichen hinüber.

In unserem Zimmer ragten nun Marys lange Beine unter der Bettdecke hervor. Sie sahen aus, als gehörten sie einem Mädchen, das für sein Alter körperlich schon sehr reif war, nicht aber einer erwachsenen Frau – der Hinterwäldler Wahid würde sich gewiß mehr dafür interessieren als für ihren Kopf.

Als ich mir die Jacke überzog, trat Mutter mit gesenktem Blick an die Wohnungstür. »Wir haben fast nichts mehr im Haus. Vielleicht ein bißchen Obst...«, sagte sie leise.

»Ich kaufe Birnen«, sagte ich kurz angebunden. Birnen waren ihre Leidenschaft – vielleicht wollte ich ihr mit dieser großzügigen Geste ein schlechtes Gewissen bereiten.

Boaz war schon im Büro. Er war ein stämmig gebauter Mann, dessen Bauch ein wenig über den Gürtel seiner Hose hing. Auch heute hatte er sich wieder einmal beim Rasieren geschnitten. In Gesellschaft anderer Männer gab er sich recht ungezwungen, geradezu locker, aber wenn Frauen um ihn waren, kamen seine Scheu und Unsicherheit zum Vorschein. Dann machte er sich nur über sich selbst lustig oder sprach im Tonfall höchster Bewunderung von seiner Frau, bis mir schließlich schien, als wäre sie eine Art drittes Auge oder zweite Nase in seinem Gesicht. Adina war auf ihre zurückhaltende Art ein wenig in ihn verliebt, und die besondere Spannung zwischen ihnen schuf eine angenehme Atmosphäre.

An diesem Morgen schaute er mich kurz an, bevor er sich zu Adina und Shirley umdrehte. »Was soll denn das Gerede von wegen Krankheit? Seht sie euch doch an...« Er war kurz davor, mir ein Kompliment zu machen, aber dann brach er plötzlich ab und legte eine kleine Schachtel auf meinen Schreibtisch. »Nachträglich eine Kleinigkeit für dich zum Geburtstag.«

Ich nahm das Parfüm in die Hand. »Meine Mutter meint, nur kleine Kinder dürften ihren Geburtstag feiern. Eine dreißigjährige Frau muß die Schmach ihres Alters verbergen.«

»Schmach?« murmelte er. »Was soll ich denn da sagen? Eure Geburtstage und meine Hämorrhoiden erinnern mich immer daran, daß ich schon fast ein Greis bin.«

In Adinas Augen stand stiller Protest. Shirley war weniger zurückhaltend. »Keine Angst, du brauchst dich als Mann nicht zu verstecken.«

Aber Boaz lachte nur. »Hast du unterschrieben?« fragte er plötzlich, an Adina gewandt.

»Ja«, sagte sie leise.

»Das war eine große Dummheit«, sagte Boaz und verschwand in seinem Büro.

Adina wurde blaß. Das waren die härtesten Worte, die Boaz jemals in meiner Gegenwart zu ihr gesagt hatte, und als er kurz darauf wieder aus seinem Zimmer kam, sah er tatsächlich wie ein kleiner Junge aus, der einen Stein geworfen hat und zu spät das Ausmaß des Schadens begreift. Er sah ihren gesenkten Kopf, und die Worte sprudelten nur so aus ihm hervor.

»Eines möchte ich dir noch sagen. Ein Kind – das ist etwas anderes als eine Ehefrau oder ein Ehemann. Frag mich. Auf diesem Gebiet kenn ich mich leider aus. Mein Sohn dient in einer Eliteeinheit.«

»Boaz, bitte ...«

»Jedesmal, wenn an der Grenze etwas passiert, denke ich, daß sie das nur tun, um ihn zu verletzen. Ich bin dann immer vor meiner Frau davongelaufen, ja, regelrecht geflohen – hinunter zum dunklen Meer, und dort habe ich gebetet, daß die Kugel ihn ins Bein trifft. Ich wäre einverstanden gewesen, hätten sie ihm ein Ohr abgeschnitten – alles, nur damit er lebend nach Hause zurückkehrt. Warum willst du das alles auf dich nehmen?«

Er stand neben ihrem Schreibtisch, ein Zipfel seines Hemds war ihm aus der Hose gerutscht, und auf seinem Bauch war ein wenig kupferfarbener Flaum zu sehen. Ich schaute auf diese verletzliche, entblößte Haut und wußte nicht, wohin ich vor dem beklemmenden Gefühl, das mir die Kehle zuschnürte, fliehen sollte. Huda, sagte ich mir, das ist ein rein jüdischer Schmerz, den du da fühlst, aber du bist Araberin. Boaz' Sohn auf dem Kreuzer, Adinas Sohn, der bald Fallschirmspringer sein würde – vielleicht werden auch sie einmal Araber töten. Und ihre Eltern werden glücklich aufatmen, wenn die Söhne zurückkehren – selbst um den Preis des Todes meiner Cousins, die ich niemals kennengelernt habe.

In Boaz' Büro hing ein Bild, auf dem sein Sohn in einem Armeejeep zu sehen war – mit einer Schutzbrille auf der blondgelockten Stirn, in den Augen die Müdigkeit des Erwachsenen, auf den Lippen das Lächeln des kleinen Jungen. Vom Lächeln kleiner Kinder sollte man sich allerdings nie in die Irre führen lassen... Vollkommen war er und unsterblich, als wäre er genau so wie in jenem Rahmen an der Wand seines Vaters geboren worden. Im Gegensatz dazu waren meine

Cousins von Brief zu Brief, von Foto zu Foto herangewachsen. Husam, den Jüngsten, mochte ich am liebsten. Ein winziges Baby, das in einer Wiege schlummert, ein kleiner Junge mit dem Ranzen auf dem Weg zur Schule. Die Fotos waren unter den unzähligen Küssen meiner Mutter schon ganz vergilbt. Ich hatte ihn niemals als Kind weinen hören, hatte ihm nie nach einem aufregenden Spiel ins verschwitzte, freudestrahlende Gesicht geblickt. Ich kannte nur das etwas gezwungene Lächeln in die Linse des Fotoapparats. Außer Großvater, Mutter und Mary hatte ich in Israel keine Familie, lediglich die Verwandten der Ehefrauen unserer Onkel, die verstreut in einigen Dörfern Westgaliläas lebten. Aber die sahen wir fast nie, weder zu religiösen Festen noch zu Familienfeiern. Mutter achtete allerdings genauestens darauf, keine Trauerfeier zu verpassen, denn bei Begräbnissen konnte man auch ohne Einladung erscheinen.

Ich schaute von den Unterlagen auf meinem Schreibtisch auf. Boaz war wieder in seinem Büro verschwunden, Adina hatte ihre dunkle Sonnenbrille aufgesetzt, und Shirley trällerte leise vor sich hin: »Was für eine miese Welt...«

Ich mochte Shirley. Ihr Vater war ein angesehener Frauenarzt, und sie hätte es eigentlich nicht nötig, sich ihren Lebensunterhalt in einem Reisebüro zu verdienen. Als ihre Eltern sich gegen den Marokkaner aussprachen, mit dem sie zusammenlebte, verließ sie die Universität und ihr Elternhaus, um das Studium ihres Freundes zu finanzieren. Inzwischen liebte sie ihn gar nicht mehr, so sagte sie jedenfalls, und vielleicht war sie von Anfang an nicht wirklich in ihn verliebt gewesen. Sie war hübsch, und die Männer, die bei ihr anriefen, waren nicht immer an den Dienstleistungen des Reisebüros interessiert. Von ihrem Marokkaner sprach sie mit dem Stolz eines Rennstallbesitzers, der von seinem besten Pferd berichtet. »Er wird es noch weit bringen. Seinen Doktor macht er bestimmt mit Auszeichnung. Der hat wirklich Grips im Kopf, im Gegensatz zu meinen Alten.« Ihre Eltern bezahlten indessen die Miete, kauften ihr ein Auto, füllten ihren Kühlschrank mit Delikatessen – und warteten darauf, daß sie wieder zur Vernunft käme.

Einmal, nachdem sie besonders lange mit einem Verehrer am Telefon geplaudert hatte, nahm ich allen Mut zusammen und fragte sie nach dem Marokkaner. »Wohnt er denn noch bei dir?«

»Wieso nicht? Sein Zimmer hat eine Tür und mein Zimmer auch. Man hört, was man hören will, und was sich nicht zu sehen lohnt, sieht man nicht.«

»Trotzdem ...«

»Du meinst seinen Stolz? Neun Kinder sind sie zu Hause, in irgendeiner kleinen Siedlung bei Kirijat Schmonah. Sein Vater ist gelähmt, und der einzige Ausflug, den er je mit seiner Mutter gemacht hat, war der Gang zum Sozialamt. Dort lernt man sehr viel über das, was du Stolz nennst.«

»Ein arabischer Mann würde das niemals mitmachen.«

»Die spinnen doch, deine Araber«, sagte sie mit einer Stimme, die keinen Widerspruch duldete – wahrscheinlich war es derselbe Tonfall, in dem ihre Eltern von dem Marokkaner sprachen.

Wir schlossen das Büro etwas später als sonst. Und dabei wollte ich an diesem Tag so früh wie möglich wieder zu Hause sein. Ich nahm die Tasche, die wegen Mutters Birnen recht schwer war, trat auf die Jaffo-Straße hinaus und bog dann in die verwinkelten kleinen Gassen ein. Vor Anstrengung begann ich zu keuchen und ging etwas langsamer – wieso beeilte ich mich so, es gab doch gar keinen Grund, so zu rennen. Was erwartete mich denn zu Hause? Die Gäste waren erst für morgen angekündigt, und auf Marys potentiellen Ehemann war ich nicht gerade neugierig. Daraus würde ohnehin nichts werden: Es war einfach unvorstellbar, daß der Fisch freiwillig in die Pfanne sprang. Neben einem kleinen Lebensmittelladen blieb ich stehen. Wenn ich jemandem auch nur die kleinste Lüge erzählen sollte, kam ich schon völlig durcheinander, aber mich selbst belog ich, ohne mit der Wimper zu zucken. Als ob ich nicht wüßte, weshalb es mich so nach Hause zog: doch einzig und allein wegen des seltsamen jüdischen Neulings, dessen Gesicht ich noch nicht einmal gesehen hatte und von dem ich lediglich wußte, daß er von dem Schurken Abu Nachlah ein Zimmer gemietet hatte. Aber auch wir waren schließlich Abu Nachlahs Mieter...

Mary stand unter einer Art Hausarrest. Mutter hatte ihr nicht erlaubt, die Wohnung zu verlassen, da hatte auch alles Murren nichts geholfen.

»Dieser Suheer«, schimpfte Mutter los, als ich eintrat. »Möge Allah sein Leben verkürzen – er fährt schon wieder ein neues Auto. Der ist doch tatsächlich hierhergekommen und hat von unten nach Mary gepfiffen, und ich schwöre dir, dieses dumme Mädchen wollte tatsächlich gleich runterstürzen, wie das Schaf zum Schlächter.«

Mary lief mit schmalen Lippen in ihrem Käfig hin und her. Sie trug einen dünnen Morgenmantel, unter dem sich ihre Hüften und ihr schöner runder Hintern abzeichneten.

»Zieh dich endlich an wie ein Mensch!« keifte Mutter. »Dein Großvater wird gleich hier sein.«

»Mir ist heiß«, rief Mary. »Ich ersticke bald.«

»Dann lauf doch gleich nackt herum.« Mutter hob die Hände, ließ sich auf einen Stuhl fallen und seufzte. »Das war das einzige, was er konnte – rechtzeitig sterben«, schimpfte sie nun auf unseren Vater.

Mary zog mich am Arm in unser Zimmer und schloß die Tür. »Sie glaubt im Ernst, daß ich diesen einfältigen Dörfler heirate – der kann ja kaum seinen Namen schreiben. Alles was er kann, ist Rolläden einbauen.« Sie war so wütend, daß ihr Flüstern eher wie ein Zischen klang.

»Du hättest ja nicht zustimmen müssen.«

»Mutter hat die ganze Zeit auf mich eingeredet. Sieh dir Huda an, hat sie gesagt, sieh sie dir an. Das konnte ich irgendwann einfach nicht mehr ertragen. So hat sie mich herumgekriegt. Nicht jeder hat den Mut und die Kraft, unglücklich zu sein.«

»Und was erwartest du von Suheer? Er hat dein Kleid zerrissen. Er hat dich geschlagen. Was hat er dir noch angetan?«

Sie schwieg. Und ich fühlte, wie ich errötete – vielleicht rührte die Stelle an ihrer Schulter gar nicht von einem Schlag her, sondern von einem leidenschaftlichen Kuß. »Wie kannst du nur?« stammelte ich.

»Er ist verrückt nach mir. Ich habe ihm erzählt, daß ich heiraten werde, und da hat er gedroht, sich umzubringen.«

Also sogar Suheer hat es gewußt, dachte ich – und ich war wieder einmal die einzige, der man nichts gesagt hatte. »Keine Angst, Zuhälter begehen nicht Selbstmord«, sagte ich wütend.

»Aber er will mich doch heiraten«, entgegnete sie.

»Und dann wärst du Abu Nachlahs Schwiegertochter. Die Schwiegertochter des Mannes, der unsere Onkel an die Juden verraten hat. Ich hätte ihn an Mutters Stelle längst umgebracht.«

»Ach, ja? Geh doch und bring gleich die ganze Welt um. Gibt es überhaupt jemanden, der sich nicht an den Palästinensern vergangen hätte?«

Sie hatte recht. Aber die anderen Mörder tauchten nur während der Nachrichten auf unserem Bildschirm auf, während Abu Nachlahs roter Fes überall im Wadi umherschwebte.

»Bist du es nicht gewesen, die mir noch vor einer Woche ein Gedicht von Dalja Rabikovitz vorgelesen hat?« fragte ich.

»Solche Gedichte und Erzählungen sind doch nichts als Lüge, sage ich dir. Dein Kopf schwebt irgendwo über den Wolken, und du vergißt, daß deine Füße im Dreck stecken.

Im wirklichen Leben ist alles anders. Eine wie ich steht mit wenig da – hier Suheer und dort ein einfältiger Rolladenbauer. Huda, ich weiß, was ich will, und du weißt nur, was du nicht willst.«

Das stimmte. Ich kam mir vor wie jemand, der Bankrott gemacht hatte und nun einem Reichen Ratschläge gab, wie er erfolgreich Geschäfte machen könne.

Von oben war ein scharrendes Geräusch zu hören, als würde ein schwerer Gegenstand über den Boden gezogen. Aber ich tat so, als bemerkte ich nichts – mit Mary wollte ich nicht über ihn sprechen. Neugierde konnte leicht zu einem Unglück führen – ich mußte meine Phantasie zügeln. Auf Marys Lippen lag allerdings schon ein verschmitztes Lächeln.

»Er ist weder ein Zwerg noch ein Waisenkind«, sagte sie. »Ich habe mit ihm gesprochen.«

»Du?«

»Mutter war unten bei Dshamila. Sie hat aufgepaßt, daß ich nicht aus dem Haus gehe. Es war hier so stickig, und da bin ich aufs Dach hoch. Huda, das Dach ist einfach nicht wiederzuerkennen. Nicht einmal zwei Tage ist er da oben, aber er hat schon alles saubergemacht und getüncht. Er heißt Alex und ist ein Neueinwanderer aus Rußland. Wirklich nett.«

Ich sagte nichts. Sie fand schließlich jeden Mann, dem sie begegnete, nett. Trotz ihrer Erfahrung hatte sie immer noch die Seele eines Kindes.

»Ich habe einen Kaffee mit ihm getrunken«, sagte sie. »Er hat viele Bücher, russische, englische. Er kocht selbst – offenbar hat er wenig Geld.«

»Ja, und jetzt hast du einen Muslim und einen Juden.« Ich versuchte, meine Eifersucht zu verbergen, aber ich spürte, wie ich gegen meinen Willen rot wurde.

»Nein, Huda«, sagte sie ernst. »Erinnerst du dich an den Computerkurs, an dem ich teilgenommen habe?«

»Und bei dem nichts herausgekommen ist.«

»Jeder Mensch, egal ob Mann oder Frau, hat in seinem Gehirn eine Art Computer. Wenn sich zwei treffen, fängt dieser Computer an zu arbeiten. Und weißt du, was er macht?«

Gegen meinen Willen mußte ich lachen. »Was?«

Auch Mary lachte und sagte: »Er wirft eine der beiden Antworten aus – ›vielleicht‹ oder ›nein‹. Wenn der Computer ›nein‹ sagt, dann schaltet das Gehirn ab, und alle deine Träume gehen schlafen. Du bist dann wie ein abgeschaltetes Radio. Und wenn der Computer ›vielleicht‹ sagt, dann ist das Radio in Betrieb, und deine Finger fangen an, nach immer neuen Sendern zu suchen. Manchmal rümpfst du die Nase, als wolltest du deinen Computer davon überzeugen, daß hier nichts zu machen ist, daß es nirgends eine interessante Station gibt. Aber du machst weiter. Irgend etwas an seinem Körper, an seiner Stimme, irgend etwas, was er getan hat oder nicht getan hat, fesselt dich. Dieses ›vielleicht‹ hat etwas unheimlich Magisches. Es ist, als ob du in eine Stadt fährst, die dir völlig unbekannt ist, von der du aber aus irgendeinem Grund mit Sicherheit annimmst, daß du etwas in ihr finden wirst.«

»Und was hast du bei ihm gefunden?« fragte ich leise.

»Mein Computer hat sofort ›nein‹ gesagt. Das heißt, da kommt einfach nichts rüber. Verstehst du?«

»Nein.«

»Du tust doch nur so. Du weißt genau, was ich meine, und willst mich bloß ärgern. Er ist dir ziemlich ähnlich, so ernst. Er hat eine Brille, und die Gläser sind so dick wie der Boden einer Flasche.«

»Er hat eine Brille?«

»Ja. Und seine Bewegungen sind so – bedacht, präzise, zielgerichtet. Das ist nichts für mich.«

Ich schwieg. Mary betrachtete mich eine Weile und sagte dann: »Du würdest deinem Computer am liebsten gleich den Stecker rausziehen. Aber in diesem Augenblick schreit er ›vielleicht‹, ›vielleicht‹, ›vielleicht‹ wie ein verrückter Papagei, und du willst es nicht hören. Aber das Wörtchen ›vielleicht‹ hallt schon in dir, wie ein Stein in einem rollenden Faß.«

Sie entblößte ihre Schulter und schaute fast zärtlich auf den bläulichen Fleck – nein, mit einer Verletzung hatte er nichts zu tun. Ich drehte mich um und ging schnell aus dem Zimmer.

Genau in dem Augenblick, als Großvater heimkehrte, erwachte über uns die Trompete, als wollte sie ihn willkommen heißen. Heute hielt ihr Geschmetter länger an als gestern – vielleicht hatte der neue Bewohner beschlossen, einmal auszuprobieren, wieviel er uns zumuten konnte. Großvater blieb am Tisch stehen und schaute nach oben. »Das ist schön«, sagte er leise. Ich schälte mir einen Apfel und lauschte der Melodie – sicher hatte er sie aus Rußland mitgebracht.

Später, als ich auf meinem Bett lag und darauf wartete, daß Mary endlich einschlief, begriff ich, wie verrückt das alles war. Am Morgen war ich zum ersten Mal von seinen Geräuschen geweckt worden, und nun lag ich schon da, dachte über ihn nach, wartete auf ihn. Ich hatte eine jüdische Oberschule besucht und die arabische Literatur erst spät kennengelernt, in jenen Jahren, in denen ich mit Bahidsh zusammen gewesen war. Ich erinnerte mich an eine ägyptische Erzählung über einen Gefangenen, der allein in einer Zelle unter der Erde sitzt und von jenseits der Betonmauer ein Klopfen zu hören meint. Er glaubt, daß sich seine Zelle in der Nähe des Frauentrakts befindet, und in seiner Einsamkeit und Verzweiflung antwortet er begeistert, indem er selbst gegen die Wand schlägt. Und so klopft er – erfüllt von Sehnsucht und ungeduldiger Liebe, bis sich eines Tages herausstellt, daß es dort, auf der anderen Seite des tauben Betons, keine Frauen, ja niemanden gibt.

Und während ich aus meinem selbsterrichteten Gefängnis auf die Freiheit und das Glück der anderen blickte, fürchtete ich mich nicht so sehr vor der Einsamkeit, als vielmehr davor, den Verstand zu verlieren. Wäre ich allein zu Hause gewesen, ich hätte den Besen genommen und an die Decke geklopft, obwohl ich wußte, daß das Dach leer und verlassen unter dem Sternenhimmel lag.

VIER

In dieser Nacht schlief ich erst ein, als ich seine müden Schritte auf der Treppe hörte. Er lief in seinem Zimmer hin und her, machte sich wohl das Bett oder holte sich noch etwas zu trinken, und dann verklangen die Geräusche, während ich in einen ruhigen Schlaf fiel. Am nächsten Morgen weckte uns Mutter früher als sonst.

»Steht auf«, rief sie, »wir müssen die Wohnung in Ordnung bringen, und ich weiß nicht, wo ich anfangen soll.«

Mary öffnete kurz die Augen und murmelte irgend etwas, bevor sie sich wie eine Katze zusammengerollt zur Wand drehte. Mutter trat an ihr Bett und rüttelte sie an der Schulter. »Mary, komm schon, du mußt aufstehen. Wir müssen aufräumen, die Treppe muß geputzt werden.«

»Unser Haus ist auch so schöner als ihre Ruine auf dem Dorf.«

»Du bist doch schon ewig nicht da gewesen. Sie wohnen jetzt in einer Villa mit italienischem Marmor, und im Badezimmer haben sie Wasserhähne aus Deutschland eingebaut. Ich hab damals in der Villa von Abu-Sa'ad einen Blick auf die Frauen geworfen und mich meiner Kleider geschämt.«

»Warst du bei einer Trauerfeier – oder etwa bei einer Modenschau?«

Mutter lachte auf. Wenn Mary schon wie Großvater redete, dann bestand Hoffnung, daß an diesem Tag alles gut über die

Bühne gehen würde. Sie schob eine Hand unter Marys Bauch und kitzelte sie ein wenig.

»Wag es ja nicht!« rief Mary und sprang mit einem Satz aus dem Bett. Bis zur Tür ging sie mit wippenden Trippelschritten, als liefe sie auf einer geraden Linie, dann drehte sie sich um und tänzelte zurück, rieb ihre Nase an der von Mutter und wandte sich an mich.

»Was meinst du, Huda, sollte ich nicht einen Kurs für Mannequins besuchen.«

»Unbedingt«, antwortete ich spöttisch. »Alles andere kannst du ja schon.«

»Sprecht doch nicht so!« Mutter sah Mary besorgt an. Mich hatte sie noch nie so angeschaut: offensichtlich erweckte mein Anblick in ihr keinerlei Ängste. Seit ich erwachsen war, konnte ich mich nicht daran erinnern, daß sie mir ein einziges Mal gesagt hätte, ich solle abends nicht zu spät nach Hause kommen – als sei sie sicher, daß mich ohnehin kein Mann anschauen würde.

»Huda«, flehte Mutter mich an, »erklär es ihr. Sie werden wirklich noch denken, daß sie so eine ist...«

»Ich bin ja auch so eine«, verkündete Mary, »und sie sollen krepieren, wenn ihnen das nicht gefällt.«

»Meine Tochter«, sagte Mutter und streichelte Mary noch immer mit ihren Blicken, »sie sind anders als wir. Sie reden anders und denken anders.«

»Bei all dem italienischen Marmor und den Armaturen aus Deutschland fangen auch sie bald an, wie alle anderen zu denken«, sagte ich. Und ich sah Bahidsh vor mir, der zwischen den prunkvollen Wasserhähnen und dem Eimer am Brunnen hin und her gerissen war – und ich wußte auch nicht, wofür ich mich entschieden hätte.

»Ihr habt euch wohl verschworen, um mich um den Verstand zu bringen. Wollt ihr denn alles kaputtmachen?«

Es war ja so bequem zu vergessen. War sie nicht gestern

noch ängstlich zu mir gekommen und hatte mir versichert, sie könne es verstehen, wenn ich nicht einverstanden sei?

»Du brauchst dir keine Sorgen zu machen, Mutter«, sagte ich.

Und das war nicht einmal gelogen. Ich hatte Mary eine Weile beobachtet und war erstaunt. Hinter ihrer Widerspenstigkeit erblickte ich etwas anderes. Es war, als wollte sie, daß ihr Widerstand gebrochen werde. Die Freiheit, dachte ich im stillen, ist eine schwere Last, die nicht jeder tragen kann, besonders Frauen nicht – und ganz besonders arabische Frauen nicht. Gestern noch hatte Mary hochtrabend von diesem Computer gesprochen. Aber sie selbst, wie viele andere auch, ging ihren Weg nicht entsprechend dem ›nein‹ oder ›vielleicht‹, das der Computer ausgespuckt hatte. Ganz andere Dinge, die nichts mehr mit dem zu tun hatten, was sie selbst wollte, waren jetzt ausschlaggebend. Vielleicht war es für sie bequemer, sich vor einer Entscheidung zu drücken – sie einfach anderen zu überlassen. Noch immer stolzierte sie barfuß durch das Zimmer, aber jetzt hatte sie etwas Rührendes, beinahe Hilfloses an sich: als wäre sie eine müde Seiltänzerin, die nach dem Sicherheitsnetz schielt.

Als ich am Nachmittag früher als gewöhnlich nach Hause kam, saß Großvater bereits rasiert und im Festtagsanzug auf seiner Liege. Ich warf noch einen letzten kritischen Blick auf die Kulisse, rückte die Stühle zurecht und stellte die Rosen, die ich auf dem Heimweg gekauft hatte, auf den großen Tisch. Großvaters Wasserpfeife verbannte ich in eine Ecke des Wohnzimmers.

»Ist das etwa auch verboten? Die Wasserpfeife ist ein erhabenes Instrument«, sagte Großvater vorwurfsvoll und hob die Arme mit einer theatralischen Geste.

»Sie ist nicht zeitgemäß«, sagte Mutter nervös.

Großvater blies lautstark den nicht vorhandenen Staub von

seinem Jackett. »Nicht zeitgemäß!« schimpfte er. »Sie essen schließlich auch Fladenbrot und Oliven und fliegen nicht in Helikoptern durch die Gegend.«

Als Mutter sein Lächeln sah, verlor sie endgültig die Fassung. »Keiner nimmt die Sache ernst – auf meinen Schultern lastet wieder einmal das ganze Gewicht unserer Sorgen!«

Offensichtlich hatte sich in der Zwischenzeit einiges ereignet. Sofort ging ich in unser Zimmer hinüber, wo Mary weinend vor dem kleinen Spiegel saß. Auf ihre Oberlippe hatte sie sich einen breiten, schwarzen Schnurrbart gemalt. Der Gegensatz zwischen dem burschikosen Schnurrbart und ihren Tränen hätte nicht größer sein können. Ich ließ mich auf mein Bett sinken.

»Und wenn ich nun so zu ihnen hinausgehe?« sagte sie traurig.

Ich schwieg. Wir wußten beide, daß sie sich in ihr Schicksal fügen würde.

»Soll ich dir etwas zur Beruhigung geben?« fragte ich.

»Ich weiß, wo du deine Tabletten versteckst. Ich habe schon zwei genommen.«

»Na, dann bist du jetzt bestimmt ganz schön benebelt.«

»Ich hab gehört, daß man einen richtigen Rausch kriegt, wenn man dazu noch ein bißchen Alkohol trinkt. Vielleicht kannst du mir ja einen Schluck von Großvaters Arrak reinschmuggeln.« Mary schaute wieder in den Spiegel und zog den Schnurrbart noch einmal nach.

»Warum hast du dir nicht gleich mit dem Lippenstift einen passenden rotblonden Bart gemalt?«

Es wäre ihr wohl lieber gewesen, wenn ich geschwiegen hätte – allein Großvaters Scherze hatten für sie die rechte Würze. Sie wischte sich die Tränen und den Schnurrbart mit dem Handrücken aus dem Gesicht.

»Ich hatte immer einen Traum, wie ich den Mann kennenlerne, den ich heiraten würde. Wir spielen Tennis und sind beide ganz in Weiß gekleidet. Ich trage einen sehr kurzen Rock und darunter ein Spitzenhöschen. Am Ende des Spiels gehe ich zum Netz und drücke ihm die Hand. In dem Traum ist es völlig egal, wer gewonnen hat und wer verloren. Meine Hand bleibt in seiner liegen. Alles um uns herum versinkt, die Zuschauer, der Himmel, der Tennisplatz, das Netz, und wir beide stehen da, meine Hand in seiner, und meine Seele und mein Körper wissen die Antwort auf alle Fragen. Aber nun kommt alles ganz anders – das Leben ist einfach ungerecht.«

»Was ist daran ungerecht?« fragte ich ungeduldig.

»Ich habe mich ja nie wie du an meine Träume gekettet. Aber irgend etwas hat mir dieses dumme Märchen in den Kopf gesetzt und mir völlig den Verstand verdreht. Ich sehe alles genau vor mir, als wäre es Wirklichkeit. Ich höre sogar dieses merkwürdig weiche, gedämpfte Geräusch, wenn der Ball auf den Schläger trifft. Ich sehe die Schweißperlen auf seiner Stirn und fühle, wie meine Hand in seiner liegt – und dann ist alles doch nur eine Seifenblase...«

Aber ich mußte ins Wohnzimmer, um die Gäste zu begrüßen, die in diesem Moment angekommen waren. Mutters besorgter Blick war nicht zu übersehen. Großvater öffnete gerade zwei Schachteln »Marlboro«, um sie den Männern anzubieten. Ich kannte keinen einzigen der Gäste, die gar nicht so aussahen, als kämen sie vom Dorf. Ich wußte sofort, welcher der beiden jungen Männer der Bräutigam war: Sein glattgekämmtes Haar glänzte feucht, als wäre er gerade aus der Dusche gekommen. In seinen Bewegungen lag etwas Linkisches, und sein Blick suchte beständig nach Hinweisen darauf, was von ihm erwartet wurde – schließlich wollte er diesen Besuch erfolgreich beschließen. Er war vierzig Jahre alt, sah aber aus wie fünfzig. Sein Bruder Asim, ein Lehrer, war zwar älter, wirkte jedoch – gerade umgekehrt – wesentlich jünger.

Der Bräutigam versteckte seine Enttäuschung bei meinem Anblick nicht. Offensichtlich hielt er mich für Mary – sowie auch seine Mutter, die unruhig auf der Unterlippe herumkaute, während sie mit strengem Blick meinen Körper begutachtete. Sicherlich war ich ihr zu klein und zu dünn, ganz und gar nicht nach ihrem Geschmack. Ich kannte diesen Ausdruck der Enttäuschung nur allzu gut, und doch hatte ich mich niemals daran gewöhnen können. Schon als ich noch ein junges Mädchen war, hatte Dshamila meine Mutter immer wieder gedrängt, mir doch ordentlich zu essen zu geben, damit ich eines Tages »wie eine richtige Frau« aussähe.

Ich setzte mich auf den freien Stuhl neben Großvater, wedelte mit der linken Hand den Zigarettenrauch beiseite und sagte dann: »Mary kommt gleich.«

Mutters Seufzer klang wie ein Ballon, aus dem die Luft entwich, und Wahid wandte sofort verlegen den Blick von mir ab.

»Du bist also Huda, die ältere Schwester«, rief seine Mutter mit unverhohlener Erleichterung.

Ich nickte dem älteren Bruder zu, und er erwiderte meinen Gruß mit dem unverbindlichen Lächeln eines verheirateten Mannes, während Großvater ihm erneut von den teuren Zigaretten anbot.

Mary wußte natürlich genau, wann der richtige Augenblick gekommen war. Dasselbe Kleid, dasselbe Make-up, dieselben Schuhe, das volle Haar, das einem dunklen Wasserfall glich – und dennoch war es eine ganz andere Mary, die vor uns erschien. Nichts erinnerte mehr an ihre Aufsässigkeit, ihren Trotz. Sie war ganz Schüchternheit und Demut, als hätte sie gerade erst den Schleier einer gläubigen Muslimin abgelegt und träfe nun zum ersten Mal mit fremden Männern zusammen. Mutter schaute mich fragend an – aber ich wurde auch nicht aus ihrem Verhalten schlau. Wenn Mary schauspielerte, war Großvater der einzige, der wußte, wie die Vorstellung ausgehen würde. Er saß mit unbeweglicher Miene da und rauchte seine Zigarette. Vielleicht hatte Mary diesmal sogar ihn überrascht.

Die Gäste erhoben sich sofort – dieselben Gäste, die eben noch wie festgeklebt sitzengeblieben waren, als ich das Zimmer betreten hatte. Mary ging zum Vater des Bräutigams und gab ihm mit gesenktem Kopf die Hand. Ihr Blick war auf den Boden gerichtet, und ihre Lippen murmelten verlegen ein paar Worte. Danach gab sie Asim die Hand, der nun schon ganz anders lächelte. Für den Bruchteil einer Sekunde wandte sie den Kopf zu Wahid, der wie gelähmt dastand, und flüchtete dann, ohne seine Hand zu berühren, zu ihrer künftigen Schwiegermutter. Die Frau schloß Mary sofort in die Arme und brach in Tränen aus, als hätte man ihr in diesem Augenblick die verlorene Tochter zurückgegeben. Vor Rührung konnte sie sich kaum noch auf den Beinen halten und wäre beinahe mit Mary umgefallen, hätte nicht Mutter im letzten Augenblick einen Stuhl hinter sie geschoben, auf den sie sich sofort schwerfällig sinken ließ, ohne jedoch Marys Hand loszulassen.

»Ich nehme sie«, sagte sie mit erstickter Stimme und wandte sich an ihren Mann. »Abu Asim, dieses Mädchen ist unseres.«

Auch der zukünftige Bräutigam tastete wie blind nach der Lehne seines Stuhls und setzte sich. Er wirkte noch immer unbeholfen, als hätte er mit der ganzen Sache nichts zu tun, während der aufmerksame Asim Mary mit wissendem Lächeln eine Zigarette anbot. Die schaute ihn erstaunt an und lehnte mit der Unschuldsmiene eines kleinen Mädchens ab. Großvater war indessen schon ein wenig nervös geworden und ließ seinen Blick immer wieder zur Wasserpfeife wandern, die nach wie vor in der Ecke stand.

»Hört endlich auf zu rauchen!« befahl Mutter.

Aber nur Wahid drückte sofort die Zigarette aus. Hätte ich Mary in diesem Augenblick nicht so sehr beneidet, ihr Spiel wäre auch für mich ein einziges Vergnügen gewesen. Mir war, wenn ich einen Raum betrat, noch nie eine solche Woge der

Bewunderung entgegengekommen, und in einem Anflug von Selbstmitleid dachte ich an die Worte Amichais: »Das Mädchen aus meiner Kindheit haben sie ermordet, und mein Vater ist tot.« Was wäre, wenn mein Vater noch lebte... Wahids Mutter hielt noch immer Marys Hand fest umklammert, und ich dachte: Nimm sie und du wirst an ihr ersticken! Du weißt nicht, welche Schlange du da an deinen Busen drückst.

Ich nahm einen Schluck von der kalten Limonade, die Mutter inzwischen auf einem Tablett herumgereicht hatte. Was hatte Mary vor – wollte sie tatsächlich diesen Tölpel zum Mann nehmen? Ich schaute zu Wahid hinüber. Er hatte bisher fast nichts gesagt. Als Großvater ihn fragte, wie die Geschäfte liefen, antwortete er kurz: »Gelobt sei Gott« und verstummte dann wieder, als wäre er über seine eigenen Worte erschrocken. Warum begegnete ihm Mary nicht mit Hohn und Spott? Schon als kleines Mädchen hatte sie sich über die anderen erhoben, und selbst die frechsten Jungen des Wadi hatten ihre Zunge gefürchtet. Ich verglich Wahids plumpen Körper mit der eleganten weißen Erscheinung aus Marys Traum. Mary selbst schaute Wahids Mutter nun geradezu flehend an – sie möge doch endlich etwas tun, um diese unerträgliche Spannung zu lösen. Die Frau ließ Marys Hand schließlich los und klopfte ihr beschwichtigend auf die Schulter, als wolle sie sagen: Du hast ja recht, meine Tochter. Dann richtete sie sich kerzengerade auf und sagte im Befehlston: »Abu Asim, sprich!«

Und der Vater sprach. Zunächst wandte er sich an Großvater. »Wir kennen uns ja schon seit vielen Jahren...

Das war eine einzige Lüge – sie hatten höchstens Mutter ein paarmal bei einer Trauerfeier gesehen! Aber Großvater war schließlich ein Ägypter mit schier unendlicher Geduld. »Wir sind eine Familie«, sagte er bloß mit ruhiger Stimme.

»Aus den Briefen meiner Schwägerin in Jordanien habe ich nur Gutes über euch erfahren.« Dabei lebten wir nur einen

Katzensprung von ihrem Dorf entfernt. Wenn sie so viel Gutes erfahren hatten, warum hatten sie sich nicht ein einziges Mal an uns erinnert, zu Weihnachten oder zu Ostern...

»Ich gratuliere dir und deiner Schwiegertochter. Dank eurer Hingabe und Fürsorge sind in diesem Haus zwei so wunderschöne Blumen herangewachsen.« Und bei diesen Worten schaute er Mary und mich an. Allerdings glitt sein Blick rasch über mein Gesicht hinweg, als wäre ich verdorrtes Gras, das in einem prächtigen Blumenkranz steckt. »Ihr könnt wirklich stolz sein.«

Großvater rieb sich mit zwei Fingern über den Nasenrücken und erwiderte: »Du magst doch den Rauch einer Wasserpfeife, stimmt's?« Er erhob sich und richtete sich in dem kleinen Zimmer zu voller Größe auf. Dann wandte er sich an Mutter, als nähme sie an einem geheimen Ritual teil. »Lassen wir unseren Gast wirklich guten Tabak genießen.«

Mutter verschwand in der Küche, und Großvater stellte die Wasserpfeife zwischen sich und den überraschten Vater.

»Die Mischung ist mein Geheimnis – ich hüte es wie meinen Augapfel«, sagte er und steckte seine Hand in den Tabaksbeutel. Während er den Tabak beinahe liebevoll durchknetete, richtete er wieder das Wort an Wahids Vater: »Heute macht sich fast niemand mehr etwas aus einer Wasserpfeife. Und ich habe immer schon jemanden gesucht, an den ich mein Rezept weitergeben kann. Es wäre doch schade, ein solches Geheimnis mit ins Grab zu nehmen.«

Er setzte sich wieder auf seinen Stuhl und schaute in Richtung Küche, als wolle er sagen, daß es sich nicht lohne weiterzureden, bevor nicht die glühenden Kohlestücke gebracht wurden. Wir saßen schweigend da, als gäbe es an diesem Abend nichts Wichtigeres als Großvaters alte Wasserpfeife. Als Mutter schließlich aus der Küche kam, nahm Großvater eine ordentliche Portion Tabak und schichtete die glühende Kohle darüber. Dann nahm er zur Probe selbst einige Züge, die von dem bekannten melodischen Blubbern begleitet wurden, und reichte dann das Mundstück zu Wahids Vater hinüber. »Ja«, sagte Großvater, »es gibt nichts über uns und nichts unter uns.«

Wahids Mutter zuckte zusammen, als wäre ihr ein glühendes Kohlestückchen in den Schoß gefallen. »Was?«

»Sie haben kein Geld«, sagte der Vater, der bereits von der Wirkung des Tabaks ein wenig benebelt schien.

»Kein Geld, keinen Besitz«, verkündete Großvater, als überbrächte er eine erfreuliche Botschaft.

»Das kann doch nicht sein«, sagte Wahids Mutter ungläubig.

»Was kann nicht sein?« fragte Großvater und lächelte. »Daß wir beides haben und es nur verstecken? Wenn es doch so wäre! Für Mary würde ich nicht einmal meine Seele verstecken.«

Er sprach die Wahrheit aus, und das an einem Abend voller Lügen.

»Dann gibt es für die beiden armen Mädchen ja gar keine Zukunft«, sagte Wahids Mutter aufgeregt.

Mutter wurde blaß, und auch in der Stimme Asims lag wenig Hoffnung, als er sagte: »Vielleicht findet sich ja trotzdem ein Weg.«

Wahids Mutter stand auf. »Welchen Weg soll es da geben? Sie glauben offenbar, sie könnten deinen Bruder bestehlen, und du machst schöne Worte.« Sie schaute zu mir herüber. »Eine haben sie ja schon begraben, aber der zweiten droht das gleiche Schicksal.«

»Bitte, reg dich nicht auf.« Der Vater suchte nun nach beschwichtigenden Worten. »Wir sind hier zu Gast, und es ziemt sich nicht, unsere Gastgeber zu beleidigen. Beruhige dich, Frau.«

Sie stützte die Hände in die Hüften. »Was steckst du dieses eklige Ding in den Mund?«

Großvater seufzte und griff nach der Schachtel »Marlboro«, um sie dann nach einem kurzen Zögern Wahid zu reichen, der sich eine Zigarette herauszog. Gleich darauf verschwand die Schachtel in Großvaters Jackentasche.

»Es lohnt sich nicht, auch nur eine Sekunde hierzubleiben«, zeterte Wahids Mutter. »Wir gehen.«

In diesem Augenblick wurde laut an die Wohnungstür geklopft. Das wird Suheer sein, dachte ich bei mir – und irgendwie gefiel es mir, daß er gerade jetzt auftauchte.

Wieder donnerte ein wütender Schlag gegen die Tür.

»Das kann nur Abu Nachlah sein«, sagte Mutter mit leiser Stimme.

Großvater stand schwerfällig von seinem Stuhl auf. »Wer ist da?«

»Macht auf!« sagte eine fremde Stimme auf hebräisch.

Die Mutter des Bräutigams setzte sich wieder. Offensichtlich verblüffte auch sie das Erscheinen eines Juden, den niemand gerufen hatte. Mutter öffnete die Tür. Auf der Schwelle stand der Zwerg, der keiner war. Ich hatte das Gefühl, daß mein Gesicht abwechselnd in heißes und kaltes Wasser getaucht würde. Der junge Mann verstummte, als er die vielen Leute in unserer Wohnung sah. Seine Augen wirkten hinter den dicken Brillengläsern riesig, sogar etwas hilflos. Mary versteckte sich schnell hinter dem Rücken von Wahids Mutter, damit unser neuer Mitbewohner nicht gleich verriet, daß sie einander kannten.

»Ja, bitte?« fragte Großvater kühl, aber höflich.

»Jemand ist in mein Zimmer eingebrochen und hat mich bestohlen«, sagte unser Nachbar mit empörter Stimme.

»Komm doch bitte herein. Komm schon.« Als der Nachbar einen Schritt ins Wohnzimmer machte, brach Großvater erst mal in sein lautes, gutmütiges Lachen aus, und ich sah, wie sich die Augen des jungen Mannes hinter der Brille zu Schlitzen verengten.

»Warum lacht er?« fragte er verwirrt und schaute uns nacheinander an, als erwarte er eine Antwort.

Großvater klopfte ihm freundlich auf die Schulter. »Und das ist also der Mann, von dem wir felsenfest überzeugt waren, daß er selbst ein Dieb ist!« rief er prustend auf arabisch. »Tja, mein Sohn, das ist dein Berufsrisiko.«

Gut, daß er ein Neueinwanderer ist und ganz bestimmt kein Arabisch versteht, dachte ich bloß. Alex schaute uns immer noch verblüfft an. »Ist er betrunken?« fragte er schließlich.

»Ja«, sagte Mutter schnell. »Ja. Wir haben Gäste, und er hat ziemlich viel getrunken.« Dann ging sie auf ihn zu und faßte beschwichtigend seinen Arm. »Komm, mein Sohn, komm. Setz dich einen Moment zu uns und trink etwas.« Und gegen seinen Willen zog sie ihn auf einen Stuhl, schob ihm ein Glas Limonade zu und sagte: »Jetzt erzähl uns erst mal, was passiert ist.«

Ich schaute mich suchend nach Mary um, aber sie war offenbar in die Küche oder in unser Zimmer geflohen – vielleicht dachte unser kurzsichtiger Nachbar, daß ich Mary sei, denn er schaute mich mit so einem seltsamen Blick an.

»Wann soll denn in dein Zimmer eingebrochen worden sein?« fragte Mutter.

»Ich studiere morgens«, antwortete er. Mutter stand die ganze Zeit über neben ihm und ließ ihn nicht aus den Augen. »Und in der Nacht arbeite ich im Hafen. Als Lastträger.«

»Und was studierst du?«

»Ich studiere Elektrotechnik an der Technischen Hochschule. Wenn ich mit dem Studium fertig bin, werde ich praktischer Ingenieur sein.« Wie viele Neueinwanderer sprach er etwas umständlich.

»Der Bursche ist aufrichtig und sagt die Wahrheit«, sagte Großvater leise auf arabisch.

»Ja, und heute, als ich von der Hochschule kam, stand die Tür meines Zimmers offen.«

»Vielleicht hast du nur vergessen, sie abzuschließen», sagte Mutter.

»Jemand hat das... aufgebrochen« sagte er und schaute ausgerechnet mich hilfesuchend an.

»Das Schloß.«

»Ja, das Schloß, danke. Es ist ganz kaputt. Hat denn niemand etwas gehört?«

Großvater stand von seiner Liege auf, schob Mutter sanft zur Seite und nahm ihren Platz ein. »Nein, mein Sohn, wir haben nichts gehört. Und selbst wenn wir etwas gehört hätten – wir hätten nichts unternommen.«

»Aber wieso nicht?«

»Wir sind Angsthasen, mein Sohn. Manchmal ist es für uns hier im Wadi besser, Angst zu haben. Und was ist dir gestohlen worden?«

»Geld. Die Hälfte meines Lohns.«

»Man sollte nie Geld im Zimmer lassen.«

»Und was soll ich jetzt machen?« fragte er mich.

Ich schwieg.

Mutter wiegte mitleidig den Kopf hin und her, als sie den traurigen Ausdruck in seinen Augen sah. Vielleicht stellte sie sich vor, wie er im Hafen Säcke schleppte. »Und warum bist du so ganz allein?« fragte sie ihn beinahe liebevoll.

»Mutter und Vater sind im Altersheim. Mutter ist sehr krank.« Er stand auf, schaute mich noch einmal an und wollte sich verabschieden.

»Einen Moment.« Mutter hielt ihn am Arm fest und ging dann in die Küche. Er stand etwas verloren da und bemühte sich, nicht in meine Richtung zu schauen, als er es aber dennoch tat, nahm ich meinen Mut zusammen und erwiderte seinen Blick. Meine Handflächen waren feucht. Mutter kam ins Wohnzimmer zurück und hielt ihm einen Teller voll Gebäck hin. »Bitte, nimm das mit.«

Er bedankte sich und nahm ein Plätzchen.

»Nein, nimm den ganzen Teller. Es ist alles für dich.« Und sie drückte den Rand des Tellers gegen seine Brust. Er nahm den Teller und ging langsam rückwärts zur Tür. »Ich werde wohl nicht zur Polizei gehen«, murmelte er. »Danke, vielen Dank.« Und dann war er verschwunden.

Vielleicht hatte ich ihn mir so schon in meiner Phantasie vorgestellt – jetzt sprach alles zu seinen Gunsten. Ich sage nicht, daß ich mich in ihn verliebt hätte. In meinem Alter gibt es vielleicht nicht mehr Liebe auf den ersten Blick, aber der Computer, von dem Mary gesprochen hatte, hatte sich eingeschaltet. Dabei hatte ich gedacht, daß in mir die Quelle für solche Empfindungen längst versiegt sei.

Die zweite Verhandlungsrunde sollte offensichtlich beginnen. Mary selbst war ins Wohnzimmer zurückgekehrt und stand etwas verloren da. Wahid starrte sie an, als bezeuge er ein Wunder. Als sie sich schließlich neben ihn setzte, schoß ihm das Blut ins Gesicht. Er rutschte auf seinem Stuhl hin und her und schaute dabei flehend zu seinem Bruder hinüber, daß er doch für ihn sprechen solle.

»Wahid, meinst du nicht, daß es Zeit ist zu gehen?« fragte seine Mutter mit schmeichelnder Stimme.

»Wohin?« fragte ihr Sohn verwirrt.

Unter anderen Umständen hätte ich mich beherrscht, aber der kurze Besuch unseres Nachbarn hatte mich ein wenig übermütig gemacht, und so lachte ich kurz auf.

»Nach Hause natürlich«, sagte seine Mutter scharf. »Man will uns hier für dumm verkaufen!«

»Da sei Gott vor!« rief Mutter. »Es gibt nicht oft Gelegenheit, euch zu sehen. Das ist für uns wie ein Festtag. Umm Asim, bitte setz dich wieder. Wir haben euch noch nicht einmal etwas angeboten. Mary, bitte bring die Speisen aus der Küche.«

Die Gäste kauten stumm vor sich hin. Ab und zu versuchte jemand, das Gespräch in Gang zu bringen, aber Wahids Mutter wußte jede freundschaftliche Geste im Keim zu ersticken. Schließlich murmelte man ein paar Abschiedsworte und erhob sich, um zu gehen. Mary gehörte nicht zu den Menschen, die Beleidigungen schweigend schlucken, und so befürchtete ich bereits das Schlimmste – aber warum sollte sie es dieser Hündin nicht heimzahlen. Es war ohnehin alles verloren – und so groß war der Verlust nun auch wieder nicht. Wahid ging langsam zur Tür, wobei er verzweifelt zu Mary hinüberstarrte. Ich folgte seinem Blick und wollte meinen Augen nicht trauen: Zwei schimmernde Perlen zitterten auf Marys Wangen. Sie schaute mit den unschuldigen, schmerzerfüllten Augen eines verletzten Kindes zu Wahid, der gerade von seiner Mutter aus der Wohnung gezogen wurde.

Als die Tür ins Schloß fiel, stand Mary auf, und ihre Tränen der Verzweiflung verwandelten sich in Tränen der Wut.

»Beim Leben der Heiligen Jungfrau!« zischte sie. »Ich schwöre, daß ich sie fertigmachen werde. Bis ans Ende ihrer Tage soll sie nur noch Gras fressen und fauliges Wasser trinken!«

Mutter erbarmte sich ihrer Tochter und umfaßte Marys bebende Schultern. Als sie das Lächeln auf Großvaters Lippen sah, schrie sie ihn an: »Reiß dich zusammen!« Dann wandte sie sich wieder zu Mary, um sie zu trösten. »Gut, daß sie endlich weg sind. Es gibt doch noch andere, die darum betteln...«

»Ich denke gar nicht dran! Ich werde diesen Dummkopf heiraten, und sie wird meine Schwiegermutter sein. Genauso wird es kommen. Ich werde sie im Hof anketten, bis sie wie Hühnerkacke in der Sonne vertrocknet. Das schwöre ich euch!«

Ich glaubte ihr auch ohne Schwur. In diesem Augenblick dachte ich allerdings nicht an den Preis, den sie dafür würde bezahlen müssen.

FÜNF

Natürlich kam es zwischen Mutter und Großvater zum großen Streit.

»Du hättest dich viel mehr bemühen müssen.« schimpfte Mutter. »Du hast zugelassen, daß sie sich einfach aus dem Staub gemacht haben.«

»Wahids Mutter sollte das Gefühl haben, daß alles nach ihrem Willen verlief«, sagte Großvater mit ruhiger Stimme.

»Und wenn Mary nun das gleiche Schicksal erleidet wie Huda?« fragte Mutter. »Sie hat schließlich zugelassen, daß Bahidsh ihr zwischen den Fingern entschlüpft.«

»Weil ihre Finger wertvoller sind als er.«

»Und nun ist er verheiratet und verdient ordentlich, während ihr die Jahre davonlaufen.«

Großvater lief im Zimmer auf und ab, als wäre er in einem Käfig gefangen. Selten hatte ich ihn so unruhig gesehen. Alle paar Minuten zog er seine Hose am Gürtel hoch. Jetzt aber blieb er vor mir stehen, sah mich zärtlich an und sagte dann leise: »Huda ist immer noch mein kleines Mädchen.«

Mutter verzog das Gesicht. »Kleines Mädchen ...«

Großvater ging wieder zu seiner Liege, nahm das Mundstück der Wasserpfeife und schwieg, als horche er auf das Blubbern des Wassers wie auf ein Orakel.

»Du hättest dieses aufgeblasene Weib ruhig etwas strenger behandeln können«, sagte Mutter nun schon freundlicher.

»Man darf bei einer Verwandten den Bogen nicht überspannen.«

»Diese Hexe nennst du Verwandte?«

»Sie wird Marys Schwiegermutter sein.«

»Und meine Brüder kehren morgen nach Israel zurück«, sagte Mutter höhnisch.

»Warum sollten sie auf das verzichten, was sie in Jordanien haben. Dort verjagt man sie nicht und beschimpft sie auch nicht als Hunde. Und Mary hat sich bereits entschieden.«

Mutter und ich schauten zu Mary hinüber, aber sie verzog keine Miene.

In diesem Augenblick hatte ich das Gefühl, daß der schöne, der bedeutende Teil ihrer Persönlichkeit beschlossen hatte, sich für den weniger bedeutenden Teil zu opfern. Ich suchte ihren Blick, aber sie wich mir aus. Ich hätte ohnehin nicht gewußt, was ich ihr raten sollte.

Plötzlich klopfte es an der Tür und unser Nachbar erschien, der den Teller zurückbringen wollte. Er war jetzt rasiert und trug ein gebügeltes Hemd, und er wirkte schon etwas selbstbewußter als bei unserem letzten Zusammentreffen. Ich hatte die ganze Zeit an diesen Teller denken müssen, in der Hoffnung, er würde ihn nicht gerade dann zurückbringen, wenn ich nicht zu Hause war.

»Komm herein, komm herein«, forderte Großvater ihn auf und deutete auf einen Stuhl neben seiner Liege.

Der Nachbar stellte seine Tasche auf den Boden und nahm Platz, während er Mary und mich anschaute. Er hatte offenbar nicht vor zu verraten, daß sie sich einander schon vorgestellt hatten – und Mary spielte natürlich mit.

»Ich heiße Alex«, sagte er kurz angebunden.

»Das sind Huda und Mary, und das ist mein Schwiegervater«, stellte Mutter uns vor.

Alex runzelte die Stirn und kniff hinter der Brille die großen Augen zusammen.

»Der Schwiegervater – das ist der Vater des Ehemannes«, erklärte ich.

»Aha, danke... Und wo ist der Vater?«

»Der ist tot«, sagte ich.

Alex reichte Mutter den Teller und sagte: »Sie haben sehr gut geschmeckt. Ich dachte, sie reichen für eine ganze Woche, aber ich habe sie alle in einer einzigen Nacht aufgegessen.«

»Ich möchte wissen, wo Abu Nachlah diesen Burschen aufgelesen hat«, sagte Großvater auf arabisch und lächelte.

Alex schaute zu mir, als erwarte er, daß ich Großvaters Worte für ihn übersetzte. Ich sagte: »Großvater hat gesagt, daß du sehr offenherzig sprichst.«

»Was ist das – offenherzig?«

»Wenn man das sagt, was man denkt, ohne Zensur«, erklärte Mary.

Er hatte den spöttischen Unterton in ihrer Stimme gleich herausgehört. »Wer übt denn hier drin Zensur?« fragte er. »Draußen gibt es genug davon.« Er wartete, bis wir Großvater das Wort »Zensur« auf arabisch erklärt hatten. Dann beugte er sich zu seiner blauen Tasche hinunter, zog eine Flasche heraus und reichte sie Mutter. »Bitte.«

Mutter zuckte zurück. »Das können wir auf gar keinen Fall annehmen!«

»Was ist es denn?« fragte Großvater neugierig.

Alex drehte sich zu ihm um und hielt die Flasche so, daß Großvater das Etikett sehen konnte. »Wodka, guter Wodka.« Aber plötzlich stutzte er. »O je, Verzeihung, Verzeihung!«

»Was ist los? Wofür entschuldigst du dich?« fragte Großvater.

»Ich habe nicht dran gedacht. Man sagt, daß Muslime so etwas gar nicht trinken dürfen.«

»Wir sind Christen«, lächelte Großvater, streckte die Hand aus und nahm die Flasche, wobei er sich mit einem Kopfnicken bedankte. »Und die Trompete?« fragte er plötzlich. »Ich hoffe, sie wurde dir nicht auch gestohlen.«

»Nein, da habe ich Glück gehabt.« Ihm schien etwas durch den Kopf zu gehen. »Ich störe bestimmt«, sagte er schüchtern.

»Nein, überhaupt nicht. Wir haben es gern, wenn du spielst«, beruhigte ihn Großvater etwas übertrieben und stellte die Flasche neben seine Liege.

»In Rußland habe ich manchmal auf Hochzeiten gespielt, auch bei Begräbnissen. Um ein bißchen Geld zu verdienen. Damals im Waisenhaus habe ich angefangen zu spielen.«

»Aber du hast doch gesagt, daß deine Eltern hier in Israel in einem Altersheim sind.«

»Ja, ja, ich habe Eltern, aber aufgewachsen bin ich im Waisenhaus. Das ist eine lange Geschichte ... Vom Dach aus kann ich das Meer sehen.«

Großvater lächelte. »Und du spielst dem Meer etwas auf deiner Trompete vor?«

»Nein, dann spreche ich mit Assja.«

»Assja«, wiederholte Großvater wissend.

»Wenn es dunkel ist, in der Nacht, fühle ich ... ich ...«

»Sehnst du dich«, sagte ich. »Fühlst du Sehnsucht.«

»Ja, ja. Danke. Sehnsucht«, sagte er und schaute mich an. »Das ist sehr traurig, auf dem Dach zu stehen und an etwas zu denken, was sehr weit weg ist ...«

»Davon brauchst du mir nichts zu erzählen!« Großvaters Stimme klang seltsam verändert.

»Du bist aber doch kein Neueinwanderer«, wunderte sich Alex.

»Jeder Mensch hat seine eigene Geschichte. Auch ich bin nicht hier geboren... Gläser!« rief er Mutter zu. »Trinken wir!«

Wortlos füllte Großvater die beiden kleinen Gläser. Die Flüssigkeit war durchsichtig wie Tränen. Bestimmt ist er jetzt in Gedanken bei Assja, dachte ich. Mir war heiß, und ich fühlte, daß mein Gesicht glühte. Großvater schenkte schon wieder nach. »Du wirst dich noch betrinken«, rief Mutter aus der Küche.

»Ich bin noch nie betrunken gewesen – und du hältst dich auch gut«, sagte Großvater zu Alex.

Alex setzte seine Brille ab und wischte sich mit dem Handrücken über die Stirn. In seinem Blick lag etwas beinahe Sanftmütiges. Plötzlich deutete er auf uns Frauen. »Sie trinken ja gar nichts und sagen die ganze Zeit über kein Wort.«

»Sie verstehen das nicht, mein Sohn. Sie verstehen einen Menschen nicht, der auf dem Dach steht und die Trompete jaulen läßt.«

»Schluchzen«, korrigierte ich Großvater. »Schluchzen – wie ein weinendes Kind.«

»Schluchzen«, wiederholte Alex, »das ist ein schönes Wort.« Er setzte seine Brille wieder auf und sah mich prüfend an. Und wieder schien es mir, als suche er in meinem Gesicht ein anderes.

Alex stand auf. »Heute abend bekomme ich Gäste, ja, zu einer kleinen Feier. Ich hoffe, es stört nicht?« sagte er in Richtung Küche.

»Aber nein«, antwortete Mutter höflich.

Mit langsamen Schritten ging er rückwärts zur Tür, öffnete sie und verschwand.

»Ich bin müde«, sagte Mary, als wir am selben Abend in unseren Betten lagen.

»Ich mach besser die kleine Lampe zum Lesen an«, sagte ich und schlug das Bändchen von Amichai auf. Immer wieder las ich dieselben zwei Zeilen:

Und die Tür meines Hauses ist offen,
wie ein Grab,
aus dem sie auferstanden sind.

Ich glaubte nicht an die Auferstehung der Toten. Das war ein Traum der Lebenden, nicht der Toten. Schon öfter hatte ich daran gedacht, ihm zu schreiben. Wahrscheinlich schrieben ihm viele Mädchen und Frauen – Shirley schrieb immerzu an irgendwelche Schriftsteller, irgendwelche Künstler. Amichai erzählte nicht von einer schönen Welt. Seine Gedichte glichen einer von Grabsteinen gesäumten Allee. In ihnen hatte er jene Träume beerdigt, von denen er selbst nicht wußte, wo und wann sie gestorben waren.

»Er hat also eine Assja«, sagte Mary plötzlich.

»Schläfst du denn noch nicht?«

»Nein, ich kann nicht einschlafen.«

»Versuch es doch mal wie ich – man darf sich nicht wie eine Verrückte hin und her werfen. Leg dich ruhig hin und entspanne dich. Ich lasse den Körper regelrecht erstarren.«

»Weil du sowieso einen erstarrten Körper hast«, sagte Mary giftig. »Kannst du auch die Gedanken, die dir im Kopf herumgehen, erstarren lassen?«

»Ich versuche, an nichts zu denken«, sagte ich gereizt.

»Ich versuche, an nichts zu denken«, äffte Mary mich nach. »Ich versuche, nichts zu fühlen, ich versuche, nicht zu lieben, nicht mal im Traum. Wofür lebst du eigentlich?«

Auf der Straße heulte die Sirene eines Polizeiautos. Auf einem weit entfernten Dach krähte ein Hahn. Dshamilas Katze jammerte schrill, als säße sie in einem brennenden Karton.

»Ich weiß nicht, wofür ich lebe.«

Mary warf ihre Decke ab und pirschte sich an mein Bett heran. »Na, ist dir kalt, meine Kleine?«

Ich schrie auf, noch bevor sie mich berührt hatte. »Geh weg! Hör auf, mich zu kitzeln!«

Sie setzte sich auf den Rand meines Bettes. »Was machen deine Schmerzen?«

»Sind weg.«

»Ich mach uns jetzt erst mal einen Tee.«

Wir lehnten uns im Schneidersitz an die Wand und tranken langsam den starken süßen Tee. »Da sind auch Frauen auf der Treppe«, sagte Mary, als Alex' Gäste nach und nach eintrafen. »Ich mag diese Art von Lachen bei Frauen nicht – dieses Partylachen.«

Als Bahidsh damals im Studentenwohnheim in Romema eine Neujahrsfeier veranstaltet hatte, bot ich ihm natürlich meine Hilfe an. Eine Kiste Whisky und mehrere Kästen dänisches Bier türmten sich in der winzigen Küche. Unter dem stechenden Blick Lenins und dem Rauschebart Fidel Castros deckten wir in dem schmalen Zimmer den Tisch. Außerdem hingen Poster palästinensischer Freiheitskämpfer hinter Stacheldraht an den Wänden. Die Gäste waren arabische Studenten. Unter den Frauen war ich allerdings die einzige Araberin. Ansonsten waren drei Amerikanerinnen und eine Deutsche mit zwei grüngefärbten Haarsträhnen gekommen. Die ganze Zeit über strich sie sich über den Schenkel, als schliefe darauf eine Katze. Bahidsh plauderte auf englisch mit ihr. Mir war von dem Geruch nach Haschisch und Bier schon bald übel. Nachdem ich drei Stunden lang hin- und hergelaufen war, floh ich in die kleine Küche und trank auf nüchternen Magen einen starken schwarzen Kaffee. Bahidsh kam mir betrunken nach und zerrte mich ins Zimmer, wo er mir die Hand auf die Schulter legte. »Wir haben vergessen, Huda für all ihre Mühe zu danken«, verkündete er mit lallender Stimme.

Die Deutsche strich sich noch immer über den Schenkel, während ihr die Worte wie vertrocknete Fliegen von den Lippen fielen. »Bahidsh ist aber viel schöner als seine Schwester. Überhaupt habe ich bisher nur wenige schöne Araberinnen getroffen.«

Bahidsh klärte ihren Irrtum nicht auf, und so glaubte sie weiterhin, daß ich seine Schwester sei. Um zwei Uhr morgens war ich wie tot. Bahidsh konnte natürlich als Gastgeber die Party nicht verlassen. Aber einer seiner Freunde erklärte sich bereit, mich ins Wadi zurückzufahren. Allerdings sollte ich ihm vor jeder Ampel sagen, ob sie gerade rot anzeige, und ihm auf der Ruppin-Straße helfen, das Steuer zu halten, damit wir nicht aus Versehen den steilen Abhang hinunterrasten – unterwegs fielen ihm dann noch ein paar weitere Bedingungen ein, die ich jedoch zurückwies. Neben dem Gebäude von »Solel-Boneh« hielt er schließlich an und weigerte sich, weiterzufahren. Er lehnte sich zurück und lächelte mich mit jenem dämlichen, selbstzufriedenen Ausdruck an, den Betrunkene manchmal haben. »Kein Wunder, daß Bahidsh sich in fremde Gärten flüchtet«, sagte er mit boshafter Stimme. Er beugte sich zu mir herüber, und als ich mich in Panik so eng wie möglich an die Tür preßte, öffnete sie sich plötzlich und ich fiel hinaus. Er lief um das Auto herum und versuchte, mir beim Aufstehen zu helfen, aber ich stieß ihn zurück...

Der Klang der Trompete oben auf dem Dach war wie eine Fahne an der Spitze einer feierlichen Prozession. Jemand spielte Akkordeon, und russische Lieder, in deren Fröhlichkeit ein melancholischer Ton mitschwang, hallten über das Wadi.

Mary lehnte sich an meine Schulter.

»Meinst du es wirklich ernst, Mary?« fragte ich vorsichtig.

»Was?«

»Dich in Namrah mit diesem Tölpel und seiner schrecklichen Mutter bei lebendigem Leib begraben zu lassen.«

»Ich habe gar keine andere Wahl. Ich bin nicht so wie du. Du wurdest mit einem Zügel zwischen den Zähnen geboren. Und Großvaters Optimismus habe ich leider auch nicht geerbt – der sieht den Mist von heute und denkt, daß auf ihm die Rosen von morgen wachsen. Ich pfeife aber auf die Rosen von morgen.«

»Dann ist es also einfach eine Flucht, wenn du in dieses Dorf gehst.«

»Du bist hier die Spezialistin im Weglaufen. Ich ändere einfach nur die Richtung. Ich bin lieber die Königin im Dorf als eine Maus im Wadi.«

»Und du bringst es über dich...«

»... mit Wahid zu schlafen? Im Dunkeln, Huda, im Dunkeln wird's schon gehen. Aber erst muß er duschen – den Gestank hält ja keiner aus. Und die Ziegen und Hühner wird seine Mutter auch vom Hof verschwinden lassen müssen, bis er mir ein eigenes Haus gebaut hat.«

»Na, ob sie sich darauf einlassen.«

»Du hast doch selbst gesehen, wie ihm das Wasser im Mund zusammengelaufen ist.«

Sie lauschte auf die Geräusche von oben. »Verdammt noch mal, ihre Lieder machen einen ganz schwermütig. Komm, Huda, wir gehen ans Meer.«

»Du bist ja verrückt geworden! Es ist fast Winter!«

»Dann legen wir uns eben nur in den Sand und schauen aufs Wasser. Und wenn wir Glück haben, kommt eine Welle und reißt uns davon.«

»Du und deine verrückten Einfälle. Ich will jetzt schlafen.«

Der melancholische Klang der Trompete schwebte wieder zum Fenster herein.

»Wie ein kranker Hund«, sagte Mary traurig.

Aber es lag viel mehr darin. Alex' Trompete erfüllte unser dunkles Haus mit Dunkelheit, breitete eine zweite Nacht über die Nacht.

SECHS

Was die Intensität von Wahids Begehren betraf, so übertrieb Mary ohne Zweifel. Wahid schien mir nicht gerade der leidenschaftliche Typ Mann zu sein. Schließlich war er schon etwas älter und überlegte sich jeden seiner Schritte offenbar reiflich. Es war eher unwahrscheinlich, daß er sich mit seinen Eltern überwerfen würde, schon gar nicht mit seiner Mutter. Mary hatte ihm zwar gefallen, wahrscheinlich sogar mehr als das, aber wenn ein Mann wie Wahid sich mit dem Gedanken trug zu heiraten, dann dachte er gewiß an eine fleißige, gesunde, nicht allzu dumme, aber auch nicht allzu gescheite Frau, die ihm viele Kinder gebären und vor allem Gehorsam an den Tag legen würde. Eine solche Frau zog er sicherlich einem wilden jungen Ding vor, auch wenn es bildhübsch war. Mary kannte ganz andere Männer, aber mir schien, daß sie sich zu der traditionellen Auffassung bekehrt hatte, derzufolge man zwischen Liebe und Ehe unterscheiden mußte. Es war nicht zu bezweifeln – sie wollte Wahid und keinen anderen zum Ehemann. Bei dem mißglückten Antrittsbesuch hatte sie alles versucht, um Wahids Mutter für sich zu gewinnen, und war kläglich gescheitert.

Mutter allerdings empfand die Niederlage viel schmerzlicher – die Vergangenheit ließ sie einfach nicht los. Ihr Vaterhaus erhob sich wie ein Berg hinter dem Horizont vergangener Tage. Es war auf die Namen ihrer Brüder eingetragen gewesen und in dem Moment beschlagnahmt worden, als man sie nach Jordanien abgeschoben hatte. Nach 1948 hatte sie in ihrer Mutlosigkeit und Verzweiflung nichts unternommen, um etwas über sein Schicksal herauszufinden, und im Laufe der Zeit hatte sich das Haus in ihrer und unserer Phantasie in einen Märchenpalast verwandelt. Die in ganz Israel verstreut lebenden Verwandten mochten von der Vergangenheit allerdings nichts mehr hören. Ich hatte Mutter im Verdacht, daß sie nicht in erster Linie den Toten die letzte Ehre erweisen wollte, wenn sie zu jeder Trauerfeier unserer Familie eilte. Der Tod ist wie eine Niederlage – und jene Männer und Frauen, die sich von ihr abgewandt hatten und nun in schweren Särgen in ihr Grab versenkt wurden, hatten jede Macht verloren – die Erde verschlang jeden erbarmungslos, ohne Ansehen der Person. Ein gewisses Gefühl der Genugtuung war es wohl, was sie dorthin zog. Der Besuch von Wahid und seiner Familie hatte allerdings neue Hoffnungen in ihr geweckt, an die Vergangenheit anknüpfen zu können.

Bei Großvater war das anders. Er war an den Ufern eines mächtigen Stroms aufgewachsen, der durch eine riesige Wüste floß. Er glaubte nur bedingt an den Willen des einzelnen Menschen. Für ihn waren Gott und das Schicksal ein und dasselbe, und in ihrem Angesicht konnte man nur eines tun: entweder wütend mit den Zähnen knirschen oder das Leben lächelnd als einen großen Scherz begreifen.

Am Abend setzte er sich an den Tisch und betrachtete die feinen Falten um Mutters Augen. »Es ist doch schade um das Essen«, sagte er mit weicher Stimme. »Sag bloß, daß sich jetzt auch das Brot und der Käse gegen dich verschworen haben.«

»Ich bekomme einfach keinen Bissen herunter. Und du? Warum ißt du nicht?«

»Man erstickt ja regelrecht, wenn ringsherum alle fasten.«

Noch am selben Abend besuchte uns Abu Nachlah, wobei er diesmal ohne Umschweife zur Sache kam. Seinen Fes legte er auf den Stuhl neben sich, womit er eindeutig zu verstehen gab, daß er nicht eher wieder gehen würde, bevor die Angelegenheit nicht geklärt sei.

»Ich habe mit Dshamila gesprochen«, eröffnete er das Gespräch. »Wenn ich sie richtig verstanden habe, dann lief es mit euren Verwandten nicht so gut, und ihr habt es nicht geschafft, Mary zu verkaufen.«

»Wir hatten nicht vor, sie zu verkaufen«, sagte Großvater ruhig.

»Meinetwegen.« Es war ihm egal, wie man die Sache benannte. Ihm war nur daran gelegen, sein Geschäft unter Dach und Fach zu bringen. »Sie ist ja wirklich hübsch, zugegeben, aber Suheer hat doch etwas übertrieben. Und überhaupt darf man wegen einer Frau nicht gleich den Kopf verlieren.«

»Er wird sich wieder fangen«, meinte Großvater. »Junge Menschen übertreiben manchmal.«

»Suheer und jung?« Abu Nachlah verlor langsam die Geduld. »Er ist immerhin vierzig Jahre alt!«

»Vor allem darf man den Glauben nicht verlieren«, sagte Großvater im Singsang eines Predigers – er, der Predigten zutiefst verabscheute. »Gott ist groß.«

Abu Nachlah fing an zu lachen. »Erzähl mir bloß noch, du hättest angefangen zu beten.«

»Ich habe ja nicht behauptet, daß ich ein Priester bin«, antwortete Großvater gelassen.

Abu Nachlah war ein Gauner, aber kein Ketzer. Er glaubte an Gott, sah in ihm jedoch eine Art Finanzbeamten, der über die korrekte Zahlung der Steuern wachte. Solange Gott ihn nicht ertappte, betrachtete er sich als unschuldig. Allah war groß und allmächtig und ewig, aber er hatte gewiß keine Zeit, sich allzu ausführlich mit einem so unbedeutenden Menschen wie Abu Nachlah zu beschäftigen. Dennoch mußte er auf der Hut sein: Überflüssige Worte über Allah konnten die Aufmerksamkeit des Wächters wecken... Nach einigen Sekunden des Schweigens kam er auf den Anlaß seines Besuchs zurück. »Also, ich bin wegen Suheer und Mary hier.«

Unser Erstaunen war gespielt, und Abu Nachlah war nicht im geringsten beeindruckt. »Wir Muslime«, fuhr er fort, »wir sind anders als die Juden und Christen. Unser Haus steht jedem offen, und wir zwingen niemanden, das Kreuz oder die Mesusa zu küssen. Ich weiß nicht, auf welche Art und Weise Mary meinen Sohn verhext hat, aber er schläft nicht mehr und läßt auch die anderen in der Familie nicht mehr schlafen. Gut. Das ist sicher Balsam auf eure Seelen – vielleicht wird er durch sie ja ein Mensch, Allah möge sie beide segnen. Und noch etwas, wir verlangen von euch kein Geld, keinerlei Mitgift. Im Gegenteil, Geld habe ich genug, und bei meinem Sohn werde ich nicht knauserig sein. Eine Villa sollen sie bekommen, wo immer sie wollen, und wenn es im teuersten Viertel der Juden ist. Oder auf dem Karmel.« Er hatte sein Sprüchlein aufgesagt und schaute uns nun prüfend an, um zu sehen, welchen Eindruck er auf uns gemacht hatte. »Umm Huda, eins mußt du zugeben – ich habe meinen Reichtum niemals für unnütze Dinge verschwendet. Ich bin immer bescheiden geblieben und habe mein Geld zusammengehalten, und es hat sich über die Jahre vermehrt, und jetzt bietet sich dir eine Gelegenheit, deine Tochter, deine künftigen Enkel daran teilhaben zu lassen.« Er schaute zu Großvater hinüber, der auf dem Mundstück seiner Wasserpfeife kaute. »Wir sind beide erwachsene Leute, und wir sind in der Lage, zu vergeben und zu vergessen. Was ist das, ein Muslim? Was ist das, ein Christ? Wir alle sind Menschen.«

Großvater sah in Abu Nachlah vor allem den Vertreter einer Behörde, und für ihn als Orientalen stellte jede Behörde eine schreckliche Bedrohung dar, die dem Menschen ebensolchen Schaden zufügen konnte wie eine Überschwemmung oder ein Brand. »Was kann ich dem hinzufügen?« versuchte er, sich um eine klare Antwort zu drücken.

»Danke Gott, gib dem jungen Paar deinen Segen und wünsche ihnen Glück.« Abu Nachlah holte tief Luft und schaute Großvater an, als könne er nicht begreifen, weshalb dieser sich immer noch nicht äußerte. »Du zögerst? Was gibt es da noch lange zu überlegen? Ihr seid Hungerleider, und ich werde alles, was ich habe, Suheer und eurer Tochter vererben.« Er drehte sich zu Mary um und lächelte sie auffordernd an. »Jetzt hängt alles von dir ab.«

»Ich werde tun, was Großvater und Mutter für richtig halten«, sagte Mary vorsichtig.

Nichts hätte mich mehr überraschen können. Sie war doch sonst nicht so ängstlich. Warum ließ sie sich jetzt die Entscheidung aus den Händen nehmen?

Abu Nachlah bedachte mich mit einem etwas schiefen Lächeln. »Hört ihr? Sie tut, was Großvater und Mutter für richtig halten! Aber als sie meinem Sohn an Häuserecken aufgelauert und ihm das Hirn vernebelt hat, da hat sie euch ja wohl auch nicht um Erlaubnis gebeten.«

»Abu Nachlah!« fuhr Großvater dazwischen.

»Laß gut sein«, unterbrach ihn sein Gast. »Das ist eine Sache zwischen mir und deiner Enkelin. Mary, hör gut zu. Ich sage dir noch einmal, daß du ein Mädchen so schön wie ein Morgen im Frühling bist. Aber wir beide wissen auch, wie kurz ein solcher Morgen ist. Sieh dir deine Schwester an. Auch sie hat die Nase einmal zu hoch getragen, und jetzt spucken sie nicht einmal nach ihr.«

»Abu Nachlah!« rief Großvater noch einmal.

Doch der redete einfach weiter. »Wie ihr euch vielleicht denken könnt, bin ich über diese ganze Angelegenheit alles andere als glücklich. Aber wenn Suheer dich mit aller Macht haben will, dann ist es vielleicht Schicksal. Du bist nicht gerade die zurückhaltende Jungfrau, die ich mir als Ehefrau für meinen Sohn erträumt habe – aber er mag nun mal glitzerndes Spielzeug.«

Mary stand abrupt auf und ging in unser Zimmer. Großvater rutschte auf seiner Liege hin und her, als kämpfte er mit unsichtbaren Fesseln. Abu Nachlah allerdings strahlte übers ganze Gesicht. »Denk nicht, daß ich dich verachte«, versuchte er, Großvater nun wieder friedlich zu stimmen. »Wenn auch nur ein einziges Wort von dem, was ich gesagt habe, gelogen war, dann will ich mir die Zunge abbeißen und sie auch gleich hinunterschlucken. Der Tod ist in den unterschiedlichsten Gestalten zu mir gekommen: Ich habe ihn nie wirklich gefürchtet, aber ich bin ihm immer respektvoll entgegengetreten.« Plötzlich erhob er sich. »Ägypter! Auch dir bringe ich Respekt entgegen. Ich werde einfach den Gedanken nicht los, daß du eine weitere Erscheinung des Todes bist. Ich hatte sowenig die Absicht, deine Ehre zu verletzen, wie ich die Absicht habe, den Tod zu beleidigen. Aber die Kinder sind nun herangewachsen – wenn auch nicht so, wie wir es uns vielleicht erhofft hatten. So ist sie eben, die neue Generation, man muß sich mit dem Willen des Allmächtigen abfinden. Und nun steh endlich auf. Ich bin nicht gekommen, um mich mit dir zu bekriegen.« Er wartete einen Moment, bevor er zur Tür ging und sie öffnete. »Soll sich Suheer allein wegen deiner Tochter den Kopf zerbrechen. Ich werde mich nun nicht mehr einmischen.«

Mutter war entsetzt. »Er wird uns zerstören! Du mußt ihn besänftigen!«

»Ich?« fragte Abu Nachlah erstaunt, schon auf der Türschwelle stehend. Sein Fes berührte beinahe den Türrahmen. »Vielleicht habe ich mich geirrt, Umm Huda. Vielleicht ist der Tod ja genauso erbärmlich wie mein Sohn. Soll doch deine Tochter ihn besänftigen. Ich habe alles versucht, was in meiner Macht stand, und man hat mich abgewiesen. Gott sei mit euch.«

In dieser Nacht herrschte bei uns tiefes, dunkles Schweigen. Niemand hatte gewagt, über den Besuch Abu Nachlahs zu sprechen. Dshamila besuchte uns nicht, nicht einmal ihre Katze war zu hören. Sogar Alex stieg gegen Morgen so leise die Treppe hoch, als gehe er auf Zehenspitzen. Mary warf sich die ganze Nacht unruhig hin und her. In der Dunkelheit war die Spitze ihrer glimmenden Zigarette wie ein Irrlicht. Aber trotz allem schlief sie am nächsten Morgen tief und fest auf ihrem zerwühlten Bett, und ihr ebenmäßiges Gesicht war ruhig und entspannt.

Etwa vier Stunden später betrat sie das Reisebüro, setzte sich auf einen Sessel und begann in einem Prospekt zu blättern, bestens gelaunt, wie es schien. Ich beneidete sie. Sie konnte die unangenehmen Dinge des Lebens immer wieder einfach vergessen. Ich war mit einem Kunden beschäftigt, schaute aber hin und wieder zu ihr hinüber. Ich sah, wie sie sich eine Zigarette aus der Schachtel nahm, die Adina ihr hinhielt, und dann mit Shirley plauderte. Boaz, der von ihrer wilden Mähne gebannt schien und sie offenbar für eine Kundin hielt, wurde von ihr mit einem koketten Augenaufschlag daran erinnert, daß sie meine Schwester sei.

»Ach ja, hallo, willkommen«, sagte Boaz etwas verlegen, legte einige Unterlagen auf Adinas Tisch und zog sich wieder in sein Büro zurück. In Marys Gegenwart wurden die schüchternen Männer noch schüchterner und die selbstbewußten plusterten sich auf.

»Ich bin gekommen«, sagte Mary zu Shirley, »weil wir für Huda einen Badeanzug kaufen wollen.«

Ich hatte mein Versprechen vergessen, und in diesem Augenblick erschien mir das alles ohnehin unsinnig und lächerlich. Shirley war überrascht. »Jetzt? Es ist doch schon fast Winter! Aber so ist Huda. Sie erinnert sich immer dann an etwas, wenn es schon zu spät ist.«

Wir machten uns zu dritt auf den Weg. Die Auswahl war riesig, aber alle Modelle betonten genau das, was ich lieber verstecken wollte. Der Besitzer des Ladens zog am Material des Badeanzugs, um die Elastizität des Gewebes zu demonstrieren, und mir war, als berührte er dabei meinen Körper und nicht das Kleidungsstück, das ich noch nicht gekauft hatte. Shirley drängte mich: »Nimm ihn! Der wird dir ganz bestimmt stehen. Du hast doch eine gute Figur.«

In ihrer Stimme lag kein Spott, aber ich traute mich nicht, ihr in die Augen zu schauen. Auch der Besitzer des Geschäfts wurde immer enthusiastischer. »Sie müssen ihn unbedingt anprobieren. Gehen Sie dort hinter den Vorhang.«

Aber das wollte ich nicht. Ich griff nach etwas Grünem und sagte: »Das hier, bitte.«

Draußen machte Shirley ihrem Ärger Luft. »Es hat ja gar keinen Sinn, mit dir einkaufen zu gehen, du kaufst sowieso immer das Häßlichste.«

Mary lächelte ihr geheimnisvoll zu. »Aber jetzt wird alles anders werden – Huda hat sich in einen Trompeter verliebt.«

Eigentlich hätte ich sofort alles abstreiten müssen, aber ich schwieg. Shirleys überraschter Blick tat mir sogar gut.

Am Abend erschien Wahid bei uns zu Hause. Er machte den Eindruck, als sei er so schnell gerannt, wie er nur konnte, und wisse nun, am Ziel angekommen, nicht, was er mit sich anfangen sollte. Er setzte sich, rauchte und schwieg. Schlürfend trank er den Kaffee, den wir ihm hingestellt hatten, und vermied es, jemanden anzuschauen. Selbst Mutters aufmunterndes Lächeln reichte nicht aus, um sein Schweigen zu brechen. Er war offensichtlich direkt von der Arbeit zu uns gekommen, und der scharfe Geruch von Schweiß stieg mir in die Nase. Ich sah, daß er einen Goldzahn hatte. Plötzlich stand er auf, schaute aus dem Fenster und murmelte wütend: »Die Polizei hat mir einen Strafzettel verpaßt.«

Mutter und Mary liefen zum Fenster. »Das ist aber auch wirklich eine besonders ungünstige Stelle«, sagte Mutter, als müßte sie sich rechtfertigen.

Da es wohl unhöflich gewesen wäre, gleichgültig dabeizusitzen, ging auch ich zum Fenster und sah, wie Alex gerade das Haus verließ. Er blieb einen Moment neben dem Auto stehen und sah sich den Strafzettel an. Plötzlich schaute er nach oben, und unsere Blicke begegneten sich, wobei er ein wenig die Hand hob, als wolle er mir zuwinken. Ich vergaß unseren Gast und folgte ihm mit den Augen, bis er in eine Seitenstraße abbog.

»Nimm es nicht so schwer«, versuchte Mutter, Wahid erneut zu trösten, und stellte geröstete Mandeln und Gebäck vor ihm auf den Tisch. »Geh, mach dich ein bißchen hübsch«, flüsterte sie dabei Mary zu.

Mary trug noch immer die Jeans vom Nachmittag und war ungeschminkt. Mit großen Augen sah sie zu Wahid. »Ich bin doch ordentlich angezogen, oder?« fragte sie in einem fast kindlichen Singsang.

Wahid wurde rot, und endlich gab Großvater sich einen Ruck und kam ihm zu Hilfe. »Es tut mir leid, daß der letzte Besuch so unglücklich zu Ende gegangen ist«, sagte er freundlich.

Wahid wandte sich an Mutter: »Ich bin nicht gekommen, um mich zu entschuldigen.« Dann schwieg er wieder. Die Worte schienen in seinem Kopf wie Vögel hin und her zu flattern, ohne ihm über die Lippen kommen zu wollen. Mary setzte sich ihm gegenüber, und sie strahlte, als sähe sie das Paradies zum Greifen nah vor sich.

Erneut versuchte Großvater, Wahid auf seine orientalische Art freundlich zu stimmen. »Wir sind dir sehr dankbar, daß du gekommen bist. Du wirst bei uns immer ein gerngesehener Gast sein.«

Wahid kämpfte wieder mit den Worten: »Umm Huda... Umm Huda, ich möchte Mary heiraten.«

Mutter strahlte. »Das ist für uns alle eine große Freude, eine sehr große Freude!«

Großvater erhob sich und gab Wahid die Hand, und nach kurzem Zögern umarmten sie sich.

Aber plötzlich meldete sich Mary zu Wort. »Das kommt erst mal gar nicht in Frage«, sagte sie beinahe patzig, und das Lächeln war aus ihrem Gesicht verschwunden.

»Aber warum? Warum denn?« rief Wahid aufgeregt.

Fast hätte ich laut aufgelacht. Trotz seiner rauhen Stimme wimmerte er wie ein Kind. Er ließ sich auf einen Stuhl fallen und starrte Mary an, die sich langsam mit der Zunge über die Unterlippe fuhr, als taxiere sie eine Beute. Sie sah beinahe zum Fürchten aus, wenn auch ihre Stimme schon wieder sanfter war. »Ich habe großen Respekt vor deiner Mutter und vor deinem Vater, aber ich möchte nicht als Feindin in euer Haus kommen – dazu fehlt mir die Kraft.«

»Natürlich, natürlich, das verstehe ich«, sagte Wahid schnell. »Aber ich würde doch niemals zulassen, daß man dich schlecht behandelt.«

»Du bist ein guter Mann«, umgarnte sie ihn mit ihrer melodischen Stimme.

»Ich verdiene gutes Geld mit ehrlicher Arbeit, Gott sei Dank. Du wirst dir die Hände nicht schmutzig machen müssen. Wir werden wohnen, wo immer du willst – wir können das Dorf auch verlassen.«

»Es geht nicht um ein Haus oder um Besitz«, sagte Mary. »Es geht darum, daß man eine Frau immer hinauswerfen kann, um sich dann eine neue zu suchen...«

Wahid starrte sie mit offenem Mund an. »Du glaubst doch nicht, daß ich dich hinauswerfen würde?«

»Eine Mutter allerdings kann man nicht austauschen«, sagte Mary unbeirrt. »Ich bin glücklich, daß du gekommen bist, aber ich möchte mein Leben mit dir nicht wie eine Diebin beginnen.«

»Und wenn nun mein Vater käme, um das zu sagen, was ich gesagt habe?«

Mary sah ihn mit einem traurigen Lächeln an. »Du weißt, daß die Schwiegermutter wie eine zweite Mutter ist.«

Wahid wandte sich hilfesuchend an Großvater. Der jedoch war sehr zurückhaltend und ging auf Marys Spiel ein. »Sie hat recht, mein Sohn. Die Braut muß den Willen ihrer Schwiegermutter respektieren.«

»Ihr werdet sehen, sie kommt persönlich«, verkündete Wahid und ging zur Tür.

Mutter stellte sich ihm in den Weg. »Setz dich. Du hast doch noch gar nichts gegessen.«

Aber er lehnte ihre Einladung höflich ab.

So war es für uns Frauen – wir wurden erzogen fürs Heiraten. Man brachte uns nicht bei, den Männern wie Menschen zu begegnen, sondern ihnen gleichsam wie Soldaten gegenüberzutreten. Intrigen, Strategien, Manöver, Siege, Niederlagen – alles war erlaubt, wenn es nur half, das große Ziel zu erreichen: einen Ernährer zu ergattern. Das war das Höchste in den Augen unserer Väter – und Vorväter. Bloß daß wir inzwischen in einer anderen Zeit lebten, in der die Liebe zu einer Art neuen Religion geworden war. Das Problem bestand allerdings darin, daß es keine Geistlichen und keine Propheten gab, keine göttliche Offenbarung und keine heilige Schrift. Jeder Mensch mußte seinen Gott selbst entdecken, die Zeichen verstehen, sich seinen eigenen Weg suchen, ohne Gebote, ohne Gesetze. Wir alle zogen in die Wüste, um diese Liebe zu finden, und fast jeder verirrte sich erst mal. Ich spürte plötzlich, wie schrecklich müde ich war ... Ich wußte nicht, was besser war – ein Leben ohne Illusionen, wie Mary es für sich gewählt hatte, oder meine einsamen Träume und Phantasien, die um einen Fremden kreisten.

Noch im Halbschlaf hörte ich Alex, als er von der Arbeit im Hafen zurückkehrte. Und kurz darauf auch jene schweren hastigen Schritte, die vor unserer Wohnungstür verstummten.

»Macht auf, habt ihr gehört!« schrie Suheer und hämmerte mit der Faust gegen die Tür. Er war offensichtlich betrunken. »Mary, komm sofort raus.«

Mutter kam aus ihrem winzigen Zimmer gerannt und stürzte sich auf Großvater, der von seiner Liege aufgesprungen war. »Du machst auch nicht einen einzigen Schritt zur Tür, hörst du«, flehte sie. »Er hat ganz bestimmt eine Waffe bei sich. Aber irgendwann muß er ja müde werden – oder die Polizei kommt, wenn er so weiterbrüllt.«

»Ich breche ihm alle Knochen!« Großvater keuchte vor Wut, und das Blut war aus seinem Gesicht gewichen.

»Er wird mich umbringen! Er wird mich umbringen! Ihr kennt ihn nicht...«, murmelte Mary, die inzwischen ins Wohnzimmer gekommen war. Aber in diesem Augenblick machte ich mir um Großvater mehr Sorgen als um Mary. Ich wußte, daß er alles tun würde, um seine Enkelin zu schützen.

»Suheer, mein Sohn, ich bitte dich, geh weg von hier! Gott wird es dir vergelten«, jammerte Mutter, als es wieder an der Tür donnerte.

»Ich trete gleich die verfluchte Tür ein, wenn ihr nicht sofort aufmacht!«

»He, was ist hier los?« hörten wir plötzlich Alex auf hebräisch fragen.

Ich erstarrte – seine Stimme war wie eine Erlösung.

»Das geht dich gar nichts an, Kleiner«, sagte Suheer hochmütig.

»Hau ab! Verschwinde – hast du gehört!« Alex ließ sich offensichtlich nicht beeindrucken.

Ich sah ihn vor mir, wie er im Dunkeln nach Suheers Gesicht suchte – wir mußten ihn warnen.

»Was heißt hier, ich soll verschwinden!« schrie Suheer.

»Was hast du da in der Hand?«

»Ein Messer – vielleicht solltest du mal lieber verschwinden, und zwar ziemlich plötzlich, kapiert?«

Alex antwortete nicht. Wir hörten nur einige dumpfe Schläge. Es gab einen kurzen Kampf und einen erstickten Schrei.

»O Gott, jetzt hat er unseren armen Nachbarn umgebracht«, jammerte Mutter wieder los.

Die Stille jenseits der Wohnungstür drückte mir wie eine Faust die Kehle zu. Wir standen im Wohnzimmer und hörten nun, wie sich jemand die Treppe hinunterbewegte. Ich rannte zur Tür, aber sofort stellte sich Mutter mir in den Weg. »Nein, meine Tochter, nein! Da draußen liegt eine Leiche«, rief sie fast panisch.

»Vielleicht ist er ja nur verwundet und braucht unsere Hilfe«, sagte Großvater.

Ich öffnete die Tür: Im Licht des Wohnzimmers sah ich Blut auf dem Treppenabsatz und auf den Stufen.

»Er bringt ihn nach unten«, rief ich und lief durchs Wohnzimmer zum Fenster. Auf dem Bürgersteig standen drei von Suheers Kumpanen. Sie rauchten und schauten jetzt zu mir hoch. Mehrere Fenster waren bereits erleuchtet, in denen dunkle Silhouetten zu sehen waren. »O je, er schleppt unseren armen Nachbarn zu diesen Schlägern«, murmelte Mutter, die nun neben mir stand.

Aber es war nicht Suheer, der in das Licht der Straßenlaterne hinaustrat: Alex hielt in der Hand das Messer – ich glaubte sogar Blutstropfen zu erkennen –, und Suheer lag wie ein zusammengerollter Teppich über seiner linken Schulter. Offensichtlich hatte Alex die Brille verloren, denn er schaute nun mit zusammengekniffenen Augen die drei Männer an, die ihn sofort umringten. »Wo ist hier die Polizei?« fragte er wie jemand, der sich verlaufen hat. Einer der Männer fing laut an zu lachen, aber sofort unterbrach ihn einer seiner Kumpel. »Was ist los – ist er tot?« Der dritte Mann boxte Alex gegen die Schulter. Alex war kleiner als die drei, und die Straßenlaterne sah er sicherlich nur als verschwommenen Lichtfleck.

Am Ende der Straße durchschnitt plötzlich die Sirene eines Polizeiautos die Nacht, und sofort stürzten Suheers Freunde davon. Das Polizeiauto hielt mit quietschenden Reifen vor unserem Haus, und zwei Polizisten sprangen heraus. Als sie das Messer sahen, zogen sie ihre Pistolen, und ich zuckte zusammen. Aber Alex schien auch die Pistolen nicht erkannt zu haben. Er stolperte zur offenen Tür des Polizeiautos und ließ Suheer auf den Rücksitz gleiten. »Da, nehmt ihn mit«, sagte er einfach.

»Aber er ist doch unschuldig!« rief Mutter in diesem Moment; denn die Polizisten hatten immer noch ihre Pistolen auf Alex gerichtet – und der wiederum hielt noch Suheers Messer in der Hand.

Zitternd umfaßte ich ihre Schulter. Alex und die beiden Polizisten schauten zu uns hoch. Ich wollte, daß er auch meine Stimme hörte, aber ich brachte keinen Ton heraus. Keiner der Nachbarn meldete sich zu Wort: Das Wadi schwieg verbissen. Schließlich war hier ein Araber von einem Juden verletzt, wenn nicht getötet worden. Natürlich war ich ganz auf Alex' Seite, aber ich spürte instinktiv, wie die arabische Straße diese seltsame nächtliche Szene empfinden mußte.

»Wer – der hier?« fragte der Polizist und deutete auf Suheer.

»Nein, der andere.«

Erst in diesem Moment begriff Alex, was vor sich ging. Er ließ das Messer fallen, ging auf die Polizisten zu und deutete auf den Rücksitz. »Ich habe niemanden umgebracht. Das ist nur ein Besoffener.«

Die Polizisten warfen sich auf ihn. Ein Pistolenlauf war jetzt an seine Schläfe gepreßt, der andere wurde ihm in den Rücken gestoßen. »Und warum hast du da Blut am Arm?«

»Was für Blut?« fragte Alex erstaunt – erst jetzt bemerkte er, daß er verletzt war. »Das ist wohl mein Blut«, sagte er ruhig.

Er wurde festgenommen, und nachdem das Polizeiauto in

die Dunkelheit verschwunden war, breitete sich tiefe Stille über die Häuser. Ich sah gerade noch, wie Dshamilas Katze aus dem Fenster sprang und im Schein der Laterne um die kleine Blutlache strich.

SIEBEN

Mutter hatte solche Angst, daß sie überhaupt nicht mehr wagte, die Tür zu öffnen. Ständig redete sie von Abu Nachlah und den Männern, die wir vor dem Haus gesehen hatten. Sie war sicher, daß sie zurückkehren würden, um Rache zu nehmen. Mary saß am Tisch, das Kinn in eine Hand gestützt, und starrte die Wand an.

»Du hast unser Leben zerstört«, jammerte Mutter. »Ausgerechnet Suheer! Und du hattest noch die Frechheit, Wahid Bedingungen zu stellen!«

»Laß das Mädchen in Ruhe«, fiel ihr Großvater ins Wort.

»Am liebsten würde ich in der Erde versinken. Ich schäme mich, den Bewohnern des Wadi in die Augen zu sehen.«

»Dann siehst du ihnen eben nicht in die Augen«, sagte Großvater.

Als mich Mutter zur Tür gehen sah, sprang sie auf. »Wohin willst du?« fragte sie aufgeregt.

»Alex' Brille suchen. Sie muß im Treppenhaus liegen. Wahrscheinlich ist sie kaputt.«

»Seine Brille? Fällt dir in dieser Situation nichts Besseres ein.«

»Mutter, er hat uns gerettet, und dabei ist er verletzt worden – und jetzt hat ihn die Polizei mitgenommen.«

»Die Juden werden doch sowieso immer gleich wieder freigelassen. Wer hat ihn denn darum gebeten, sich vor unserer

Tür mit Suheer zu prügeln? Jetzt werden im Wadi alle über uns reden – ich weiß genau, welche Gerüchte jetzt die Runde machen. Suheer wäre bestimmt irgendwann von alleine verschwunden.«

Es hatte keinen Sinn, mit ihr zu streiten, also schwieg ich. Im Treppenhaus gab es keine Beleuchtung, so daß ich unsere Wohnungstür weit öffnen mußte, um etwas erkennen zu können: Auf der dritten Stufe lag sie gleich neben der Wand mit ordentlich zusammengeklappten Bügeln. Offenbar hatte er gelernt, immer zuerst die Brille abzusetzen, wenn er sich prügelte. Ich ging in unsere Wohnung zurück, schloß die Tür und legte die Brille auf den Tisch. Mary zuckte zusammen, als hätte ich ihr einen toten Vogel präsentiert. Ich nahm die Brille wieder und begann sie mit dem Zipfel meiner Bluse zu putzen.

»Aber natürlich sind wir ihm zu Dank verpflichtet«, sagte Großvater, der mich die ganze Zeit beobachtet hatte.

»Er hat wohl gewußt, daß Huda ein Auge auf ihn geworfen hat«, sagte Mary, als redete sie mit sich selbst.

»Huda?« fragte Mutter verdutzt.

Ich hatte nicht vor, es abzustreiten. Wenigstens das war ich ihm schuldig. Ich setzte mich Mary gegenüber an den Tisch, und sofort trat Mutter zu mir. »Huda, er ist ein Jude!« Sie schien eher verwirrt als entsetzt.

»Na und?« fragte Großvater.

»Sie ist eine Araberin! Ihre Onkel leben als Flüchtlinge in Jordanien. Und er ist ein Jude! Begreifst du nicht, was zwischen euch steht?«

»Nicht mehr, als damals zwischen ihrer Großmutter und mir gestanden hat. Sie war ein Mädchen aus vornehmer Familie und ich ein Bettler«, fiel Großvater ihr ins Wort.

»Umm Huda, mach auf!« Dshamila klopfte an die Tür.

Sie brachte ihren Schwiegersohn zu uns, den Rechtsanwalt Chalim, einen im Wadi angesehenen, beliebten Mann. Sein

Haus glich dem Hof eines Landarztes: Wer immer von einem Unglück getroffen worden war, konnte ihn aufsuchen und um Rat bitten. Gewöhnlich sah man ihn elegant gekleidet und mit erhobenem Kopf durch die Straßen gehen – schon in den fünfziger Jahren, als die meisten Araber sich noch dafür schämten, Araber zu sein, war er stolz und selbstbewußt aufgetreten –, in dieser Nacht allerdings trug er alte Hausschuhe und einen langen Staubmantel über dem Pyjama.

»Wer ist dieser Jude?« fragte er, nachdem er die Wohnungstür hinter sich geschlossen hatte.

»Abu Nachlah hat ihm das Zimmer auf dem Dach vermietet«, antwortete Mutter.

»Ist er etwa Abu-Trompete, der uns mit seinem Lärm auf den Nerven herumtanzt?«

Abu-Trompete! Ich sah, wie Mary ein Lächeln unterdrückte. Dieser Name war natürlich ganz in ihrem Sinne.

»Was ist zwischen ihm und Suheer vorgefallen?«

»Dieser Suheer war stockbetrunken und hat sich bestimmt nur in der Tür geirrt.«

Chalim schaute zu Großvater und forderte ihn mit einer kleinen Kopfbewegung auf, ihm die Wahrheit zu sagen.

»Er und sein Vater wollen Mary«, sagte Großvater.

Chalim ließ sich auf einen Stuhl fallen. »Was soll das heißen – sie wollen Mary? Sie ist doch kein Päckchen Haschisch, das sie bei euch vergessen haben.« Offenbar waren ihm die Gerüchte, die im Wadi kursierten, noch nicht zu Ohren gekommen. »Meine Tochter, ist dir Suheer in irgendeiner Form zu nahe getreten?« fragte er nun, an Mary gewandt.

Aber Mary wagte nicht, darauf zu antworten.

»Sie ist bereits verlobt, und dieser Hundesohn will ihr Leben zerstören«, rief Mutter aus der Küche. Ich fragte mich, wie weit sie noch mit ihren Übertreibungen gehen würde.

»Sie ist noch nicht wirklich verlobt«, korrigierte Großvater sie behutsam.

Chalim verlor allmählich die Geduld. »Wenn das so ist«, sagte er zu Dshamila, »trinken wir eben unseren Kaffee und gehen. Man scheint sich hier vor mir zu fürchten – als hätte mich die Polizei geschickt.«

»Gott behüte!« protestierte Mutter allein der Höflichkeit halber.

»Wenn ihr wollt, nehme ich mich der Sache an. Kostenlos, versteht sich. Ich kann sie in ihre Schranken verweisen – Vater und Sohn.«

»Dann wird alles nur noch schlimmer«, flüsterte Mary.

Chalim sah sie zweifelnd an. »Wie du willst«, sagte er und nahm einen Schluck von seinem Kaffee.

»Meine Tochter«, redete Dshamila nun auf Mary ein, »er möchte dir doch nur helfen.«

»Dann wollt ihr ihn also nicht offiziell anzeigen«, faßte Chalim die Situation zusammen. Mary schüttelte langsam den Kopf.

»Und der Nachbar?« fragte ich.

Mein Gesichtsausdruck erstaunte ihn wohl mehr als meine Frage. »Sobald sie merken, wer er ist, werden sie sich bei ihm entschuldigen und ihn freilassen. Er hat sich für eine arabische Familie in Gefahr begeben – und man wird ihm vorwerfen, daß er wohl etwas übertrieben habe. Sie werden ihn auch bedrängen, Anzeige zu erstatten. Jetzt ist er wahrscheinlich schon wegen seiner Verletzung im Krankenhaus.«

Am nächsten Morgen war die Entscheidung bereits gefallen – als hätte sie jemand anderes für mich getroffen. Noch bevor ich zur Arbeit ging, würde ich Alex im Krankenhaus besuchen. Die Sonne durchflutete das lärmende Wadi, die Menschen brachen zur Arbeit auf. Ich wurde immer unruhiger und zog Mary schließlich in unser Zimmer. Mit ernstem Gesicht hörte sie mir zu.

»Du bist ja verrückt«, sagte sie mit ungläubigem Staunen.

Ich war ihr jedoch allein schon dafür dankbar, daß sie mich nicht auslachte – und fast hätte ich selbst laut herausgelacht: gerade Mary, die für ihre Verrücktheiten bekannt war ... »Ich muß einfach«, sagte ich entschlossen.

»Du könntest zur Polizeiwache in die Straße der Unabhängigkeit gehen und dort nach ihm fragen. Wenn man ihn tatsächlich in Haft genommen hat, ist es bestimmt möglich, ihn auf Kaution freizubekommen. Das könntest du selbst machen. Und wenn sie mit einer Araberin als Bürgin nicht einverstanden sind, dann geh in dein Reisebüro – Boaz wird dir bestimmt helfen.«

»Und wenn er nicht verhaftet worden ist?«

»Vielleicht ist er ja im Krankenhaus, wie Chalim gesagt hat. Er hat bestimmt Blut verloren. Wer weiß, wie tief der Schnitt war. Wenn du willst, komm ich mit.«

Ich lehnte ab – diesen Gang wollte ich alleine gehen. Wenn ich ihn finden sollte, wollte ich, daß er nur mein Gesicht sah, daß er begriff, daß ich mir als einzige Sorgen um ihn gemacht hatte.

Mutter klopfte laut an unsere Tür. »Huda, Mary, warum habt ihr euch eingeschlossen? Wir haben einen Gast – unser Nachbar ist wieder da.«

Mary sprang sofort auf. Ich rührte mich nicht von der Stelle und schaute statt dessen in panischer Angst zu ihr hinüber.

»Mach den Mund zu. Das macht sonst einen schlechten Eindruck«, sagte sie fröhlich und drückte einen Kuß auf meine eiskalte Wange. Dann schob sie mich ein wenig von sich. »Ja, genau so«, lachte sie. »Huda, das steht dir einfach wunderbar. Mit diesem Gesicht bist du richtig bezaubernd. Komm schon, steh auf.«

Ich ging als erste ins Wohnzimmer. Er saß mit dem Rücken zu mir und hatte den Kopf zum Fenster gewandt. Mit der linken Hand trommelte er lautlos auf die Tischplatte, während die rechte in einem dicken Verband auf seinem Knie lag. Ich trat auf ihn zu, gab ihm seine Brille und flüsterte: »Guten Morgen.«

Er setzte sie sofort auf und lächelte wie ein kleiner Junge. »Er ist nicht kaputt – ein Glück!«

Dieses Mal wollte ich sein Hebräisch nicht verbessern.

»Danke, vielen Dank!« Mit einem Finger schob er die Brille hoch. »Das war das erste, was ich mir hier in Israel gekauft habe.«

Er machte einen erschöpften Eindruck. Ich dachte an die Säcke, die er in der Nacht zuvor im Hafen geschleppt hatte, an den Kampf mit Suheer, an das blutige Messer.

»Ein Unfall, in Rußland habe ich viel Sport getrieben. Mathematik, Trompete und Sport«, sagte er hastig, als fürchte er, ich könnte das Interesse verlieren, und lachte dann. »Ich habe in der Mathematik gelesen wie in einem Roman. Ich habe Sport geliebt. Aber dann hatte ich einen Unfall. Sechs Monate habe ich im Krankenhaus in einem dunklen Zimmer gelegen. Ich habe nichts mehr gesehen. Es hat nicht weh getan, überhaupt nicht weh getan.« Er schlug sich mit der gesunden Hand aufs Knie. »Aber das war nicht so schlimm wie die Brille, die sie mir dann gegeben haben. Wer mich gesehen hat, der hat sich vor Lachen am Boden gewälzt. So dicke, runde Gläser mit einem weißen Eisengestell wie eine Brille von Opa.« Einen Moment schaute er mich an, als wäre ich an allem schuld. Dann wandte er sich mit einem traurigen Lächeln an Mutter. »Am schlimmsten war es mit den Mädchen. Sie haben ein böses Lachen. Ich verstehe, wenn sie mich nicht ansehen mögen, aber absichtlich hinschauen, um dann zu lachen?«

Großvater saß auf seiner Liege, als wäre er ganz woanders mit seinen Gedanken, aber ich wußte, daß er Alex beobachtete, und ich wußte, daß sie alle – genau wie ich – von der kindlichen Offenheit dieses seltsamen Fremden überrascht waren.

»Erinnerst du dich an Pierre aus ›Krieg und Frieden‹ von Tolstoi?« fragte Alex mich plötzlich.

Ich erinnerte mich an Pierre, aber ich hatte den Roman auf hebräisch begonnen, mit Bahidsh zusammen auf arabisch weitergelesen und mittendrin mit dem Lesen und auch gleich mit Bahidsh Schluß gemacht. Noch bevor ich antworten konnte, fuhr Alex fort. »Du erinnerst dich bestimmt noch, daß eine Frau ihn küssen will«, sagte er, ohne auf meine Antwort zu warten. »Ja, und die schreit ihn an, er soll doch endlich seine Brille absetzen. Uch! Wie wütend ich auf diese Frau gewesen bin! Ich hätte meine Brille bestimmt nicht abgesetzt!«

Er stand langsam auf und schien nun etwas verlegen. Vielleicht kam es auch ihm plötzlich seltsam vor, daß er über all diese Dinge vor Menschen sprach, die für ihn noch Fremde waren. »Ich gehe jetzt in mein Zimmer. Ich muß mich waschen und dann zur Hochschule«, sagte er fast entschuldigend.

»Das Studium wird heute noch ein bißchen warten müssen. Zuerst frühstückst du mit uns«, sagte Mutter und stellte sich vor die Wohnungstür, die Arme auf der Brust verschränkt. Sie stieß ihn beinahe auf den Stuhl zurück. »Du wirst dich jetzt zu uns setzen und etwas essen.« Großvater stand auf. Er nahm Alex' gesunde Hand und hieß ihn Platz nehmen.

»Ißt du gern Kubba?« fragte Mutter.

»Was ist das?«

»Fleisch, Pinienkerne und noch ein paar gute Dinge«, sagte Großvater. »Meistens ißt man es abends – und wenn jemand Wichtiges zu Gast ist.«

»Huda, komm, hilf mir«, rief Mutter aus der Küche.

Widerwillig stand ich auf und ging zu ihr. Während wir das Essen zubereiteten, spitzte ich jedoch die Ohren, um kein Wort zu verpassen, das im Wohnzimmer gesprochen wurde.

»Ich sehe, man hat deine Hand verbunden. War es ein tiefer Schnitt?« fragte Großvater besorgt.

»Die Polizisten haben gesagt, daß es ziemlich schlimm aussieht. Sie haben mich auch gleich ins Krankenhaus gebracht. Er wird dafür bezahlen. Was habe ich ihm getan? Ich habe ihm nur gesagt, daß er verschwinden soll. Und er hat gleich ein Messer in der Hand.«

»Er ist ein Verbrecher«, sagte Großvater und schüttelte den Kopf.

»Er wollte mich erstechen.«

»Hast du das alles der Polizei erzählt?« fragte Großvater.

»Erzählt hab ich's, aber nicht unterschrieben.«

»Was heißt, du hast es nicht unterschrieben?«

»Sie haben alles aufgenommen und mir dann gesagt, ich soll es unterschreiben. Aber ich bin lieber vorsichtig mit meiner Unterschrift. Ich habe gehört, daß er der Sohn des Hauseigentümers ist.«

Großvater konnte seinen Zorn kaum unterdrücken. »Er wollte dich umbringen – und du unterschreibst nicht? Man muß ihm ordentlich das Fell über die Ohren ziehen.«

»Das mache ich schon selber. Ich verlasse mich lieber nicht auf die Polizei. Ich bin doch nicht dumm.«

»Nicht dumm?« sagte Großvater. »Ein einäugiger Esel ist ein Genie im Vergleich zu dir, ya ahbal«, zischte er auf arabisch.

»Verzeihung«, sagte Alex steif, »was hast du gesagt?«

»Ach, ich verstehe dich nicht«, sagte Großvater bloß.

»Und ihr? Warum hat er überhaupt mit einem Messer vor eurer Wohnung gestanden? Wen wollte er denn umbringen? Und warum seid ihr nicht selbst zur Polizei gegangen und habt ihn angezeigt? Was er euch getan hat, was er euch tun wollte, das ist schlimm, sehr schlimm – aber ich soll ihn anzeigen?«

»Bei Allah, dieser Bursche ist wirklich ein ausgemachter Dummkopf«, sagte Großvater.

»Auf hebräisch, bitte, auf hebräisch.«

»Ich habe gesagt, daß du ein ganz besonders Schlauer bist.«

»Im Waisenhaus muß man schlau sein – wenn nicht, dann bist du ein großer Dummkopf. Dazwischen gibt es nichts.«

»Vielleicht bringt ihr dem Gast endlich was zu essen!« rief Großvater in Richtung Küche, diesmal auf hebräisch.

Mit vollen Händen trat ich ins Wohnzimmer. Auf dem Tisch war keine freie Stelle mehr, nachdem ich die Schüsseln mit Kubba, den mit Na'na' gewürzten Salat, das Labna mit Olivenöl, den Ziegenkäse, die Brotfladen abgestellt hatte.

»Huda«, wandte Großvater sich auf arabisch an mich, als wollte er mir Anweisungen geben, wie ich die Speisen aufzutragen hätte. »Huda, dieser Bursche ist wie ein Schirm an einem Regentag.«

Mutter verschränkte die Arme vor der Brust. »Das alles haben wir dir zu Ehren zubereitet«, sagte sie stolz und reichte Alex die Kubba.

Wir versammelten uns um den Tisch, als wäre es der Morgen eines Festtages. Alex langte sowohl mit der gesunden als auch mit der verletzten Hand zu, und wenn er auf den Tisch gesprungen wäre und zwischen den Schüsseln zu tanzen begonnen hätte – wir hätten ihm lachend applaudiert. Dieses Lachen, es fehlte so sehr, wenn wir sonst gemeinsam am Tisch saßen. Und dennoch mußte ich an Bahidsh mit seinen kultivierten Umgangsformen denken. Großvater kaute geräuschvoll und mit offenem Mund, nahm sich allerdings von jeder Speise nur wenig. Wohl unbewußt hatte Alex den gesunden Arm wie eine Absperrung vor seinen Teller gelegt, wobei er hastig kaute und immer wieder zu den Schüsseln sah, als fürchte er, sie könnten sich allzu schnell leeren. An seinem Kinn war etwas Olivenöl herabgelaufen. Mutter beeilte sich, ihm wieder und wieder den Teller zu füllen, und ich hielt den Blick gesenkt.

»Meine Herrschaften«, sagte Großvater auf arabisch, »paßt auf, daß unser Gast nicht auch noch eure Finger verschlingt.«

Sofort hörte Alex auf zu kauen und schaute betreten in die

Runde. Er hatte den Mund voll und schluckte den letzten Bissen mit etwas Wasser herunter.

»Verzeihung«, sagte er, »ihr habt recht. Das passiert mir immer wieder, vor allem, wenn viel Essen auf dem Tisch steht. Wenn es im Waisenhaus mal viel zu essen gab, dann sind alle darüber hergefallen. Wer sich nichts erkämpfte, der blieb hungrig. Verzeihung«, sagte er, stand schnell auf und ging zur Tür. »Vielen Dank.« Und noch bevor wir halbwegs zur Besinnung gekommen waren, war er schon verschwunden.

Seine hastigen Schritte auf der Treppe waren für Mutter wie Ohrfeigen. Sie fand als erste die Sprache wieder und fing an, Großvater zu beschimpfen. Auch wenn Alex die arabischen Worte nicht verstanden hatte, so war ihm doch an Großvaters Tonfall etwas aufgefallen – vielleicht hatte er auch unser erstauntes Schweigen bemerkt.

»Es ist meine Schuld«, sagte Großvater betreten. »Zwanzig Lebensjahre maß Allah dem Menschen zu, aber der Mensch erhob seine Stimme und verlangte mehr. Da nahm Allah zwanzig vom Esel und weitere zwanzig vom Affen und gab sie dem Menschen. Seitdem führt der Mensch ein vergnügliches Leben, bis er zwanzig Jahre alt ist, um dann wie ein Esel zu arbeiten. Ich dachte, ich hätte bereits die zwanzig Jahre des leichtsinnigen Affen hinter mir gelassen. Ich würde ja hinaufgehen und mich entschuldigen«, fügte er hinzu, wobei er mich mit seinen freundlichen grünen Augen anschaute. »Aber ich fürchte, daß ich alles noch schlimmer machen würde.«

Ich wußte, was er meinte, und nickte bloß.

ACHT

Ich rief Adina im Reisebüro an und sagte ihr, daß es mir nicht gut ginge und ich nicht zur Arbeit käme. Mit dem Bändchen von Amichai warf ich mich aufs Bett und war froh, daß Mary verschwunden war und ich das Zimmer für mich hatte. In meinem Kopf schien sich alles zu drehen.

Als Mary nachmittags wieder auftauchte, schloß sie die Tür unseres Zimmers hinter sich und setzte sich zu mir. »Dein Mann oben hat gekotzt«, sagte sie und verzog das Gesicht.

Amichai fiel mir auf den Bauch. Ich schaute sie etwas verwirrt an, sagte aber nichts – ich hätte nicht den Mut gehabt, zu ihm hinaufzugehen.

»Ich habe ihn für Freitag zum Strand eingeladen«, sagte sie.

»Was?«

»Ich sage dir doch, er fühlt sich nicht besonders, und man muß ihn ein bißchen aufheitern. Möchtest du denn nicht, daß er mitkommt?«

»Ich weiß nicht, was ich will.«

»Dann verlaß dich darauf, daß deine Schwester weiß, was für dich gut ist«, sagte Mary beruhigend.

»Ein jüdischer Ehemann?«

»Wer spricht denn von einem Ehemann!« rief sie und wedelte mit der Hand, als wollte sie eine Fliege verscheuchen.

»Schau dich doch an! Die Sache mit Suheer ist ja gerade noch glimpflich ausgegangen.«

»Suheer ist ein Irrtum – aber das war Bahidsh ja wohl auch.«

»Und wenn schon«, sagte ich und stand auf. »Aber er ist trotzdem nichts für mich. Juden und Araber – die bringen sich nur gegenseitig um, und ich soll so tun, als existierte dieser sinnlose blutige Krieg nicht.«

»Wo willst du hin?«

Ich gab ihr keine Antwort, sondern rannte ins Wohnzimmer.

»Ihr habt meinen Sohn an den Rand des Grabes gebracht!« Abu Nachlahs Stimme hallte wie Donner durchs Treppenhaus.

Einen Augenblick später wurde die Wohnungstür aufgestoßen, und der rote Fes erschien. »Euch hätte man auch nach Jordanien abschieben sollen, ihr Hunde! Gemeinsame Sache habt ihr mit dem Juden gemacht!« Er zog sich einen Stuhl heran und legte seinen Fes auf den Tisch. Nachdem er sich eine Zigarette angezündet hatte, tupfte er sich mit einem weißen Tuch den Schweiß von der Stirn. »Wo ist dein Schwiegervater?« fragte er Mutter barsch.

»Er ist im Kaffeehaus, und du solltest dich schämen, einfach so in eine Wohnung einzubrechen, in der sich nur Frauen aufhalten.«

»Ich soll mich schämen? Mein Sohn leidet Höllenqualen in den Händen jüdischer Polizisten, die nichts lieber tun, als einem Araber die Gedärme aus dem Leib zu prügeln. Mary, geh und hol deinen Großvater. Und du, Huda, geh nach oben und ruf den Juden. Er soll herunterkommen.«

»Niemand wird sich von der Stelle rühren.« Ich wußte selbst nicht, woher ich den Mut nahm, ihm zu widersprechen. »Und ich bitte dich, unsere Wohnung zu verlassen.«

Und Mutter, die Abu Nachlahs Zorn fürchtete, fügte hastig hinzu: »Wir haben jetzt einen Anwalt – Chalim, Dshamilas Schwiegersohn.«

»Einen Rechtsanwalt! Und was noch? Mary, geh und hol deinen Großvater.« Er hielt einen Moment inne und sagte dann zu Mutter: »Deine Tochter weiß, worum es geht.«

Mary sank in sich zusammen, als sein zorniger Blick sie traf. Stumm ging sie hinaus.

»Und du«, befahl er mir, »du holst den Juden her.«

»Verschwinde von hier«, schrie ich.

»Sag deiner Tochter, daß sie zu gehorchen hat, oder wollt ihr etwa, daß das ganze Wadi von eurer Schmach erfährt«, sagte er, ohne mich auch nur anzusehen, und zog gelassen seine Gebetskette aus der Jackentasche.

Schwer atmend erschien Großvater in der Tür und hinter ihm Mary, die sofort in unser Zimmer verschwinden wollte. Aber Abu Nachlah stellte sich ihr in den Weg. »Mary, du bleibst hier.«

Großvater war überrascht. »Was willst du von ihr?«

»Ich will, daß ihr meinen Sohn aus dem Gefängnis holt.«

»Und was hat sie damit zu tun?«

»Sie hat ihn verführt, so einfach ist das.«

Abu Nachlah machte keinerlei Anstalten, Großvaters Wutausbruch abzuwehren. Gleichgültig beobachtete er, wie Mutter alles versuchte, um Großvater zu beschwichtigen.

»Mary«, sagte dieser nun mit rauher Stimme, »geh in dein Zimmer.« Als sich die Tür hinter ihr geschlossen hatte, wandte er sich an Abu Nachlah. »Ich könnte dich umbringen, du Hund!«

»Ich weiß. Setz dich, setz dich. Es ist keine Verleumdung. Setz dich, warum stehst du? Es ist die Wahrheit. Suheer hat gesehen und gerochen und geschmeckt – und die Beherrschung verloren. Er will deine Enkelin, und ich war bei euch und habe dich von Mann zu Mann gebeten, den beiden deinen Segen zu geben. Ich war einverstanden, daß mein einziger Sohn ein Mädchen heiratet, das seine Unschuld verloren hat, aber ihr habt nur das Gesicht verzogen.«

Großvater ließ sich auf seine Liege fallen. »Mary mit deinem Sohn Suheer?« sagte er fassungslos.

»Einen Menschen wie dich würde ich in einer solchen Angelegenheit nicht belügen. Ich schwöre es dir beim Propheten und seinem heiligen Buch.«

Großvaters Augen wurden trüb, und seine Stimme klang, als würde er jeden Augenblick anfangen zu schluchzen. »Und was willst du jetzt?«

»Meinen Sohn aus dem Gefängnis holen. Ich bin bereit, die ganze Angelegenheit für mich zu behalten und alles zu tun, damit niemand etwas davon erfährt. Ich bin bereit, Mary eine Entschädigung für den Leichtsinn der beiden zu zahlen. Ich bin bereit...«

»Ja, aber was willst du?« fragte Großvater noch einmal.

»Daß ihr bei der Polizei nicht gegen Suheer aussagt und auch den Juden dazu bringt, die Anzeige nicht zu unterschreiben.«

»Du hast den Juden hierhergebracht, also kannst du auch selbst mit ihm reden«, sagte Großvater langsam. Er lehnte sich erschöpft an die Wand.

Abu Nachlah trat zu ihm und legte ihm eine Hand auf die Schulter. »Quäl dich nicht. Es ist eine andere Generation, die einen anderen Gott anbetet. Unser Gott ist nicht der ihre. Es ist nichts passiert. Deine Enkelin wird den Rolladenverkäufer heiraten, und in ein paar Monaten wird alles vergessen sein. Ich will nur meinen Sohn. Ihr müßt den Juden für mich überreden.«

»Ich werde ihn rufen«, sagte Mutter leise.

Abu Nachlah atmete erleichtert auf. »Du bist schon immer eine kluge Frau gewesen, Umm Huda.«

Alex' Kopf erschien hinter Mutter, die inzwischen laut schluchzte. Abu Nachlah stand auf und ging ihm entgegen. Alex war blaß, und der wachsame, beinahe feindselige Blick machte mir ein wenig angst. Ohne auf eine Aufforderung zu warten, setzte er sich, legte die verletzte Hand auf den Tisch und kam sogleich zur Sache. »Der mit dem Messer ist also dein Sohn?«

Abu Nachlah hatte bereits ihm gegenüber Platz genommen. »Ja«, sagte er ruhig.

»Er ist ein großer Dummkopf.«

»Da stimme ich dir zu, mein Sohn.«

Mit einer Kopfbewegung wies Alex die gespielte Demut seines Gegners zurück. »Er ist tief gesunken, sehr tief.«

Abu Nachlah sagte zu mir: »Huda, erklär es ihm.«

Nicht einmal im Traum hatte ich mir vorgestellt, daß das erste längere Gespräch zwischen Alex und mir auf diese Weise zustande kommen würde. Etwas unbeholfen versuchte ich, ihm unsere Situation zu erklären, aber er verstand nicht ganz, was ich da von Jungfräulichkeit und Ehre und übler Nachrede erzählte.

»Wenn deine Schwester diesen Dreckskerl hinauswerfen will, verdammt noch mal, dann hat er es verdient.« Und mit einer ungeduldigen Handbewegung forderte er uns auf, endlich zu erklären, was wir von ihm wollten.

»Allah, diese Juden wissen einfach nicht, was das ist – Ehre!« fluchte Abu Nachlah.

»Sprich Hebräisch«, sagte Alex.

»Gut, gut. Ich bitte dich, meinem Sohn zu verzeihen.«

»Wenn ich jedem verziehe, läge ich schon längst unter der Erde.«

»Ich bin zu allem bereit. Du brauchst mir nur zu sagen, was du willst.«

»Ich will, daß sich dein Sohn nie wieder in der Nähe dieses Hauses blicken läßt.«

»Er wird ganz aus dem Wadi verschwinden. Ist das alles? Hast du sonst noch Forderungen?«

»Ja, was denkst du?« Alex lächelte kühl. »Mit so einer Hand kann ich mindestens zwei Monate lang nicht arbeiten.«

»Du bekommst von mir das Geld für zwei Monate.«
»Und den Preis für das Blut, das ich verloren habe.«
»Auch das.«
»Du hast von mir viel Geld für das Zimmer verlangt.«
»Ich bin bereit, dir für ein Jahr die Miete zu erlassen.«
Alex nickte zustimmend.
»Also ist jetzt alles geregelt?« fragte Abu Nachlah.
Alex hob die gesunde Hand und senkte sie langsam wieder auf den Tisch. »Geld«, erinnerte er Abu Nachlah, »über Geld haben wir gesprochen.«
Abu Nachlahs Augen funkelten. »Jid! Jid!« rief er erleichtert, und in seiner Stimme schwang eine Mischung aus Haß und Bewunderung.
»Wenn du mich noch ein einziges Mal ›Jid‹ nennst, dann bring ich dich um!«
Ich flüchtete in unser Zimmer. Mary schaute mich mit weit aufgerissenen Augen an, aber ich brachte kein Wort heraus.
Am nächsten Morgen zog ich den Kopf zwischen die Schultern, als wollte ich mich vor der Kälte schützen, und wich den Blicken der Bewohner des Wadis aus. In der verwinkelten Gasse, die steil hinab zur Jaffo-Straße führte, hörte ich plötzlich jemanden in Sandalen hinter mir herlaufen, aber ich ging weiter, ohne mich umzuschauen.
»Guten Morgen«, sagte Alex etwas außer Atem.
Ich nickte nur kurz mit dem Kopf, da ich hoffte, er würde mich überholen und weiterlaufen. Statt dessen paßte er sein Schrittempo dem meinen an.
»Du denkst bestimmt, ich esse wie ein Schwein – muß mich sogar übergeben – und verdiene auch noch an eurem Familienunglück.«
Ich widersprach ihm nicht. Sein Schatten, der vor uns auf die Straße fiel, war beinahe so lang wie mein eigener.
»Er hätte mich fast umgebracht, also müssen er und sein Vater dafür bezahlen.«

Aber den Preis hätte er nicht an unserem Tisch aushandeln müssen, dachte ich bei mir.

»Ich werde jetzt zur Polizei gehen und die Sache aus der Welt schaffen.«

Ich erlaubte mir ein spöttisches Lächeln, das jedoch seine Wirkung verfehlte.

»Geld ist Geld«, sagte er. »Ich brauche Geld für das Studium, und ich muß meinen Eltern jede Woche etwas geben.«

In der Straße der Unabhängigkeit verabschiedete ich mich und wollte nach rechts abbiegen.

»Die Polizeiwache ist gegenüber von deinem Büro.«

Ich zuckte zusammen. Hatte er mir nachspioniert? Woher wußte er, wo ich arbeitete? Und wieso hatte ich nichts bemerkt? Ich wandte mich ab.

»Du gefällst mir«, sagte er in einem Ton, als böte er mir eine Zigarette an. »Du bist hübsch. Aber wenn du nicht möchtest, dann lassen wir es eben.«

»Genau – ich möchte nicht.«

»Und warum lächelst du dann? Deine Schwester hat übrigens gesagt, daß du mich für Freitag zum Strand einlädst.«

»Meine Schwester sagt viel, wenn der Tag lang ist!« Beinahe hätte ich die Worte herausgeschrien.

Er lächelte. »Wenn du nicht möchtest, dann eben nicht«, sagte er noch mal und ging in Richtung Polizeistation davon.

NEUN

Die Bucht von Haifa lag hinter uns, und das Auto raste in Richtung Akko. Das Grün links und rechts von uns war vertrocknet und von einer dicken Staubschicht bedeckt, wie immer im Herbst. Die wenigen Worte, die gesprochen wurden, machten das Schweigen nur noch bedrückender. Wahid saß am Steuer und Mutter neben ihm mit einer riesigen Konfektschachtel auf den Knien. Auf dem Rücksitz saßen Großvater, Mary und ich. Es war das erste Mal seit der Gründung des Staates Israel, daß Großvater Haifa verließ. Hin und wieder erwachte er aus seiner Erstarrung und tastete mit unruhigem Blick die draußen vorüberfliegende Landschaft ab. Er war blaß vor Aufregung und schlug immer wieder die Hände zusammen.

»Alles hat sich verändert. Ich erkenne nichts wieder», murmelte er, und seine Stimme klang enttäuscht, als wäre es die Landschaft, die ihn, Großvater, nicht wiedererkannte. Mit seinen grünen Augen verschlang er die in den Himmel ragenden Minarette der Moscheen von Akko, und als Wahid in die Straße nach Tsfat abbog und er die grauen Siedlungen sah, an deren Stelle einst alte Gehöfte gestanden hatten, sagte er noch mal: »Alles hat sich verändert. Ich erkenne nichts wieder.«

Als er merkte, daß er sich wiederholte, schaute er kurz zu Mary, die zwischen uns auf der Rückbank saß, bevor er wieder in eine Art Starre verfiel. Mary hatte seine Worte offensichtlich nicht gehört. Ihr Blick war unbeweglich auf die schwarze Fahrbahn gerichtet, die vor uns zwischen Mutter und Wahid aufblitzte.

Der schwerfällige Wahid gab sich alle Mühe, ein freundlicher Gastgeber zu sein, und machte uns auf die wenigen Sehenswürdigkeiten aufmerksam. Als er vor der Bahnschranke halten mußte, deutete er aus dem Fenster. »Das ist der Napoleonberg«, sagte er beinahe ein wenig stolz.

Mutter bedankte sich mit einem etwas schiefen Lächeln, warf einen kurzen Blick auf die unbedeutende Erhebung und schwieg weiter. Bisher war sie immer nur zu Begräbnissen aufs Land gefahren, und auch heute schien sie die Trauer, die ihr ins Gesicht geschrieben stand, nicht abstreifen zu können.

Von außen betrachtet, saß in dem Auto eine ganz gewöhnliche Familie, die einen abendlichen Ausflug unternahm. Mutter und Großvater machten einen sehr würdevollen Eindruck, und Marys Gesicht war von ernster Schönheit und glich dem einer ägyptischen Prinzessin des Altertums. Aber die Wahrheit sah natürlich anders aus. Wahids Mutter hatte sich geweigert, noch einmal zu uns nach Haifa zu kommen. Sie sagte, daß wir es ihr schuldig seien, ihren Besuch zu erwidern. In der zweiten Runde würde sie also im Heimvorteil sein – und wir standen ohnehin wieder mit leeren Händen da. Mutter hatte vorgeschlagen, daß wir Abu Nachlah nachgeben und ihm unsere Wohnung überlassen sollten, um so Marys Mitgift aufzubringen. Großvater stimmte schließlich schweren Herzens zu, aber Wahid wies dieses Angebot mit aller Entschiedenheit zurück.

Die Geschichte mit Suheer hatte Marys Chancen natürlich erheblich verschlechtert, und als das Zusammentreffen in Wahids Dorf festgelegt wurde, war ihr bewußt, wie prekär ihre Situation nun war. Es würde bereits genügen, wenn sich

Wahids Mutter in einem der Zimmer einschloß und sich weigerte, sie zu begrüßen – und schon würden wir schmählich die Heimreise antreten müssen.

Mary beugte sich vor, damit Wahid sie im Rückspiegel nicht sehen konnte, nahm meine Hand und flüsterte: »Und wegen so eines Tölpels zittere ich nun.«

Aber je näher wir Wahids Heimatdorf kamen, desto selbstbewußter wurde er. Man sah es an der Art, wie er am Steuer saß, und daran, daß er plötzlich sehr gesprächig wurde und an alle das Wort richtete, nicht nur an Mutter. Für ihn war Mary wahrscheinlich eine Art Beute – und wir ein Haufen Hungerleider aus dem armseligen Wadi. Jetzt drehte er sich sogar mit seinem Goldzahnlächeln kurz zu uns um. »Mary« – zum ersten Mal wagte er es, sie direkt anzusprechen –, »Mary, du brauchst keine Angst zu haben. Überlaß alles mir.«

»Mensch!« rief Großvater in panischer Angst. »Mensch! Schau auf die Straße!« Wahid steuerte das Auto vom Geröll des Straßenrands wieder auf die ebene Fahrbahn zurück, wobei er eine große Staubwolke hinter uns aufwirbelte. »Mach dir keine Sorgen«, lachte er. »Weißt du, wie viele Stunden ich täglich Auto fahre?«

Mary runzelte die Stirn und schien angestrengt nachzudenken, wo sie dieses Lachen schon einmal gehört hatte. Ich hätte es ihr sagen können: in den Pausen auf der Oberschule. Es war das dümmliche Lachen pubertierender Jungen, das manche Männer bis ins hohe Alter nicht mehr ablegen. Noch konnte sie kehrtmachen, bevor sie dieses abstoßende Lachen für immer ertragen mußte – und sie hatte es schon oft fertiggebracht, im allerletzten Moment abzuspringen. Vielleicht hatte sie deshalb Suheer beinahe um den Verstand gebracht.

Wahid lehnte sich in seinem Sitz zurück und verkündete dann mit stolzgeschwellter Brust, daß wir angekommen seien.

Wir schauten hinaus. Eine schmale Straße, ein Gewirr von prächtigen Villen und alten verfallenen Häusern, Fernsehantennen und Hühnern im Hof, eine kleine Boutique neben einem Lebensmittelladen aus der Zeit der Jahrhundertwende. Wir fuhren an einem Hirten mit abgetragenen Schuhen vorbei; eine in Schwarz gekleidete, alte Frau balancierte ein großes Reisigbündel auf dem Kopf und wich drei Frauen aus, die so aussahen, als kämen sie gerade vom Friseur in der Dizengoff-Straße in Tel Aviv. Hübsche kleine Gärten im Licht der Abenddämmerung neben schmutzigbraunen Abwasserrinnsalen am Straßenrand.

Das Haus von Wahids Familie stand in einer engen Straße, deren Windungen der Zufall bestimmt hatte. Im Hof war das Auto seines Bruders Asim geparkt, der, wie uns Wahid erklärte, im zweiten Stock wohnte. Einen Augenblick später wurde die Tür aufgerissen, und Wahids Eltern, Asim mit seiner Frau, Wahids Schwestern mit ihren Ehemännern und eine riesige Kinderschar erschienen. Wahid stellte den Motor ab, machte jedoch keine Anstalten, die Autotür zu öffnen. Ich nahm an, er wolle uns einen Moment Gelegenheit geben, die uns zu Ehren so zahlreich versammelte Zuschauerschaft auf uns wirken zu lassen – und Mutter war in der Tat beeindruckt. Sie strich nervös über die Pralinenschachtel auf ihren Knien und wandte sich um, als könnten wir ihr raten, wie sie sich verhalten sollte. Großvater krümmte sich auf seinem Sitz zusammen, als wollte er vor der Menschenmenge in Deckung gehen, und Mary wagte erst gar nicht, den Blick zu heben.

»Ist sie da? Sag doch, ist sie da?« flüsterte sie.

»Ja«, sagte ich und berührte ihren Arm. »Und sie lächelt sogar.«

Wahid war offensichtlich nun wieder so verschreckt, daß er nicht einmal die Kraft hatte, auszusteigen, und so waren es sein Vater und sein Bruder, die ans Auto traten und die Türen öffneten. Aus der Menschentraube löste sich ein Jubelschrei lachender Frauen. Sie ergriffen unsere Hände, umarmten und küßten uns, als wären wir die letzten Überlebenden einer untergegangenen Sippe. Ich schmeckte das Salz meiner Tränen. All diese fröhlichen, warmherzigen Menschen gehörten zu uns. Die Alten, die kleinen Kinder, die Männer und Frauen – sie alle waren unsere Verwandten, unsere Familie. Wer nicht wie ich als Halbwaise in einem schmutzigen, lauten Wohnviertel aufgewachsen ist, mit einer Mutter, die sich ein Luftschloß aus Erinnerungen gebaut hat, wird mich nicht verstehen können. Großvater selbst hatte schon lange, bevor er durch die Wüste nach Norden geflohen war, seine gesamte Familie verloren – und er hatte uns nicht einmal an seinen Erinnerungen an die Toten teilhaben lassen.

Wir hatten das Gefühl zu schweben, als man uns in den weiträumigen Salon der elterlichen Wohnung führte. Wer keinen Sitzplatz fand, stellte sich an die Wand, um uns von dort aufmerksam zu betrachten. Großvater blinzelte mit den Augen, als würde er vom Blitzlichtgewitter unzähliger Fotoapparate geblendet. Mutter saß kerzengerade und wie erstarrt auf ihrem Stuhl, und auch mein eigenes Lächeln wirkte vermutlich wie gefroren – wie würde sich meine Schwester nun verhalten, ging es mir immer wieder durch den Kopf. Ich sah kurz zu ihr hinüber. Mary lächelte mit königlicher Zurückhaltung – eine lodernde Flamme, von der man den Blick nicht abwenden konnte. Asim ging im Salon herum und verteilte Zigaretten, so als wolle er den staunend dastehenden Männern den Mund stopfen. Auch ich war von ihrer Schönheit überwältigt und von dem schauspielerischen Geschick, mit dem sie die Anwesenden zu betören vermochte. Schon lächelte sie etwas weniger vornehm und zurückhaltend, wedelte mit der Hand, tauschte geräuschvoll mit einigen Frauen Küsse und nahm einige große Schlucke aus ihrem Glas. Hoffentlich trieb sie ihr Spiel nicht zu weit...

»Lächle, lächle!« flüsterte sie mir jetzt zu. »So als hätte ich dir einen netten Witz erzählt.«

Ich gehorchte. »Mary, überspann den Bogen nicht. Dieser

Besuch ... du weißt, von ihm hängt alles ab«, zischte ich ihr schnell zu. Allmählich wurde das Lächeln allerdings mühsam.

»Halt noch ein kleines bißchen durch«, sagte sie. »Hör zu, das hier ist eine Verlobungsfeier und nicht einfach ein Besuch. Ich bin ganz sicher, daß mein Einfaltspinsel in seiner Tasche einen Diamantring hat.«

In solchen Dingen konnte man sich in der Regel auf Marys Gespür verlassen, aber diesmal war ich mir nicht so sicher. Die Fahrt von Haifa hatte etwa eine Stunde gedauert – ich konnte mir einfach nicht vorstellen, daß Wahid dieses Geheimnis die ganze Zeit hätte für sich behalten können. »Einen Diamantring«, sagte ich etwas spöttisch. »Darunter geht's wohl nicht.«

»Einen Diamantring und Geschenke von seinem Vater ...«, die Locke über ihrer Stirn wippte, »und natürlich auch von dieser widerlichen Schlange.«

Wahids Vater erhob sich und klatschte in die Hände, um die lärmende Menge zum Schweigen zu bringen. Langsam wandte er den Blick zur Tür, und alle Augen folgten ihm wie gebannt. Nach einer Weile stampfte er mit dem Fuß auf. »Wo bleibt er denn nur?« sagte er etwas gereizt.

Marys Knie berührte meines. »Alle warten auf Wahid«, flüsterte sie, beinahe ohne die Lippen zu bewegen.

Wahid erschien in einem weißen Anzug mit blauem Hemd und rotem Schlips. Seine Frisur wirkte seltsam steif, so als habe er sich Kleister in die pechschwarzen Haare geschmiert, und auf seiner Stirn sah man Schweißperlen; auch der Kragen seines Hemds war feucht, und auf seinem Jackett hatten sich unter den Achselhöhlen dunkle Halbmonde gebildet. Mary sprang auf, um ihm den Weg zu ihr und die Übergabe des Ringes zu erleichtern, und dadurch waren auch wir gezwungen, uns von unseren Plätzen zu erheben. Großvater konnte eben noch seine Zigarette ausdrücken. Wahid fand gerade noch die Kraft, den Ring vor allen hochzuhalten, bevor er ihn Mary auf den Finger schob. Meine Schwester blickte Wahid nicht an. Sie sah aus wie jemand, mit dem ein Wunder geschehen war und der nun nach Gott suchte, um ihm zu danken. Und sie mußte nicht lange suchen. Sie durchschritt die tiefe Stille des Salons und blieb vor dem mächtigen Busen ihrer zukünftigen Schwiegermutter stehen, und dann machte sie einen Knicks, zwar nur einen kleinen, aber doch unübersehbar einen Knicks. Gleich darauf ergriff sie die Hand ihrer Gegnerin und verbarg das Gesicht in deren Fleischmassen, während sie am ganzen Körper zitterte, als könnte sie die Tränen nicht mehr zurückhalten. Nur wenige Sekunden vermochte Wahids Mutter, ihre abweisende Haltung noch aufrechtzuerhalten. Wie ein junges Kalb, das gegen das versiegende Euter stößt, stieß Mary immer wieder gegen ihren Busen, bis die mächtige Frau sie schließlich schluchzend in die Arme nahm.

Auf diese rührende, wenn auch in meinen Augen etwas peinliche Vorstellung folgte das nicht enden wollende, üppige Festmahl. Mary rührte kaum etwas von den Speisen an, während Wahid den Rufen der Männer nachzukommen versuchte, daß es seine Pflicht sei, die Verlobte ordentlich zu füttern, damit sie noch mehr herrliches Fleisch ansetzte. Er bot ihr einen Teller an, auf dem eine mit Reis gefüllte Taube lag. Mary nahm ein wenig von dem Fleisch und stellte den Teller gleich wieder beiseite.

Nachdem sich die meisten Gäste nach dem Essen verabschiedet hatten, nahmen wir wieder im Salon Platz, um zum nächsten wichtigen Punkt zu kommen. Der Hochzeitstermin mußte festgelegt und außerdem sollte entschieden werden, wo das junge Paar wohnen würde. Mutter saß unruhig auf dem Rand ihres Sessels. Ihre Lippen waren trocken, und sie reckte den Hals, als fürchte sie, den Moment zu verpassen, da sie das Wort ergreifen konnte.

»Erinnerst du dich noch«, sagte sie mit gepreßter Stimme

und einem seltsamen Lächeln zu Wahids Mutter, »als wir mit meiner Mutter und meinen Brüdern zu euch kamen und um die Hand deiner Schwester anhielten?«

Es mochte angenehm sein, sich an vergangene Zeiten zu erinnern, aber unsere Gastgeberin blieb eher zurückhaltend. »Ja, ich erinnere mich.«

»Es ist dasselbe Dorf«, sagte Mutter, »und trotzdem ist alles anders.«

Wahids Mutter konnte sich gewiß daran erinnern. Damals war ein Dorf ein Dorf und eine Stadt eine Stadt, und zwischen ihnen lagen zweihundert Jahre. »Ja, es war Sommer. Es gab eine große Feier, und ich erinnere mich, daß wir draußen zwischen den Erdbeeren gesessen haben«, sagte sie.

»Weil drinnen nicht genug Platz war«, sagte Mutter mit einer Stimme, in der so etwas wie Triumph mitschwang. Großvater räusperte sich, aber der Strudel der Rachsucht hatte Mutter bereits mit sich gerissen. »In eurem Dorf gab es damals nur Hütten – Hütten mit einem Zimmer, ohne Strom, und die Frauen holten das Wasser in Eimern, die sie auf dem Kopf trugen.«

Wahids Mutter spielte nervös mit einem Bonbonpapier, auch sie hatte an jenem Tag barfuß Wasser geholt – so hatte Mutter es uns oft erzählt.

»Es war eine schwere Zeit«, versuchte Wahids Vater, das Gespräch in eine freundlichere Richtung zu lenken. »Alle waren wir arm, aber wir waren Menschen.«

Mutter reckte den Hals noch weiter vor. »Wir kamen in Vaters Auto. Wer konnte sich damals schon ein Auto leisten?«

Großvater lachte. »Offiziere der britischen Armee und Leute, die ihr Geld mit Schmuggeln verdienten.«

Wahids Mutter wedelte mit einem Zipfel ihres Kleides. »Gott behüte! Mein Vater seligen Angedenkens war ein Mann, der die Gesetze immer eingehalten hat. Die Hände hat er sich schwielig gearbeitet, um uns zu ernähren.«

Mutter schob trotzig die Unterlippe vor. »Und mein Vater wurde in einer Villa geboren und hat seine Seele in einer Villa ausgehaucht.«

»Und mein Vater wurde auf einem Fetzen Stoff in einer Lehmhütte geboren, und sein Bauch blähte sich vom Ful so auf, daß er schließlich geplatzt ist.« Großvater schlug sich auf die Schenkel und starrte Mutter so lange an, bis diese ihre Krallen einzog und sich in den Sessel zurückfallen ließ.

»Mutter hat oft von eurem Haus in Haifa gesprochen», sagte Asim und versuchte, die unangenehme Pause im Gespräch zu überbrücken. »Einmal hattet ihr sogar die gesamte Familie zu Gast, das hast du doch erzählt, Mutter?«

»Ja, das stimmt. Ich hatte mir ein neues Kleid genäht, und trotzdem habe ich mich darin geschämt.« Sie lachte leise.

Ich atmete erleichtert auf, und Großvater sah mit einem versöhnlichen Lächeln zu Mutter hinüber.

»Ich habe Angst, ins Wadi zurückzukehren«, flüsterte Mary plötzlich ziemlich laut Wahid zu.

Ich schaute in ihr Gesicht und sah, was auch alle anderen sahen: Ihre Augen schimmerten feucht, und ihre Lippen zitterten.

»Was ist denn passiert?« fragten Wahid und sein Vater wie aus einem Mund.

»Ich schäme mich, darüber zu sprechen«, antwortete Mary langsam, wie in großer Not. Sie beherrschte ihr Spiel wirklich perfekt. Jetzt sah sie zu mir hinüber. »Huda, vielleicht könntest du ...?«

Alle Blicke waren plötzlich auf mich gerichtet, aber ich schwieg, denn ich verstand nicht, was ich erzählen sollte. Die Stille steigerte die Spannung des Augenblicks fast bis ins Unerträgliche. In Großvaters Augen entdeckte ich das geheimnisvolle, ägyptische Lächeln, entschloß mich aber sicherheitshalber, Mary das Wort zu überlassen. »Ich glaube, es wäre besser, wenn du es selbst erzählst«, sagte ich leise.

»Im Wadi gibt es einen Verbrecher, vor dem sich sogar der Teufel in acht nehmen muß«, begann Mary zögernd.

»Eben der Mann, der eure Verwandten damals über die Grenze gebracht und sie dann an die Juden verraten hat«, fügte Großvater hinzu.

»Abu Nachlah, dieser Hund!« zischte Wahids Mutter.

»Ja«, sagte Mary und senkte den Blick. »Aber im Vergleich zu seinem Sohn ist er geradezu harmlos.«

Wahids Gesicht leuchtete inzwischen so rot wie seine schiefgebundene Krawatte. »Was hat dieser Dreckskerl mit dir zu schaffen?« fragte er mit lauter Stimme.

Marys Lider flatterten wie die Flügel eines vor Erschöpfung taumelnden Schmetterlings. »Er ... er ...«, und dann versagte ihr die Stimme.

Großvater trat seine Zigarette unter dem Stuhl aus, als ärgere er sich über den Fußboden aus italienischem Marmor, und sagte: »Ein schönes Mädchen bedarf immer des Schutzes. Mary ist eine Halbwaise, und ich bin alt, und dieser Hundesohn läßt seine Blicke hemmungslos wandern.«

»Hat er es gewagt ...?« Wahids Stimme wurde noch lauter.

»Was soll die Frage – ob er es gewagt hat!« sagte Mary scheinbar entrüstet. »Mit einem Messer tauchte er plötzlich mitten in der Nacht vor unserer Wohnungstür auf – er hätte sie fast eingetreten, und unten auf der Straße haben seine Kumpane gewartet.«

»Es ist die Wahrheit«, sagte Großvater schnell. »Zum Glück wohnt über uns ein Jude. Ein Araber hätte es nicht gewagt, gegen den Sohn von Abu Nachlah die Hand zu erheben. Und den Juden hätte dieser schreckliche Kerl tatsächlich fast erstochen.«

Wahids Mutter war einer Ohnmacht nahe. Er selbst richtete sich in seinem weißen Anzug zu voller Höhe auf. »Ich werde ihn zerquetschen!« sagte er mit drohender Stimme.

»Tu das ja nicht!« rief Mary entsetzt. »Ich will nicht, daß

er dir etwas zuleide tut! Du weißt ja gar nicht, was für ein schrecklicher Verbrecher das ist.«

Aber Wahid war schon nicht mehr zu beruhigen. »Ich werde ihn umbringen!« sagte er immer wieder.

»Meine Tochter«, sagte seine Mutter, »wenn du möchtest, kannst du schon jetzt bei uns wohnen, noch heute nacht.«

»Nein, nein!« Mary war entsetzt. »Was sollen denn die Leute dazu sagen?«

»Vater und Sohn verbreiten schon jetzt die übelsten Gerüchte«, sagte Großvater schnell und schüttelte traurig den Kopf.

Asim verstand als erster die Andeutung. »Wenn das so ist«, warf er ein, »warum noch lange warten? Dann sollen sie doch so schnell wie möglich heiraten.«

Es stellte sich heraus, daß niemand etwas dagegen hatte, und man einigte sich darauf, daß die Hochzeit in zwei Monaten stattfinden und das junge Paar zunächst bei Wahids Eltern wohnen sollte.

Anschließend fuhr Wahid uns in seinem Auto nach Haifa zurück. Als wir vor unserem Haus ausstiegen, warf er einen Blick in den Hauseingang und stellte sich dann wie ein Wachposten davor auf. Von oben hallten die Klänge der Trompete durchs Treppenhaus.

»Was ist denn das?« fragte Wahid mißtrauisch.

»Das ist der Jude, der uns gerettet hat. Er spielt Trompete«, sagte Mary.

Kopfschüttelnd begleitete uns Wahid bis an die Wohnungstür und wartete dann noch etwa zehn Minuten unten im Auto, bis er schließlich den Motor anließ und davonfuhr.

Vielleicht hatte Alex unsere Rückkehr bemerkt: Der Klang seiner Trompete verwandelte sich in ein kurzes Schluchzen und dann hüllte mich eine schwermütige, sehnsuchtsvolle Melodie ein.

ZEHN

»Er hat so viel für uns getan«, sagte Mutter. »Und wie haben wir es ihm gedankt? Hört doch, wie er in der Dunkelheit auf seiner Trompete spielt. Vielleicht hat er Hunger. Wir hätten ihm von dem Essen etwas mitbringen sollen –«

»Ich hab ein paar Zigaretten für ihn mitgehen lassen«, sagte Großvater mit einem verschmitzten Lächeln. »Es hat sich da die eine oder andere Gelegenheit geboten, und ich konnte es mir einfach nicht verkneifen – zum Beispiel als Wahid im Salon auftauchte und niemand wußte, ob er es überhaupt bis zu Marys Finger schafft.«

»Mach dich nur lustig«, zischte Mutter. »Du machst noch alles kaputt. Wahid wird Mary auf Händen tragen. Er ist ein Mann, bei dem sie niemals Mangel leiden wird.«

Der Bräutigam erschien nun Abend für Abend, ordentlich gekämmt und gekleidet, für jeden von uns mit Geschenken beladen, bis er schließlich sogar Großvater beinahe für sich gewonnen hatte. Er saß im Wohnzimmer am großen Tisch und führte mit uns seine quälend wortkargen Gespräche, während sich Mary in unserem Zimmer beim Schminken viel Zeit ließ. Nicht ein einziges Mal war sie fertig, als er kam, um sie auszuführen. Spätabends kehrte sie dann müde und nervös nach Hause zurück – offensichtlich lief irgend etwas nicht ganz so, wie meine Schwester es sich vorgestellt hatte.

»Jetzt geht er uns auf Abu Nachlahs Kosten auf die Nerven«, sagte sie eines Abends gereizt, während sie sich entgegen ihrer sonstigen Gewohnheit im Dunkeln auszog. »Los, geh doch endlich hoch zu ihm«, schimpfte sie, als nach kurzer Pause die Trompete wieder ertönte. »Er ruft dich. Los, geh schon!«

»Ich bin doch nicht Dshamilas Katze – hast du gehört, die soll angeblich, sobald Alex in die Trompete bläst, wie hypnotisiert aufs Dach schleichen. Ich glaube eher, daß sie da oben was zu fressen kriegt.«

»Morgen ist Freitag«, sagte Mary – offensichtlich interessierte sie sich nicht für Dshamilas Geschichtchen. »Zwei Freitage sind bereits nutzlos verstrichen, aber morgen fahren wir endlich an den Strand.«

»Mary! Du bist doch jetzt verlobt.«

»Gerade deshalb. Mit Wahid werde ich das Meer so bald nicht wiedersehen. Bestimmt würde er von mir verlangen, in einem Bademantel ins Wasser zu steigen, und sich mit jedem Mann, der mich auch nur anschaut, gleich anlegen. Ich will das Leben noch ein bißchen genießen, bevor ich mich bei lebendigem Leib begraben lasse. Komm, laß uns morgen ans Meer fahren! Am Strand hast du reichlich Gelegenheit, die Sache mit Abu-Trompete voranzubringen.«

Ich sagte nichts, sondern horchte auf den leisen Klang der Trompete, der über dem dunklen Wadi schwebte.

Am nächsten Morgen weckte ich Mary nicht. Ich stopfte den Badeanzug in meine Tasche und sagte Mutter, daß ich später nach Hause kommen würde. Ich wollte Mary zuvorkommen und Shirley selbst von Alex erzählen. Adina war in Boaz' Büro – in letzter Zeit schloß sie immer die Tür hinter sich, wenn sie zu ihm ging –, und an diesem Tag hatten wir nur wenige Kunden.

»Ich komme mit zum Strand«, sagte Shirley gleich. »Ich werde Kobi einladen. Am besten, wir fahren in meinem Auto.«

»Es ... es kommt aber noch jemand mit.«

»Marys Verlobter?«

»Nein ... nein, ein Neueinwanderer.«

»Der mit der Trompete, von dem deine Schwester neulich gesprochen hat?« Sie erwartete keine Antwort. Offensichtlich fand sie nichts Besonderes daran, daß sich eine Araberin für einen jüdischen Neueinwanderer interessierte.

Am Nachmittag wartete ich vor dem Reisebüro auf Mary und Alex. Kobi war noch vor ihnen gekommen und hatte eine große Tasche mit Badesachen und Strandballschlägern mitgebracht. Mit Shirleys Autoschlüssel war er losgezogen, um das Auto vom Parkplatz zu holen und dann in der Straße der Unabhängigkeit auf uns zu warten.

Mary und Alex trafen, obwohl sie gleichzeitig unser Haus verlassen hatten, aus verschiedenen Richtungen ein – Mary war neuerdings sehr bemüht, den bösen Zungen im Wadi keinen weiteren Anlaß für Klatsch und Tratsch zu liefern. Als ich Alex erblickte, schloß ich die Augen und hätte mich am liebsten auf der Stelle umgedreht. Er trug eine Schirmmütze im Mao-Stil und hatte sich ein altes Laken unter den gesunden Arm geklemmt. Der andere Arm steckte bis zum Ellbogen in einem schwarzen Gummirohr, das einem Fahrradschlauch ähnelte – wohl, um den Verband beim Schwimmen zu schützen. Er stand etwas verloren auf der gegenüberliegenden Straßenseite. Als Mary ihm zuwinkte, schien er aus irgendeinem Tagtraum hochzuschrecken und kam mit einem schüchternen Lächeln zu uns herüber. Ich machte mir wegen Shirley und Kobi ein wenig Sorgen: Sie würden Alex, der erst vor kurzem in ihr Land gekommen war, sicherlich etwas schief ansehen. Shirley gehörte schließlich zu den Aschkenasim und war auf dem Karmel aufgewachsen, wo nur wohlhabende jüdische Familien sich Häuser leisten konnten. Bei ihr hatte man fast das Gefühl, daß der jüdische Staat einzig und allein gegründet worden war, um ihr jeden Wunsch zu erfüllen. Kobi, ihr marokkanischer Freund, stand zwar am anderen Ende des gesellschaftlichen Spektrums, bei ihm drängte sich einem allerdings oft der Eindruck auf, daß er seine soziale Benachteiligung geradezu liebevoll pflegte, als müßte eigentlich jeder vor ihm auf die Knie fallen und ihn angesichts all der Entbehrungen, die ihm der Staat während seiner schweren Kindheit zugemutet hatte, um Verzeihung bitten. Auch wenn sie beide nett waren, so hatten sie doch – jeder auf seine Art – etwas geradezu Rücksichtsloses an sich.

Als wir schließlich ins Auto stiegen, musterten sie Alex tatsächlich ziemlich eingehend und tauschten dann wissende Blicke aus, genau wie ich es befürchtet hatte. Sie taten fast so, als hätten wir einen Ziegenbock mitgebracht. Falls Alex ihre Blicke und ihr Grinsen bemerkt hatte, so schienen sie ihm jedoch wenig auszumachen. Er saß zwischen mir und Mary auf dem Rücksitz und war offensichtlich bemüht, mich nicht zu berühren. Sein Blick war nach vorn gerichtet, und er wirkte in der Enge des kleinen Autos irgendwie einsam.

»Wie geht es deinem Arm?« fragte ich leise.

Er hob ihn hoch, als wolle er mir etwas zeigen, und verlor dabei plötzlich das Gleichgewicht, so daß sich unsere Schenkel berührten. Sofort schoß mir das Blut ins Gesicht. Seit Jahren hatte ich keinem Mann mehr erlaubt, mich zu berühren, nicht einmal aus Versehen – selbst wenn ich in einen Bus einstieg, hielt ich dem Fahrer die Münzen mit spitzen Fingern hin.

»Der Arm ist beinahe wieder in Ordnung«, sagte Alex. »Den Verband trag ich vor allem wegen Abu Nachlah. Ich könnte eigentlich schon wieder in den Hafen gehen, aber er zahlt ja.«

Die wenigen Badelustigen, die den Strand bevölkerten, saßen in kleinen Gruppen auf dem Sand, die wie grüne Inseln in der Wüste wirkten. Das Meer brauste, und die Wellen trugen jetzt, am Ende des Herbstes, weiße Schaumkronen. Sicherlich war das Wasser bereits ziemlich kalt. Ich legte mich auf mein Handtuch, schaute in den blauen Himmel und ließ den Wind über meinen Körper streichen. Ich hörte, wie Kobi und Shirley lachend zum Wasser hinuntergingen, und sah, als ich mich auf den Ellbogen aufstützte, wie sie eng aneinandergeschmiegt bis zur Hüfte in der Brandung standen.

Auch Alex beobachtete die beiden, während er mit den Fingern Striche in den Sand zeichnete, die immer tiefer wurden. Plötzlich ließ er die Hand sinken und schaute mir lange in die Augen, ohne ein Wort zu sagen. Obwohl ich merkte, daß ich rot wurde, tat ich so, als verstünde ich nicht, worauf er hinauswollte. Er deutete mit dem Kopf zum Meer, und ich reckte den Hals und schaute suchend in die Ferne.

»Willst du vielleicht ein bißchen am Strand spazierengehen?« fragte er schließlich, als habe er unsere Pantomime satt.

Ich lächelte ihm zu, aber er wußte mein Lächeln offensichtlich nicht zu deuten – meinem Gesicht waren die Aufregung und Verwirrtheit, die ich in diesem Moment empfand, sicher abzulesen.

»Also – möchtest du?« fragte er noch einmal.

Natürlich wollte ich, aber ich rührte mich nicht.

»Na, dann gehe ich erst mal schwimmen«, sagte Alex etwas ungeduldig und sprang auf. Er legte seine Brille aufs Laken und rannte auf das Wasser zu.

Als ich mich einen Augenblick später aufrichtete, sah ich nur noch seinen Kopf, der hoch oben auf dem weißen Kamm einer Welle schwebte.

Mary zog das Handtuch, das sie über sich gebreitet hatte, zur Seite. Ihre Haut glich einem See, auf dem unzählige blaue Blumen schwammen. Überall waren die Abdrücke von Wahids Lippen und Zähnen zu erkennen. Ich mußte gegen meinen Willen lachen.

»Sieht widerlich aus, stimmt's?« sagte sie ärgerlich.

»Der ist aber gründlich.«

Immer wieder strich sie sich mit der Hand über die Schulter, als wollte sie die Male fortwischen. »Das nennst du gründlich? Dabei bleibt's dann aber auch.«

»Na hör mal«, sagte ich zu ihr. »Die Hochzeit steht kurz bevor, und er hält sich eben an die alten Regeln. Deine Unberührtheit ist offensichtlich wichtig.«

»Huda, was heißt hier Unberührtheit – ich bin schwanger!«

Ich versuchte zu lächeln. »Du willst mich wohl auf den Arm nehmen«, sagte ich, obwohl ich im selben Moment wußte, daß es keinesfalls ein Scherz war. »Woher sollst du denn auf einmal schwanger sein? Das schnappt man doch nicht auf wie eine Grippe.«

»Huda, ich bin eben anders als du, und Suheer ist auch nicht ganz so zurückhaltend, wie dein Bahidsh es war. Sein Vater hat die Wahrheit gesagt und es sogar noch höflich ausgedrückt. Es stimmt, vielleicht könnte man sagen, Suheer hätte mich vergewaltigt, aber das würde mir sowieso niemand glauben. Ich hätte es vielleicht verhindern können – aber ich wollte wohl nicht so richtig.«

»Dieser Verbrecher!« Ich war fassungslos. »Dieser stinkende Verbrecher!«

»Ganz ruhig, Huda. Paß auf, daß du deinen Gerechtigkeitssinn nicht mit deinem Geruchssinn verwechselst. Denk ja nicht, Suheer habe mich auch nur ein einziges Mal hart angefaßt...«

»Du bist also schwanger«, unterbrach ich sie. »Und was wirst du tun, wenn Wahid dahinterkommt?«

»Warum sollte er dahinterkommen?« fragte sie erstaunt.

»Du kannst ja nicht einfach in die Apotheke gehen und dir deine Jungfräulichkeit zurückkaufen. Auf dem Dorf werden die Mädchen doch immer noch untersucht – und eine Schwangerschaft läßt sich auf Dauer nicht verbergen.«

»Ich muß diesen Tölpel eben dazu bringen, mich zu vergewaltigen – und dann werde ich ihm eine ordentliche Szene machen – ich werde heulen und fluchen und ihm vorwerfen, daß er mein Leben für immer zerstört habe. Das wird ihn so durcheinanderbringen, daß er gar nicht auf die Idee kommt, ich könnte nicht mehr Jungfrau sein. Aber er ist schon wirklich ein harter Brocken. Was meinst du, was ich nicht alles versucht habe. Ich hab mich geradezu auf ihn gestürzt – bei Allah, es ist wirklich ein hartes Stück Arbeit, so einen wie ihn dahin zu bekommen, wo man ihn haben will.«

Ich traute meinen Ohren nicht. Sie lachte tatsächlich. Sie warf sich das Handtuch über die Schultern, legte den Kopf auf die Knie und lachte noch lauter. Als sie meinen verdutzten Gesichtsausdruck sah, nahm sie meine Hand. »Huda, das Leben ist total verrückt, und nur wir Menschen suchen darin nach Vernunft«, sagte sie fröhlich.

»Irgendeine Vernunft muß es geben.«

»Hör zu – der Mensch zog irgendwann einmal aus, die Vernunft zu suchen, und er fand Gott. Aber er suchte weiter und verlor Gott wieder. Siehst du, so zerstört die Vernunft unser Leben.«

»Ich kann einfach nicht begreifen, wie du in deiner Situation überhaupt noch lachen kannst.«

»Weil ich vor langer Zeit aufgehört habe zu suchen. Sieh dich doch an, was hat dir denn die Vernunft gebracht? Inzwischen ist Abu-Trompete irgendwo im Meer verschwunden. Vielleicht hat er ja vor, bis nach Zypern zu schwimmen, oder er ist bereits ertrunken.« Sie stand auf. »He, ich kann ihn wirklich nirgendwo sehen«, sagte sie besorgt.

Shirley und Kobi, die ein Stück weiter im Sand lagen, hoben schläfrig die Köpfe. »Was ist los?« fragte Shirley und stützte sich auf die Ellbogen.

»Wir können Alex schon eine ganze Weile nicht mehr sehen«, antwortete ich und suchte mit den Augen das Meer ab. Am Horizont war im gleißenden Sonnenlicht die Silhouette eines Kriegsschiffes der Marine zu erkennen.

»Bei Allah, schaut euch seine Brillengläser an!« sagte Kobi. Er war zu uns herübergekommen und hielt Alex' Brille in der Hand. »Dieser Zwerg ist ohne Brille so gut wie blind. Der schwimmt garantiert gerade aufs offene Meer hinaus und denkt, daß er auf den Strand zusteuert.«

»Was machen wir jetzt bloß?« fragte Mary.

»Wir müssen Hilfe holen«, sagte Shirley.

»Ja, aber hier gibt es keine Rettungsschwimmer, was sollen wir bloß tun«, sagte Mary aufgeregt.

Beide sahen mich an, als ob das Ganze eigentlich meine Angelegenheit sei und ich entscheiden müsse, was zu unternehmen sei. Aber ich war wie gelähmt. Wortlos nahm ich Kobi die Brille aus der Hand, legte sie auf Alex' Laken und bedeckte sie mit der Schirmmütze.

Mary schrie plötzlich: »Da ist er! Da! Ich bin ganz sicher, daß ich seinen Kopf gesehen habe.«

»Einen Klumpen Teer hast du gesehen«, winkte Kobi ab.

»Vielleicht bemühst du dich ins Wasser und machst dich mal nützlich?« sagte Shirley.

»Für den Russen? Du machst wohl einen Witz?«

»Da! Da ist er!« rief Mary wieder.

Er war so weit weg, daß ich nicht erkennen konnte, ob er auf uns zuschwamm oder sich immer noch weiter vom Ufer entfernte – ich hätte nicht einmal mit Sicherheit sagen können, ob er es überhaupt war.

»Verdammt noch mal, was ist das bloß für ein verrückter Kerl!« Ich war wütend und zugleich fast hysterisch vor Angst.

»Die spinnen doch, die Russen«, sagte Kobi verächtlich. »Meinetwegen sollen sie dorthin verschwinden, wo sie hergekommen sind.«

Shirley sah Kobi verächtlich an und stieß ihn in den Sand. Jetzt konnten wir Alex, der schon fast am Strand war, deutlich ausmachen. Die Knie wurden mir weich, und ich setzte mich auf mein Handtuch.

»So ein Stück Dreck«, sagte Kobi, der sich den Sand von der Badehose klopfte. »Den würde ich nicht mal zur Hochzeit meiner Großmutter einladen. Wer braucht den schon?«

Alex stand jetzt in der Brandung und stolperte etwas, während er sich das Wasser aus den Haaren schüttelte. Kobi legte sich in den Sand und schaute demonstrativ weg. Shirley, Mary und ich beobachteten indessen schweigend, wie Alex langsam auf uns zukam.

»Das war gut, richtig gut«, sagte er, während er sich mit den Händen das Wasser vom Körper strich. »Wirklich wunderbar!« Er setzte seine Brille auf und bemerkte jetzt erst, daß niemand etwas sagte. »Ist was passiert?« fragte er, als er unsere Gesichter sah.

»He, Freundchen, wir dachten schon, du wärst abgesoffen!« rief Kobi und richtete sich auf.

»Entschuldigung, Entschuldigung«, stotterte Alex, dessen Brustkorb sich noch immer deutlich sichtbar hob und senkte. Und mir kam in den Sinn, daß es vielleicht das ewige Schicksal von Neueinwanderern war, sich immer und überall für irgend etwas entschuldigen zu müssen.

Kobi stand auf und holte die beiden Holzschläger, die er mitgebracht hatte, aus der Tasche. »Shirley, komm, wir spielen ein bißchen«, sagte er übertrieben fröhlich.

»Ich hab keine Lust.«

»Aber ich hab Lust«, sagte Alex.

»Na schön«, sagte Kobi mißmutig und warf lässig den harten kleinen Gummiball in die Luft. Er sah Alex' provozierendes Lächeln und stellte sich in relativ geringer Entfernung von ihm auf, so als wollte er auf ihn Rücksicht nehmen. Aber Alex hatte diese Art von Rücksicht offenbar nicht nötig und schlug den Ball mit voller Wucht in hohem Bogen über Kobis Kopf hinweg. Kobi drehte sich um, holte den Ball mit federnden Schritten und schlug ihn nun seinerseits so hart es ging zu Alex hinüber. Der dunkelhäutige, schmale Marokkaner tänzelte über den Sand, und man sah ihm den Stolz auf seinen hochgewachsenen schlanken Körper an. Alex dagegen bewegte sich bedächtig, sogar ein wenig schwerfällig. Er rannte dem Ball hinterher, den Kobi weit zur Seite geschlagen hatte, machte schnell ein paar Schritte rückwärts und schmetterte ihn dann mit aller Kraft zurück. Der Ball pfiff geradezu durch die Luft, bevor er erneut gegen Kobis Schläger prallte.

»Euer kleiner Freund will offenbar hoch hinaus«, sagte Shirley etwas spöttisch.

»Er kommt eben aus Rußland«, sagte Mary.

Kobi traf den Ball, der allerdings etwa drei Meter vor Alex' Füßen im Sand landete. »Höher! Mit mehr Kraft!« rief Alex ihm zu und hob den Ball auf.

Kobi lachte wütend, und dann spielten sie noch etwa zehn Minuten lang – schweigend, mit kraftvollen harten Schlägen, als trügen sie einen Kampf aus. Kobi warf schließlich den Schläger in den Sand, griff sich sein Handtuch und wischte sich den Schweiß von der Stirn. »Genug, es reicht. Ich kann nicht mehr«, sagte er keuchend.

»Dann ruh dich aus. Es ist schließlich nur ein Spiel und keine Bestrafung«, sagte Alex freundlich.

Alex setzte sich neben mich auf sein Handtuch, legte das Kinn auf die Knie und schaute aufs Meer hinaus. »Ich muß richtig Hebräisch lernen«, sagte er nachdenklich.

»Huda kann perfekt Hebräisch«, sagte Mary zu ihm. »Sie kann sogar viele Gedichte von israelischen Lyrikern auswendig.«

»Ich hab aber kein Geld, um Stunden zu nehmen.«

Mary lächelte kokett. »Bei Huda kannst du anschreiben lassen.«

Er schaute mir in die Augen. Und ich wagte es sogar, ihm zuzulächeln, aber ich spürte, wie ich rot wurde, und senkte den Blick. »Eines Tages werde ich alles bezahlen«, sagte Alex. »Was nimmst du?«

Mit dem Zeigefinger zog ich die verwischten Linien nach, die Alex in den Sand gemalt hatte. »Fast gar nichts.«

Er schaute wieder aufs Meer. »Ich hab niemals genug Geld gehabt im Leben. Ich hab hart gearbeitet, um nicht stehlen zu müssen.« Dann lachte er und drehte sich zu mir. »Aber eine Sprache würde ich jederzeit stehlen. Und gerade das ist unmöglich, stimmt's?«

»Eine Sprache erlernt man Schritt für Schritt – das ist auch harte Arbeit.«

»Das macht mir nichts aus. Schon als ich fünf Jahre alt war, mußte ich mir selbst die Kleider waschen, und man hat mir nicht einmal einen Stuhl gegeben – und dabei war das Becken viel zu hoch. Jemand hat mir den Wasserhahn aufgedreht, und dann habe ich gewaschen und konnte nicht einmal meine Kleider im Becken sehen, wie ein Pianist ohne ...«

»Noten.«

»Ohne Noten, ja. Ich kenne das Wort. Ich hatte es nur für einen Moment vergessen. Es ist ein schönes Wort.«

ELF

Auch Wahid arbeitete wie die meisten arabischen Geschäftsleute samstags nicht. Um zehn Uhr vormittags erschien er bei uns, worauf Dshamila natürlich auch nicht lange auf sich warten ließ. Ganz selbstverständlich beugte sie sich über die Kisten mit Weintrauben und Feigen, die Wahid mitgebracht hatte, als prüfte sie das Angebot an einem Marktstand, bevor sie entschlossen nach einer Feige griff und hineinbiß.

Großvater hatte sich inzwischen mit dem Gedanken abgefunden, daß Mary mit Wahid vermählt würde, und empfing ihn mit einer gewissen gutmütigen Brummigkeit. Wahids Zunge hatte sich indessen etwas gelockert, und er brachte bereits vollständige Sätze heraus. Und Großvater ermunterte ihn zum Sprechen wie ein sanftmütiger, geduldiger Lehrer.

Dshamila verputzte eine ganze Schüssel gewaschener Feigen und trank drei kleine Tassen Kaffee, und um nicht den Eindruck zu erwecken, sie wäre nur gekommen, um sich den Bauch vollzuschlagen, redete sie in einem fort. »Gestern abend habe ich Suheer gesehen«, erzählte sie und schnatterte gleich weiter, obwohl Großvater ihr einen wütenden Blick zuwarf und Mutter zusammenzuckte. »Er ist ums Haus gestrichen wie der Todesengel.«

»Was hat er hier zu suchen?« fragte Wahid.

»Er ist schließlich hier geboren«, sagte Dshamila, »und hier wird er auch sterben.«

»Er soll sich hier nicht mehr blicken lassen.«

»Mein Sohn«, sagte Großvater. »Wir haben hier nicht viel zu sagen. Er ist der König und sein Vater der Kaiser.«

»Ich möchte von hier weg, ich möchte eine Reise machen – weit, weit weg«, flüsterte Mary.

»Wohin?« fragte Wahid erschrocken.

»Nach Tiberias ... oder ans Tote Meer ... Ich bin erschöpft. Ich möchte einfach mal andere Luft schnuppern.«

Wahid schien am Boden zerstört. »Du allein?«

»Aber warum? Willst du denn etwa schon jetzt vor mir davonlaufen?«

Wahid schien seinen Ohren nicht trauen zu wollen. Er sah so verdutzt aus, als hätte man ihn nackt in der Kirche ertappt. »Und die Familie?« stotterte er. »Werden sie einverstanden sein? Wir sind doch noch gar nicht richtig verheiratet.«

Mutter schaute zu Großvater. Der nahm sich eine Zigarette aus Wahids Schachtel und sagte dann zögernd: »Bei Allah, also wenn ich ehrlich bin ... Ich weiß nicht ...«

»Keine Angst, er wird uns schon seine Erlaubnis geben«, flüsterte Mary Wahid zu.

Wahid selbst brachte keinen Ton mehr heraus. Auf dem Dach erwachte die Trompete plötzlich zum Leben, und Wahid schaute verstört zur Decke. »Was ist das denn schon wieder?« fragte er gereizt, obwohl er es natürlich wußte.

»Der jüdische Nachbar«, antwortete Mutter. »Der ist dir doch schon mal über den Weg gelaufen. Übrigens«, sagte sie, zu Großvater gewandt, »du mußt nach oben gehen und mit ihm reden. Seit du ihn so beleidigt hast, hat er sich nicht mehr bei uns blicken lassen.« Aber wie nicht anders zu erwarten, mochte Großvater keine Entschuldigungen aussprechen. Er verließ sich lieber darauf, daß die Zeit das ihre tat.

Wahid blieb zum Mittagessen, und als er schließlich vor Einbruch der Dämmerung mit Mary verschwand, hatte ich das Gefühl, daß das Dach mit seinem ganzen Gewicht auf mir lastete. Ich wußte nicht, mit welcher Ausrede ich von meinem Versprechen zurücktreten konnte, Alex Hebräischstunden zu geben. Ich hatte mit ihm keine bestimmte Zeit vereinbart, aber gerade das beunruhigte mich, denn so konnte ich nicht abschätzen, wann er das Warten aufgeben würde. Vor meinem Fenster ging die schmale Sichel des Mondes auf und blieb zwischen einer großen Fernsehantenne und einem Wassertank hängen. Alex' Trompetenspiel war leise und voller Gefühl, als wollte er den zerbrechlichen Mond ermuntern, über die Dächer hinaus in den Nachthimmel emporzusteigen. Großvater und Mutter saßen im Wohnzimmer und redeten leise miteinander, und mir war, als täten sie dies bereits seit einer Ewigkeit und würden ihr Gespräch noch eine weitere Ewigkeit lang fortsetzen. Der Klang der Trompete schwang noch immer in der Abendluft, und ich lag im blassen Mondschein auf dem Bett und hatte das Gefühl, die Welt stünde einen Atemzug lang still.

Plötzlich war ein lauter Trompetenstoß zu hören – und dann fiel etwas zu Boden. Ich sprang auf und lief erschrocken ins Wohnzimmer. Die Trompete mußte ihm aus der Hand geglitten sein ... war er gestürzt? Großvater und Mutter waren ebenfalls aufgesprungen und schauten zur Decke hoch. Oben war das Trappeln einiger Schritte zu hören, dann wurde es für einen Augenblick still, bevor die Schritte wieder einsetzten.

Mutter wurde kreidebleich. »Suheer«, flüsterte sie, »Suheer hat den Nachbarn überfallen, um sich zu rächen.« Bei dem ersten Geräusch, das auf der Treppe zu hören war, lief sie zum Fenster, um laut um Hilfe zu rufen, aber als Sekunden später an unsere Tür geklopft wurde, blieb ihr der Schrei im Halse stecken, und sie brachte nicht einmal ein Flüstern hervor.

»Macht auf, ich bin es«, sagte Alex mit gequälter Stimme.

Ich sank auf einen Stuhl, und Großvater eilte zur Tür, um sie zu öffnen. Alex' Gesicht war schmerzverzerrt, als er im

Türrahmen erschien. Mit einer Hand hielt er den rechten Oberschenkel umklammert.

»O je, was ist denn passiert?« fragte Mutter besorgt.

»Ich glaub, mich hat etwas gestochen«, stöhnte Alex und deutete mit der freien Hand auf seinen Oberschenkel. »Das Ding hat ordentlich zugestochen, sag ich euch.«

Großvater schien als erster wieder zu sich zu kommen und schob beinahe mit Gewalt Alex' Hand beiseite. »Sieht schlimmer aus, als es ist, mein Junge«, sagte er und gab Alex einen freundlichen Klaps auf den Rücken.

»Was heißt hier, sieht schlimmer aus, als es ist? Es tut schrecklich weh!« sagte Alex wütend.

»Immerhin – nicht so schlimm wie ein Messerstich.«

»Das war etwas Schwarzes mit einem Schwanz dran. Ich habe es getötet.«

»Es war ein Skorpion!« Vor Aufregung hätte ich Alex fast angeschrien.

»Übrigens – vielen Dank für den Hebräischunterricht«, grinste er mit schmerzverzerrtem Gesicht.

Zum Glück merkte niemand, daß ich rot wurde. Großvater sagte Alex, er solle sich erst mal auf seine Liege setzen, und verlangte dann nach der Arrakflasche. »Man muß die Stelle mit Arrak einreiben. Und dann empfiehlt es sich, auch gleich einen Schluck zu trinken.«

Er massierte behutsam Alex' muskulösen Oberschenkel, wobei er es vermied, die Einstichstelle selbst zu berühren, und schenkte Alex und sich dabei ein Gläschen ein.

»Es hilft nicht – es tut immer noch schrecklich weh«, sagte Alex nach einigen Minuten.

»Das schwillt ja an wie ein Ballon«, sagte Großvater nachdenklich und genehmigte sich erst mal ein weiteres Gläschen.

Alex warf mir trotz seiner Schmerzen einen spitzbübischen Blick zu. »Das ist alles wegen dir passiert. Ich habe oben auf dich gewartet, und da hat mich der Skorpion erwischt. Huda hat versprochen, mir Hebräischunterricht zu geben«, sagte er beschwichtigend, als er bemerkte, daß Großvater mit erstauntem Blick aufgehört hatte, ihn zu massieren. »Ich werde natürlich dafür bezahlen.«

»Eine Araberin bringt einem Juden Hebräisch bei, nicht schlecht«, sagte Großvater, bereits etwas angetrunken. »Wenn ein Mann zum Beispiel einer Frau das Tanzen beibringt, dann weiß man nie, wie das ausgeht. Wenn eine Frau einem Mann...«

»Das ist doch dasselbe«, sagte Mutter ungeduldig und sah mich streng an.

»Man muß Eis drauflegen«, sagte Großvater, der sich inzwischen, nach einer reichlichen Menge Arrak, offensichtlich gerne selbst auf seiner Liege ausstrecken wollte. »Am besten, du gehst in dein Zimmer – Huda wird dir Eis bringen.«

Als Alex die Wohnungstür hinter sich zugezogen hatte, warf Mutter Großvater einen wütenden Blick zu.

»Frau«, rief Großvater, »ein Mann mit einem so geschwollenen Bein ist nicht einmal in der Lage, die Ehre einer Ameise zu verletzen.«

»Trotzdem, es wäre besser, er hätte gleich selbst das Eis mitgenommen.«

»Wir müssen uns ein bißchen um ihn kümmern. Wenn er ein schwaches Herz hat, müssen wir ihn vielleicht ins Krankenhaus bringen. Es sind schon Leute an Harmloserem gestorben.«

So betrunken hörte er sich nun doch nicht an. Offensichtlich wollte er mich ermuntern, zum Dach hinaufzusteigen. Und Mutter, die sich letztlich immer auf sein Urteilsvermögen verließ – als offenbare sich darin das Schicksal –, zuckte nur mit den Schultern. Mit klopfendem Herzen stieg ich die Stufen hinauf, in einer Hand eine Schüssel mit Eis und in der anderen einen Teller mit gefüllten Weinblättern. Die Tür zu seinem Zimmer stand offen. Vor lauter Verlegenheit blieb ich auf der Schwelle stehen und begrüßte ihn mit einem förmlichen »Guten Abend«, als sähe ich ihn an diesem Tag zum ersten Mal.

»Guten Abend«, erwiderte er meinen Gruß fast spöttisch. Er lag auf der Seite und stützte den Kopf auf die gesunde Hand.

Ich stellte die Schüssel und den Teller auf den Tisch und wußte erst einmal nicht weiter. Außer dem Bett gab es im Zimmer einen Tisch, zwei Stühle, ein Bücherregal, einen kleinen Gaskocher und einen alten Kleiderschrank. Das Waschbecken befand sich im Flur, und ich fragte mich, wo er sich wohl dusche.

»Wo ist denn der Skorpion?« fragte ich schließlich.

»Draußen, neben dem Bottich.«

Ich ging hinaus, um ihn mir anzusehen – außerdem wollte ich sicher sein, daß Mutter mir nicht nachspionierte. Der Skorpion war in der Tat ziemlich groß. Schon hatte sich eine dunkle Ameisenstraße gebildet, und der glänzende harte Kadaver wimmelte von den kleinen Tieren. Als ich das Zimmer wieder betrat, stand der Teller auf seinem Bett und Alex schob sich gerade mit der verbundenen Hand zwei tropfende gefüllte Weinblätter in den Mund. Schnell fuhr er sich mit dem Handrücken über die Lippen. »Du hast an allem schuld«, sagte er und schluckte. »Heute habe ich für dich gespielt. Ich habe dort draußen neben dem Bottich gesessen...«

»Aber der Skorpion war schneller.« Ich lachte und setzte mich auf einen Stuhl. »Dshamilas Katze fühlt sich angeblich auch zu deiner Trompete hingezogen. Bald hast du hier einen ganzen Zoo auf dem Dach.«

»Und wie willst du mir Unterricht geben? Du hast nicht einmal ein Buch mitgebracht.«

»In deinem Zustand kannst du nicht lernen.«

Es war spät am Abend, und ich saß in einem fremden Zimmer und unterhielt mich mit einem echten Mann aus Fleisch und Blut. Seit Jahren war ich nicht mehr mit einem Mann allein gewesen. Aber vielleicht war ich auch nur deswegen so gelassen, weil ich in sicherer Entfernung am Tisch saß und er sich mit seinem dicken Bein nur schlecht vom Bett erheben konnte.

»Blödsinn«, sagte er. »Ich kann trotzdem lernen. – Du hast Angst vor mir«, sagte er nach einer kleinen Pause, und ich merkte plötzlich, daß ich zur Tür schaute. »Und ich hab Angst vor dir. Das ist nicht gut.«

»Du hast Angst vor mir?«

»Ja, du bist sehr schön, und ich bin häßlich und klein.«

»Was – ich soll schön sein?«

»Du weißt nicht, was das bedeutet, ein Neueinwanderer zu sein«, sagte er, ohne mir zu antworten. »Plötzlich bist du wie ein zurückgebliebenes Kind. Du willst etwas sagen, und in deinem Mund ist ein Knäuel aus Worten. Ich bin derselbe Mensch, denke wie ein Erwachsener, aber wenn ich den Mund aufmache, dann habe ich das Gefühl, daß mich alle auslachen. So wie damals, als sie mir diese schreckliche Brille aufgesetzt haben. Ich spreche Hebräisch wie ein Kind, und die Leute glauben, daß ich auch den Verstand eines Kindes habe. Ich spreche Hebräisch wie – ach, wie heißt dieses verdammte Tier –?«

»Beschreib es mir«, sagte ich geduldig.

Er setzte die Brille ab und strich sich mit der verbundenen Hand über die Stirn. Bestimmt sah er mein Gesicht nur als blassen Fleck, und dennoch hatte ich das Gefühl, als tasteten Finger mein Gesicht ab, neugierig, behutsam, zart. Ich saß kerzengerade auf meinem Stuhl, und gegen meinen Willen lächelte ich ihm zu, als lächelte ich in eine Kamera.

Er setzte die Brille wieder auf und der Zauber verschwand. Sein Gesicht, das ohne die dicken Gläser so entspannt und ruhig gewirkt hatte, war wieder das alte.

»Es liebt Wasser«, sagte er.

»Wer?«

»Das Tier.«

»Ein Fisch.«

Er lächelte. »Es liebt Wasser, aber es lebt nicht im Wasser.« Er war plötzlich so fröhlich, als spielten wir Rätselraten. »Es geht ins Wasser, atmet aber Luft wie ich. Es hat Eier.«

Ich wurde rot.

»Du verstehst nicht«, sagte er. »Richtige Eier. Es macht Eier wie ein Huhn.«

»Legt, legt Eier«, korrigierte ich ihn. »Eine Ente?«

»Nein. Es hat etwas Hartes auf dem Rücken.«

»Einen Panzer.«

»Genau – wie ein Panzer bei der Armee.«

»Du meinst eine Schildkröte. Eine Schildkröte hat einen Panzer.«

»Schildkröte«, wiederholte er. »Ich spreche Hebräisch wie eine Schildkröte.«

»Huda?« Mutter stand offensichtlich unten auf dem Treppenabsatz vor unserer Wohnungstür.

Ich erschrak. Es war schon spät. Wie winzige durchsichtige Inseln schwammen die schmelzenden Eiswürfel inzwischen in der Schüssel.

»Ja, Mutter«, rief ich, und meine Stimme klang aufgeregt. »Ich komme gleich.«

Ich ging aufs Dach hinaus und sah die Sterne und die Lichter des Hafens und die Mondsichel über dem Karmel. Mutter war die Treppe heraufgekommen. »Du hast die Schüssel vergessen«, sagte sie.

»Ja«, flüsterte ich und ging an ihr vorbei.

ZWÖLF

Väterlicherseits setzt unsere Vergangenheit gleichsam mit der Geschichte von Großvater ein, einer Geschichte, die sich wie ein Märchen anhört, ganz so wie es sich für einen Anfang gehört.

Großvater Iljas wuchs in einer armseligen Hütte auf, die nahe einem koptischen Dorf in Oberägypten stand. Sein Vater und auch seine Brüder und Schwestern arbeiteten auf den Zuckerrohrpflanzungen eines Großgrundbesitzers, der in Kairo lebte, obwohl ihm im Dorf ein Palast gehörte. Die Hütte stand am Ufer eines Kanals, der vom Wasser des Nils gespeist wurde – das war Großvaters Welt.

Seine Mutter, an deren Namen er sich nicht einmal erinnern konnte, war gestorben, als er noch ein kleiner Junge war. Der Tod schwebte über dem Nil, und auch das Dorf war von jener gefährlichen Epidemie nicht verschont geblieben. Überall auf den Wegen lagen Leichen. Eines Tages lief ihnen eine Kuh zu, die vor Schmerzen brüllte, weil ihr Euter prall wie ein großer Ballon gefüllt war. Also melkten sie das arme Tier und tranken die Milch. Sie beschlossen, es zu schlachten, da wahrscheinlich auch sein Eigentümer ein Opfer der Epidemie geworden war. Und vielleicht ahnte der Vater bereits, daß der Tod auch sie heimsuchen würde. Es war das erste Mal in Großvaters Leben, daß er Fleisch aß. Schon einige Tage später half er seinem Vater, die Geschwister zu beerdigen. Und kurz darauf mußte er schließlich auch für den Vater das Grab ausheben.

Nachdem ein ganzes Jahr vergangen war, erschien eine neue Familie, um auf der Zuckerrohrpflanzung zu arbeiten. Sie glaubten, die vorherigen Bewohner seien alle tot, und als ihnen plötzlich Großvater mit seinen seltsamen grünen Augen entgegentrat, dachten sie, vor ihnen stehe der Geist eines Verstorbenen, und rannten schreiend in alle Richtungen davon. Am nächsten Tag kehrten sie mit einem aus zwei Stöcken improvisierten Kreuz zurück. Großvater freute sich, als er das Kreuz sah, denn nun wußte er, daß sie Christen waren wie er. Sie aber mißverstanden sein Lächeln. Sie hielten es für die Fratze des Teufels und fürchteten, daß er sie mit sich ins Grab zerren wollte. Nach zwei Tagen kehrten die Männer der Familie zurück und mit ihnen ein Geistlicher, der mit einem schweren Kreuz in der Hand geradewegs auf den Jungen zuging. Elf Jahre alt war Großvater damals, vielleicht auch vierzehn – er kann sich bis heute nicht genau daran erinnern. Keiner von ihnen wollte glauben, daß der Junge allein die Plantage bestellt hatte – da mußte einfach Geisterhand mit im Spiel sein. Auch die drei Ziegen hinter der Hütte machten sie mißtrauisch – wie hätte ein bettelarmes Kind an die Tiere gelangen sollen. Aber genau wie damals die Kuh, waren sie Großvater vom Hof eines Verstorbenen zugelaufen.

Das Kreuz in der Hand des Geistlichen zitterte, während er versuchte, den Jungen dazu zu bringen, den Blick zu senken – zu sehr verwirrten ihn die grünen Augen. Er befahl dem Jungen, ihn zu den Gräbern zu führen. Die Männer folgten ihnen in einigem Abstand, und so bildeten sie mit meinem Großvater an der Spitze eine seltsame kleine Prozession.

»Welches ist dein Grab?« schrie der Geistliche, als sie vor den flachen Erdhügeln standen.

Mein Großvater begriff sofort, was es mit der Frage auf sich hatte. Zwölf Gräber hätten es sein müssen – das Grab seiner Mutter sowie die elf Gräber seiner Geschwister und seines Vaters. Aber vor ihnen lagen dreizehn Gräber. »So viele seid ihr einst gewesen!« schrie der Geistliche und schwang mit aller Wucht das schwere Holzkreuz. Großvater sprang beiseite. Er kannte das Geheimnis des dreizehnten Grabes. Angst hatte seinen Vater überfallen, nachdem sie die Kuh geschlachtet hatten, und er selbst hatte ihm vorgeschlagen, die Überreste des Tieres in einem Grab zu verscharren. Wer würde schon dort herumstöbern – die Epidemie verschonte ja nicht einmal die Totengräber. Nun, da er vor einem Geistlichen stand, der das Kreuz wie eine Waffe trug, konnte er sich nicht mehr erinnern, unter welchem Grabhügel sich die Knochen der Kuh befanden – und er konnte schlecht alle Gräber öffnen, um zu beweisen, daß er selbst dort nicht begraben lag. Er stellte sich vor das Kreuz des Geistlichen und beschwor, daß er ein lebendiger Mensch, ein Mensch aus Fleisch und Blut sei. Aber laut den Büchern der Kirche war er tot – und auch den Geistlichen packte die Angst. Und er floh mit den anderen Männern von der Plantage.

Zwar begriffen die Bewohner des naheliegenden Dorfes allmählich, daß er kein von den Toten auferstandenes Wesen war, aber sie fürchteten sich dennoch vor ihm. Einmal verirrten sich ein paar Kinder auf die Pflanzung und beschlossen, in einem Wassergraben zu baden. Als eines von ihnen unter der trüben Wasseroberfläche verschwand, glaubten die anderen sofort, daß Großvater es in die Tiefe hinabgezogen habe, und stürzten schreiend davon. Als Großvater kurz darauf mit dem geretteten Kind auf der Schulter ins Dorf kam, traf er auf eine erregte Meute, die mit Stöcken bewaffnet war – allen voran der Geistliche. Sie zweifelten nicht daran, daß er das Kind wieder zum Leben erweckt hatte – und er hatte längst aufgegeben, sie eines Besseren zu belehren. Er wußte nun um die Wirkung seiner grünen Augen und seiner hochgewachsenen, fast majestätischen Gestalt, und vor allem hatte er begriffen, wie leichtgläubig und töricht die Menschen waren. Es war nicht das Schlechteste, für einen Zauberer gehalten zu werden, und allmählich fiel ihm im Dorf die Rolle eines Medizinmannes zu: Frauen wandten sich bei Unfruchtbarkeit an ihn, aber auch bei alltäglichen Herzensangelegenheiten. Immer mehr Macht wuchs ihm zu, und ohne es zu merken, wurde sein Verlangen nach Frauen und Besitz immer stärker. Manchmal meinte er sogar, wie eine Art Gott über diesen abgelegenen Flecken Erde zu herrschen. Und so empfing er auch Munira, meine Großmutter – die Mutter meines Vaters. Sie war aus dem verfallenen Palast ihres Vaters geflohen, der an Syphilis dahinsiechte. Er hatte sich bei jenen Frauen angesteckt, deren Männer ihr Geld in den Häusern der Reichen in Kairo verdienten und an den Feiertagen nicht nur Geschenke mit nach Hause brachten … Sie ließ sich in Großvaters Hütte nieder, wurde schwanger und vertrieb allmählich die anderen Frauen. An ihrer Seite sehnte er sich danach, die Erde zu berühren und das Wasser über seine Füße strömen zu fühlen. Doch als sich Munira niederlegte, das Kind zu gebären, erschienen vor der Hütte drei schwarzgekleidete Gestalten, die nur darauf warteten, ihre Stimmen in lautem Wehgeschrei zu erheben, wenn die Zeit gekommen sein würde. Und erst da begriff er, daß aus der Geburt ein Überlebenskampf geworden war. Und er schaute auf das Wasser des Kanals und wußte, daß ihn der Tod wieder eingeholt hatte. In diesem Augenblick spürte er, wie sehr er Munira geliebt hatte, und er erkannte, daß sie aus freiem Willen zu ihm gekommen und durch die Kraft der Liebe bei ihm geblieben war – es hatte nichts mit Magie zu tun. Die drei Frauen stimmten ihre Klagelieder an, als er sich mit Munira ins Grab legte und darum flechte, daß eine gnädige Hand kommen und ihn gemeinsam mit ihr unter der Erde begraben möge. Aber plötzlich verstummte das Wehklagen der Frauen, und er hörte den Schrei meines Vaters. Mit einem Satz sprang er aus dem Grab und packte das kleine Bündel, das sein Sohn war. Mit der linken Hand hielt er das Kind an sich gepreßt, und mit der rechten scharrte er Erde über seine schöne bleiche Frau. In derselben Nacht hörte er, wie sie das Grab öffneten und den Leichnam raubten, und in der darauffolgenden Nacht steckten sie seine Hütte in Brand. Muniras Vater wollte Rache nehmen und hatte Männer geschickt, den unliebsamen Erben zu töten. Aber sie wußten nicht, daß Großvater mit dem Säugling im Unterholz der Plantage lag und mit ihnen eine Ziege, um den Jungen zu säugen. In der dritten Nacht kamen sie mit Messern bewaffnet, und das war auch die Nacht, in der er gezwungen war, einen Menschen zu töten. Er konnte fliehen, und der Nil nahm Vater und Sohn auf und trug sie nach Kairo. Doch die Mörder stellten Großvater nach, und so zögerte er nicht lange. Die Ziege hatte er bereits verkauft – man hätte sie ihm früher oder später ohnehin gestohlen. Eine koptische Frau hatte ihm gezeigt, wie er aus Milchpulver Nahrung für seinen Sohn bereiten konnte. Mit dem kleinen Bündel verließ er die Stadt.

Zwei Wochen später stand er auf dem östlichen Ufer des Suezkanals, denn er hatte gehört, daß er den Eisenbahnschienen durch die Wüste nach Palästina folgen könne. In der Nacht lief er auf den Bahnschwellen durch die mondbeschienene Leere, und morgens schlief er mit dem Jungen in den Dünen. Am dritten Tag hatte er kein Wasser mehr, um das Milchpulver aufzulösen. Also kaute er Feigen und steckte dem Kleinen winzige Stücke davon in den Mund. Aber sein Sohn wurde zusehends schwächer. Ihm selbst, der am Ufer eines Kanals aufgewachsen war, wollte nicht in den Kopf, daß er den Tod des Verdurstens erleiden sollte. Er fragte sich, warum Gott sie aus den Händen der Mörder gerettet hatte, wenn er sie nun in der Wüste des Lebens berauben wollte, und er flehte den Himmel um Erbarmen an. In seiner Verzweiflung beschloß er, Gott mit einem magischen Ritual zu beschwören, daß dieser ihm eine Wasserquelle zeigen möge. Er stellte sich im Mondlicht auf die Schienen und schloß die Augen – aber Gott offenbarte sich ihm nicht. Am nächsten Morgen fühlte er, daß der Blick eines Fremden auf seinen Rücken fiel, und er wandte sich um. Vor Großvater stand ein Beduine, der ihn aufforderte, ihm in sein Lager zu folgen. Großvater nahm das kleine Bündel und stolperte dem Fremden hinterher.

Am dritten Tag seines Aufenthalts bei den Beduinen war aus den Tiefen der Erde ein lautes Donnern zu hören. Hastig wurde das Zelt in einem trockenen Flußbett abgebrochen, und dann starrten alle wie gebannt auf die schäumenden Wassermassen, die sich wie eine Naturgewalt in das Wadi ergossen. Großvater drückte den kleinen Jungen an die Brust. »Mein Sohn, der Segen des Nils hat uns erreicht, der Fluß folgt uns nach«, flüsterte er ihm zu.

Und ich, seine Enkelin Huda, ich hatte seine grünen Augen geerbt, nicht aber die Macht zu zaubern. Vielleicht aber doch zu verzaubern – Alex hatte gesagt, daß ich schön sei.

DREIZEHN

Alex hatte sich angewöhnt, bis spät in die Nacht Trompete zu spielen, und noch lange, nachdem das Wadi schlafen gegangen war, ließ er seine Melodien über die Dächer ziehen. Mutter und Großvater ärgerten sich mittlerweile nicht mehr darüber. Sie konnten sein musikalisches Können natürlich nicht beurteilen, aber sie bewunderten ihn allein schon für seine Fähigkeit, dem Instrument Töne zu entlocken. Wenn Alex nicht zu Hause war, wurden sie unruhig und warteten auf das Geräusch seiner Schritte auf der Treppe. Erst dann legten sie sich schlafen, und wir alle schlummerten beim Klang der Trompete ein, wie Kinder, aus deren Träumen alle bösen Geister vertrieben worden waren.

»Was sind das bloß für Zeiten! Am Schluchzen einer jüdischen Trompete haben wir einen Halt gefunden«, sagte Mutter einmal mit trauriger Stimme.

»Wenn es regnet, dann ist jedes schützende Dach gut«, antwortete Großvater aufmunternd. An diesem Abend saß ich wie so oft mit den beiden alleine im Wohnzimmer. Mary war mit Wahid ausgegangen, und wir hatten den Fernseher angestellt. Auf meinen Knien lag der Gedichtband von Amichai; aber ich hatte vor mich hin geträumt. Mutter und Großvater unterhielten sich leise und schienen mich gar nicht wahrzunehmen. In der Küche richtete ich etwas Labna, zwei Brotfladen, eine Handvoll schwarzer Oliven auf einem Teller an. Ich legte eine bestickte Serviette darüber, und dann schlich ich mich aus der Wohnung. Er war nicht in seinem Zimmer. Er hatte das Haus verlassen, ohne daß ich es bemerkt hatte. Ich stellte den Teller vor die Tür und ging leise wieder hinunter.

Mutter und Großvater waren noch immer in ihr beinahe lautloses Gespräch vertieft. Viele Jahre schon redeten sie auf diese Weise miteinander, und ihre Unterhaltung glich dem ruhigen Dahinströmen eines Flusses. Das Klirren des Tellers auf dem Dach ließ mich auffahren. Ich öffnete die Wohnungstür und lief die Treppe hinauf, denn ich konnte mir schon denken, was passiert war. Dshamilas Katze ließ das Stück Fladenbrot, das sie im Maul harte, fallen und wich mit in der Dunkelheit glühenden Augen vor mir zurück. »Du verdammtes Vieh! Hau ab!« schrie ich und rutschte dabei auf einer Olive aus...

Vorsichtig ging ich die Treppe hinunter, und obwohl mein Knie ziemlich weh tat, versuchte ich zu lächeln. Mutter stand bereits in der Wohnungstür und erwartete mich. Ihr Blick tastete die Dunkelheit ab – wahrscheinlich hatte sie Angst, daß Suheer wieder auftauchen könnte.

»Was hast du auf dem Dach gemacht?« fragte sie und sah dabei auf den Teller in meiner Hand.

Ich wußte nicht, wie ich es ihr erklären sollte. »Die Katze«, sagte ich bloß und ging an ihr vorbei in die Küche. Ich stellte den Teller ins Abwaschbecken und verschwand dann in mein Zimmer.

Mutter folgte mir. »Darf ich mich setzen?« fragte sie und deutete auf Marys leeres Bett.

Ich nickte, obwohl ich in diesem Augenblick nicht die geringste Lust auf ein Mutter-Tochter-Gespräch hatte. Von einigen meiner jüdischen Freundinnen wußte ich, daß sie sich als Mädchen und junge Frauen von ihren Müttern nicht nur Moralpredigten anhören mußten – manchmal hatten sie mit ihnen sogar über die intimsten Frauenangelegenheiten gesprochen. Shirley hatte damals ihrer Mutter als erster erzählt, daß sie nicht mehr Jungfrau sei. Bei uns gingen die Generationen sehr viel förmlicher miteinander um, und Mutter wußte nun nicht, was sie sagen sollte – und wenn man nicht weiß, was man sagen soll, dann weiß man auch nicht, wo anfangen. Offensichtlich bereute sie es schon wieder, zu mir ins Zimmer gekommen zu sein, und sie hätte sich sicherlich begeistert auf jedes Thema gestürzt, hätte ich nur zu sprechen begonnen.

»Du bist mir nicht böse?« fragte sie vorsichtig.

»Warum sollte ich?« sagte ich etwas unfreundlich.

»Du bist erwachsen«, sagte sie.

»Beinahe eine alte Frau. Aber nicht, daß mich das stört – ich habe mich daran gewöhnt.«

»Und mir tut es weh«, sagte sie und stand auf, um sich eine Zigarette von Mary zu nehmen. Dann hielt sie auch mir die Schachtel hin.

»Ich rauche nicht.«

Sie zog an der Zigarette und fing an zu husten. Sie rauchte nur selten. »Ich weiß nicht, ob ich mich freuen oder mir Sorgen machen soll. Huda, ich schäme mich, dir Fragen zu stellen.«

Ich konnte nicht länger zusehen, wie sie sich quälte. »Wahrscheinlich kommt gar nichts dabei heraus, Mutter. Vielleicht träume ich ja einfach nur – Großvater, komm herein!« rief ich. Ich wußte, daß er hinter der Tür stand und lauschte. Er setzte sich neben Mutter auf Marys Bett und rieb sich die Augen, als wäre er gerade aufgewacht, und dann gähnte er auch noch ausgiebig. Aber ich ließ mir von ihm nichts vormachen. »Großvater«, sagte ich, »was meinst du, können eine Araberin und ein Jude miteinander auskommen?«

»Das würde nicht gutgehen«, sagte er.

»Damit ist ja alles erledigt«, sagte ich und lächelte erleichtert.

Er langte nach Marys Zigarettenschachtel. »Das habe ich

damit nicht gesagt. Einer von euch müßte gleichsam verzichten.«

»Er würde niemals ein Araber werden, selbst wenn er wollte.«

»Ich weiß.«

»Dann müßte also ich vergessen, daß ich Araberin bin.«

»Er wird mit der Zeit vergessen, daß er Russe ist. Auch ich habe vergessen, daß ich Ägypter bin. Aber glaubst du von dir, daß du eine Jüdin sein könntest? Von beiden Seiten werden sich die Hunde auf dich stürzen. Hättest du die Kraft, das auszuhalten?«

Ich wußte sehr wohl, was das alles für mich bedeuten würde. In einem von Haß gespaltenem Land, das sich im Kriegszustand befand, war es fast unmöglich, die Grenze zwischen den Gegnern zu überwinden und sich auch nur eine kleine Bastion der Freiheit, der Liebe zu bewahren. In Bahidshs Zimmer im Studentenwohnheim hatte ein Plakat an der Wand gehangen, auf dem eine Palästinenserin und ein Palästinenser mit Kalaschnikow-Sturmgewehren abgebildet waren. In ihren Augen stand der Durst nach Rache – für sie war ich sicher längst eine Verräterin. Aber auch den Juden wurde von Kindheit an Haß eingeflößt.

»Mutter«, sagte ich zögernd, »Mutter, was sagst du dazu?«

»Wenn du dich so entscheidest, dann werde ich ihm jeden Tag die Stirn küssen. Ich selbst habe damals schon gar nicht mehr geglaubt, daß ich einmal heiraten und Kinder haben würde. Nachdem man meine Familie ausgewiesen hatte, blieb ich allein in Akko zurück, in einer fremden Stadt, in der es fast keine jungen Männer mehr gab. Dein Großvater hielt mich auf der Straße an und erzählte mir von seinem Sohn. Alles, was ich wollte, war ein Kind. Ich hatte Angst, so wie diese leere Stadt zu werden. Als ich dann mir dir schwanger war, wollte ich, daß die ganze Welt es erfuhr – am liebsten wäre ich zehnmal am Tag auf die Straße gerannt, nur damit

enten, und jetzt hat sie sogar Vater aus dem Zimmer geworfen. Sie ist verrückt. Aber sie ist schon immer verrückt gewesen.« Er zerrte mit einer Hand an seinem Hemd. »Schau dir das an! Das Hemd hat sie mir zerrissen. Sie sagt, ich sei schuld daran, daß man sie ins Altersheim gebracht hat. Sie will dort weg. Sie hat gehört, daß ich ein Zimmer habe, und mich angeschrien, ich würde nur darauf warten, daß sie zwischen all den Alten stirbt. ›Verräter, Verräter‹, hat sie geschrien. Das ganze Obst, das ich ihr mitgebracht hatte, hat sie mir hinterhergeworfen.«

Sein Hemd war tatsächlich zerrissen, und es fehlten offensichtlich ein paar Knöpfe.

»Wegen des Hemdes können wir nirgendwohin gehen«, sagte er. »Was würden die Leute über dich sagen, wenn du mit so einem herumläufst?«

»Wir können doch einfach ein bißchen in deinem Zimmer sitzen.« Dann fielen mir meine Ausflüge mit Bahidsh wieder ein. »Fahr zur Universität hinauf«, sagte ich. »Dort gibt es eine schöne Stelle auf dem Berg. Man blickt dort über das ganze Tal bis nach Naharija.«

»Und dort ist niemand sonst?«

»Uns sieht schon keiner.«

Er parkte das Auto neben einem niedrigen Strauch. Unter uns lagen die Lichter der jüdischen und arabischen Ortschaften bis hin zur libanesischen Grenze. Ich öffnete das Fenster und streckte den Kopf hinaus. Ein leichter Wind blies mir ins Gesicht, und mir war, als hörte ich in der tiefen Stille das Knistern der Sterne. Viele Jahre war ich nicht mehr hier gewesen. Ich liebte diese ruhige Stelle, wo meist nur drei oder vier Autos mit Pärchen standen. Bahidsh waren die Stille und die Einsamkeit allerdings immer unheimlich gewesen. »Hier könnte man uns bis aufs Hemd ausrauben«, sagte er einmal. »Man bräuchte nicht einmal ein Messer, und welches arabische Pärchen würde hinterher schon zur Polizei laufen, wenn es an einem Ort ausgeraubt würde, wo sich Liebespaare treffen?« Bahidshs nervöses Lachen ließ damals jeden Stern verlöschen.

Ich lehnte mich noch weiter hinaus, und der Wind brachte den Duft von Kiefern und Meer mit sich, während die Grillen uns mit ihrem lauten Zirpen einhüllten. Alex saß bewegungslos da und rauchte. Ich warf einen kurzen Blick auf sein dunkles Profil und schaute dann wieder zu den Sternen hinauf. Schon lange hatte ich mich nicht mehr so wohl gefühlt.

Plötzlich zuckte ich zurück. Eine schwarze Gestalt stand dicht neben dem Auto, und das Weiß in ihren Augen leuchtete in der Dunkelheit.

»Was ist los?« fragte Alex und drückte sofort die Zigarette aus.

»Da draußen, da draußen«, flüsterte ich panisch.

Mit einem Satz sprang er aus dem Auto, aber der Fremde war blitzschnell zwischen den Felsen verschwunden. Alex rannte hinterher. Ich hörte, wie er schrie und einen Stein warf. Er würde es fertigbringen und noch einen Araber in Stücke reißen – und das meinetwegen, wegen einer Araberin. Auf russisch fluchend, tauchte er wieder aus der Dunkelheit auf. »Unmöglich, den zu finden – ganz in schwarz gekleidet, der hatte sogar einen schwarzen Hut auf.«

Ich war erleichtert. Der Voyeur war sicherlich kein Araber gewesen, nicht mit einer solchen Verkleidung.

»Fahren wir lieber nach Hause«, sagte Alex, nachdem er das Fenster hochgekurbelt hatte, und ließ den Motor aufheulen.

VIERZEHN

Er setzte mich am Solel-Boneh-Platz ab und fuhr weiter, um das Auto zurückzubringen. Mir schien, als könnte ich den Tau sehen, der das in tiefer Stille daliegende Wadi mit einem gnädigen Schleier einhüllte, Dächer und Gehsteige reinwusch. Es war, als schwebte ich, emporgehoben von einem Zauberteppich. Ich überquerte die Caesarea-Straße und achtete nicht weiter auf die dunklen Ecken, vor denen ich mich nachts sonst immer fürchtete. Ich war nicht fremd in meinem Viertel, in meiner Stadt, in meiner Welt. Hier war ich aufgewachsen, und alles war ein Teil von mir geworden – das Meer, die Häuser, die zwei Katzen mit ihren steil emporgereckten Schwänzen und die Bäckerei, in deren Nähe es nach warmem Fladenbrot duftete. Und ich war wie eine dahinziehende Wolke über dem Wadi, die auf ihrem Weg alles einhüllte, die Träume der Schlafenden und die Gedanken der Wachen.

Im Auto hatte sich Alex zu mir herübergebeugt, um meine Tür zu öffnen, und dabei wohl bemerkt, daß ich mich nicht an die Lehne des Sitzes preßte, als sein Arm meine Brust streifte. Überrascht hatte er mir einen Moment lang in die Augen geschaut, bevor seine Lippen für die kleine Ewigkeit eines kurzen Augenblicks auf meinen Lippen ruhten. Schüchtern hatte ich ihm versprochen, am nächsten Tag sein Hemd zu flicken, und war aus dem Auto gesprungen.

Noch immer spürte ich das zarte Kratzen seines Bartes auf

meiner Haut, den Tabakgeruch, die Leichtigkeit seines flüchtigen Kusses. Das Gesicht eines richtigen Mannes hatte mein Gesicht berührt. Und ich ging durch das Wadi und war von meinem eigenen Mut beseelt. Mir schien, als ob mein freudestrahlendes Gesicht die dunkle Straße erleuchtete. Aber zugleich betete ich, daß niemand dieses Strahlen bemerkte, aus Furcht, es könnte mir wieder genommen werden. Hoffentlich wachten Großvater und Mutter nicht auf, wenn ich nach Hause kam, und hoffentlich lag auch Mary schon im Bett und schlief fest.

Leise öffnete ich die Wohnungstür und verriegelte sie hinter mir. Auf Zehenspitzen schlich ich ins Badezimmer, stellte mich vor den Spiegel und betrachtete mein neues Gesicht. Liebevoll lächelte ich ihm zu. Ich war stolz darauf, und es lächelte mit dem Hochmut des Glücks zurück. Ich nahm das Gesicht aus dem Spiegel mit in mein Zimmer. Das Licht schaltete ich vorsichtshalber nicht an. Mary lag auf ihrem Bett, und ihre Decke war zur Hälfte auf den Boden gerutscht. Im schwachen Licht, das durch den Rolladen drang, zog ich mich aus, aber an Schlaf war nicht zu denken. Und eigentlich wollte ich auch gar nicht schlafen: Ich fürchtete, im Traum könnte man mir mein neues Gesicht rauben. Ich verschränkte die Hände unter dem Kopf und schaute von den Höhen meines Glücks, das ich an diesem Abend erfahren hatte, auf die trostlose Ödnis der vergangenen Jahre meines Lebens hinab – wie ein lebloser Körper war ich von einem unsichtbaren Seil über den Wüstenboden geschleift worden.

Ich leckte mir mit der Zunge über die Lippen – an diesem Abend waren sie von einem Mann geküßt worden. Die Lippen bilden das Eingangstor zum Körper. Durch sie kommt das Leben, und durch sie verläßt es den Körper wieder. Und Alex und ich, wir hatten uns auf dieser Schwelle umarmt.

»Du wirst mit deinen Blicken noch ein Loch in die Decke bohren«, war plötzlich Marys klare Stimme zu hören.

»Du schläfst noch nicht?«

»Und du bist in Panik?«

»Nein. Alles in Ordnung«, sagte ich. »Wirklich.« Jetzt wollte ich sie an meinem Glück teilhaben lassen.

Aber Mary war mit ihren Gedanken ganz woanders.

»Huda«, sagte sie, »erinnerst du dich noch daran, als ich in Nazareth als Führerin für diese Wallfahrer gearbeitet habe? Von einem Grab zum nächsten sind wir gelaufen, eine Kirche nach der anderen haben wir abgeklappert, lauter modrige Ruinen. Die Deutschen und die Amerikaner haben immerzu in irgendwelchen Reiseführern geblättert, ständig haben die Fotoapparate geklickt, und dann noch diese Gesänge aus der Zeit vor der Sintflut. Ich hatte das alles so satt: Ich kam mir vor wie eine Kupplerin, die ihre verkrüppelten Töchter als Schönheitsköniginnen anpreist – diese Blinden, sahen sie denn nicht, was da in Wirklichkeit vor ihnen stand.«

»Wieder Wahid?«

»Beinahe so wie diese Wallfahrer. Nur daß ich ihm anstelle von Kirchen und Gräbern meinen Hals, meine Brüste, meinen Hintern darbiete. Dieser Dummkopf ist wirklich der seltsamste Tourist, dem ich je begegnet bin. Bei Allah, ich glaube bald, daß er ein als Christ verkleideter orthodoxer Jude ist.«

Ich mußte laut auflachen.

»Lach du nur«, rief Mary halb amüsiert, halb bedrückt. »Auch bei ihnen ist es verboten, den Tempelberg zu betreten, weil er so heilig ist. Er quält sich und traut sich vor Scham nicht über die Schwelle. Heute nacht haben wir einen neuen Rekord aufgestellt. Nachdem wir zwei Stunden miteinander geschmust hatten, rollte er mit den Augen und gab irgendwelche seltsamen Laute von sich, bis er sich schließlich nicht mehr beherrschen konnte – er murmelte irgend etwas und flüchtete an den Strand. Der Lärm, den er machte, übertönte das Rauschen der Wellen. Es klang, als pinkelte eine ganze Pferdeherde und nicht ein einzelner Mann. Es war der reinste Niagarafall.« Sie konnte sich kaum halten vor Lachen und hüpfte zu mir ins Bett.

»Mary, Mary«, sagte ich liebevoll zu ihr und küßte sie auf die Stirn.

»Huda!« rief sie völlig überrascht. »Du hast mich geküßt, einfach so hast du mich geküßt! Was ist mit dir passiert?« Sie setzte sich im Schneidersitz auf die Bettdecke und erhob einen ausgestreckten Finger in die Luft. »Trotz allem gibt es also Fortschritte zu verzeichnen – ein Mann, der es wagt, gleich neben einem Heiligtum zu pinkeln, hat den ersten Schritt in die richtige Richtung getan. Spätestens in zwei Wochen muß er mich vergewaltigt haben, und wenn ich seinem Besen dafür eine Portion Zement injizieren muß! Der Bastard in meinem Bauch schreit förmlich nach einem legitimen Vater.« Sie legte die Hand auf meine Schulter und beugte sich vor. »Was hältst du von einer Tasse Kaffee, die uns ein wenig aufmuntert? Na?«

»Sehr gern.«

»Wieso ich?« rief sie mit gespielter Entrüstung. »Du bist es doch, die im siebten Himmel schwebt, oder? Los, los, nur keine Müdigkeit vorschützen!«

Als ich mit dem Kaffee ins Zimmer zurückkehrte, saß sie noch immer kerzengerade auf meinem Bett. »Jetzt mußt du erzählen«, forderte sie mich mit blitzenden Augen auf. »Was hat Abu-Trompete dir denn für ein Ständehen gebracht?«

»Er hat mich geküßt«, sagte ich stolz.

Mary verschluckte sich beinahe. »Und du bist nicht in Ohnmacht gefallen?«

»Nein.« Mir war plötzlich nicht mehr nach Lachen zumute. »Mary, deine Schwiegermutter ist ein Engel im Vergleich zu Alex' Mutter. Sie hat seinen Vater mitten in der Nacht aus dem Zimmer geworfen und sich heute wie eine Furie auf Alex geworfen, als er sie im Altersheim besucht hat. Sein Hemd war zerfetzt.«

»Aber das ist ja unglaublich – die hat sich auf Abu-Trompete geworfen? Wenn er sie nicht in Stücke gerissen hat, dann muß sie sowjetische Meisterin im Gewichtbeben sein.«

»Sie ist krank und streitsüchtig.«

»Allah beschütze uns.«

»Und sie wird immer in mir eine Araberin sehen, die man schikanieren und quälen kann. Und ich bin nicht so stark wie du.«

»Verlaß dich auf mich, wenn es zum Krieg kommt, dann werde ich dein Oberbefehlshaber sein.«

»Das ist kein Spaß.«

»Wieso nicht? Mit Lachen kannst du Elefanten zur Strecke bringen.« Sie spitzte die Ohren und lauschte. »Abu-Trompete kommt die Treppe hoch. Wir könnten uns hinausschleichen und zu ihm nach oben gehen.«

Aber ich war dagegen. Dieser Abend war erst einmal genug für mich.

Am darauffolgenden Tag, einem Schabbat, verließ mich mein Mut. Ohne Marys energisches Zureden hätte ich mein Versprechen wohl nicht eingelöst und wäre nicht zu ihm gegangen, um sein Hemd wieder in Ordnung zu bringen. Mary brachte mich zur Tür und wedelte die ganze Zeit über mit der Hand, als wollte sie mir helfen, die Stufen hinaufzuklettern. Und dann flüsterte sie: »Na los! Mach schon!«

Auf dem Dach blieb ich wie angewurzelt stehen. Es schien in der Nacht geregnet zu haben. Alles blitzte nun im gleißenden Sonnenlicht und wirkte verändert. Nicht einmal die Gefühle waren mehr dieselben. Und die Tür seines Zimmers war geschlossen und deshalb wenig einladend. Vielleicht schlief er noch? Ich wollte umkehren, aber ich wußte, daß Mary unten wartete. Ich trat an die Tür und lauschte. Es war nichts zu hören. Ich sagte mir: Zehn Minuten werde ich hier warten, und dann gehe ich wieder hinunter und flunkere Mary etwas vor.

Allerdings war ich schon immer schlecht im Lügen – Mary dagegen verstand es hervorragend, einen ins Kreuzverhör zu nehmen. Also tat ich das, was man in Filmen in einer solchen Situation tat – ich räusperte mich.

»Komm herein, die Tür ist offen.«

Ich wurde ruhiger. Es wäre mir jedoch angenehmer gewesen, wenn er mir selbst die Tür geöffnet hätte. Als ich eintrat, stand er nicht einmal von seinem Stuhl auf – er saß vor dem Tisch, der mit Lehrbüchern und Heften bedeckt war.

»Ich habe schon gedacht, du kommst gar nicht mehr.«

Ich war in einer Familie aufgewachsen, in der Großvater der Ernährer war. Womit er genau unser Brot verdiente, wußte ich nie, und der Lohn, den er nach Hause brachte, war immer knapp bemessen gewesen. Ich versuchte, mich unauffällig umzusehen – hatte Alex wirklich gar nichts zu essen? Außer einem Glas mit einer dicken Schicht Kaffeesatz konnte ich nichts entdecken, nicht einmal ein Stück Brot.

Ich fragte ihn: »Wann hast du das letzte Mal etwas gegessen?«

»Komm, setz dich – und was ist das?« fragte er und deutete auf das Nähzeug, das ich auf den Tisch gelegt hatte.

Ich wurde rot. Mutter pflegte wie aus einer Art Zwang heraus alles zu besticken, was ihr in die Hände fiel, als wolle sie damit die Erinnerung an eine glücklichere Vergangenheit festhalten – Laken, Tischtücher, Kissen, Gardinen, eine schier unendliche Zahl von Servietten, in die sie alles mögliche einwickelte. Großvater sagte immer, daß man auch nicht einen einzigen Zentimeter seiner Haut zu Hause entblößen dürfe, weil die Gefahr bestünde, daß Mutter sie mit irgendeiner Stickerei versah. Das Nähzeug lag in ein Spitzendeckchen gehüllt in einem Strohkorb, und nach dem Tonfall seiner Frage zu urteilen, schien Alex anzunehmen, daß sich in dem Korb etwas Eßbares befand.

»Du bist… hungrig«, stotterte ich. »Ich gehe runter und

kaufe etwas. Im Wadi sind ja auch am Schabbat alle Läden geöffnet. Du rührst dich nicht von der Stelle. Ich werde dir etwas bringen.«

Er nahm meine Hand und zog mich wieder auf den Stuhl. »Warte«, sagte er. Meine Hand lag noch immer in der seinen. Ich wußte nicht, wohin mit ihr. Sein Griff war locker, als wolle er mir die Entscheidung überlassen, ob ich sie wegzog oder nicht. Einerseits schien es mir geradezu unvorstellbar, unsere beiden Hände auf meinen Schenkel sinken zu lassen, aber es wäre ebenso unpassend gewesen, sie weiterhin so in der Luft schweben zu lassen. Unsere Blicke trafen sich, und wir lächelten. Sein Daumen begann wie unbeabsichtigt meinen Handrücken zu streicheln.

»Jedesmal ist sie so zu mir, bringt mich dazu, sie anzuschreien und zu verfluchen, als wollte ich sie im nächsten Moment umbringen. Aber trotz ihres ganzen Theaters erinnere ich mich schließlich doch nur an ihre Tränen. Seit ich ein kleiner Junge war, schwimme ich in ihren Tränen – die setzt sie aber nur ein, um ein Kind, ihren Sohn, zu manipulieren. Sie hat nicht geweint, als sie Vater in Rußland ins Gefängnis brachten. Niemand hat sie weinen sehen, als man auch ihr das Zuhause wegnahm und sie selbst ins Gefängnis gesperrt wurde. All ihre Tränen hat sie für mich aufgespart, und ich schwimme in ihnen. Und ich sage dir, auch jetzt haben ihre Tränen recht. Sie sagt, daß ich sie bei lebendigem Leib begraben habe. Sie ist zwar schon alt, aber ihr Leben hat sie noch nicht gelebt. Dazu hatte sie nie Zeit. Und plötzlich findet sie sich in einem Heim mit lauter alten Leuten wieder.«

»Wie alt ist sie?«

»Beinahe siebzig. Sie ist krank und sieht trotzdem wie sechzig aus, oder noch jünger. Gestern hat sie mit den Zähnen den roten Lack von ihren Fingernägeln gekratzt und die ganze Zeit geschrien: ›Für wen? Für wen?‹ Und ständig schoben sie halbtote Greise in Rollstühlen vorbei. Draußen im Garten konnten sich die meisten Männer kaum auf den Beinen halten. Frauen mit aufgeblähten Bäuchen und Schnurrbärten haben gejapst wie Fische. Einer stand im Niesel des Rasensprengers und schrie um Hilfe wie ein kleiner Junge, der vom Regen überrascht worden ist. Und meine Mutter hatte sich zu Ehren des Schabbat und meines Besuchs die Haare gefärbt und die Nägel lackiert.«

»Aber dein Vater ist doch bei ihr«, sagte ich. »Hilft er ihr nicht?«

»Sie ist schrecklich wütend auf ihn. Viele Jahre war er im Gefängnis. Dort lernt man, mit allem und jedem zu leben. In Israel hat man ihm Arbeit gegeben, aber er kann nicht mehr arbeiten, er ist sogar zu schwach, um meine Mutter zu pflegen und Einkäufe zu machen. Er fühlt sich eigentlich ganz wohl im Altersheim. Er sagt zu Mutter, daß das Altersheim wie ein Luxushotel ist, und sie wirft ihn aus dem Zimmer. Er hat ein paar Freunde, alte Männer, zu denen er dann flüchtet. Die ganze Woche über wartet sie mit trockenen Augen, und dann ertränkt sie mich beinahe mit ihren Tränen, wenn ich am Wochenende komme. Gestern hat sie sicherlich alles absichtlich inszeniert: Sie weiß, wie hart sie mich damit trifft und daß ich aus schlechtem Gewissen heute noch einmal zu ihr fahren werde. Das ist ihre Taktik.«

Seine trockenen Lippen waren beinahe weiß. Im Aschenbecher vor ihm türmten sich Zigarettenstummel. Er nahm mit der rechten Hand seine Brille ab und wollte sich mit der linken die Augen reiben, als er plötzlich wieder merkte, daß er noch immer meine Hand hielt. Er lächelte und ließ sie los.

Ich stand auf. »Ich werde dir jetzt erst mal etwas zu essen holen.«

»Moment, einen Moment. Darüber wollte ich mit dir sprechen. Ich studiere und arbeite, und die ganze Zeit esse ich mal hier, mal da irgendwelches schreckliche Zeug. Ich würde auch dafür bezahlen, wirklich gut dafür bezahlen, sogar wie für zwei Leute. Das Essen, das deine Mutter macht, ist wunderbar. Es ist schade um das Geld, das ich in billigen Restaurants ausgebe, und ich mag Restaurants sowieso nicht. Sie erinnern mich immer an das Waisenhaus. Glaubst du, deine Mutter wäre damit einverstanden?«

Ich versuchte, mich in Mutters Lage zu versetzen. Ein bißchen zusätzliches Geld würde unserer Haushaltskasse nicht schaden. Andererseits – vielleicht wäre sie auch zu stolz, Geld von ihm anzunehmen. »Ich weiß nicht«, antwortete ich zögernd. Ich wollte ihm sagen, daß ich hier auf dem Dach für ihn kochen würde, falls sie nicht einverstanden wäre, aber ich schwieg. »Warum gehen wir nicht einfach hinunter, und du fragst sie selbst? Seit du Suheer fortgejagt hast, überlegt sie, wie sie sich bei dir dafür bedanken kann.«

»Und dein Großvater hätte nichts dagegen?«

Ich lächelte. »Der mag dich.«

Es stellte sich heraus, daß ich mir völlig grundlos Sorgen gemacht hatte. Alex hatte seinen Vorschlag kaum vorgebracht, da setzte Mutter ihn schon an den Tisch und stellte ihm eine Speise nach der anderen hin. Und die ganze Zeit schaute Großvater aus dem Fenster und summte ein altes Liebeslied vor sich hin. Seine Stimme klang zärtlich und auch ein wenig traurig, als er nach einer Weile auf arabisch zu Mutter sprach. »Bald bleiben wir beide hier allein zurück.«

Mutter schaute zu Alex hinüber, der dieses Mal ruhig und in Maßen aß, und dann fragte sie, ohne sich an jemanden direkt zu wenden: »Also, was sagt ihr?«

»Ihr sprecht Arabisch«, sagte Alex, »ich weiß, daß ihr über mich redet.«

»Stimmt«, sagte Großvater. »Es gibt Dinge, die man nur in seiner eigenen Sprache sagen kann – sonst wäre es so, als müßte man eine Speise ohne Salz essen.«

»Da hast du vollkommen recht«, stimmte ihm Alex zu. »Also, was sagt ihr?«

Als Antwort brachen wir drei in lautes Lachen aus, und ich beeilte mich, Alex unsere Reaktion zu erklären. »Du hast auf hebräisch genau dieselbe Frage gestellt wie Mutter auf arabisch, Wort für Wort.«

»Mein Sohn«, sagte Großvater, »du mußt unbedingt Arabisch lernen.«

»Laßt mir erst einmal Zeit, mit Hebräisch klarzukommen«, erwiderte Alex.

Er bat Mutter, ihm zu sagen, wieviel er ihr für das Essen bezahlen solle, aber Mutter schämte sich und wußte keine Antwort, und schließlich lehnte sie es ganz ab, von Alex Geld anzunehmen, so daß er selbst einen Preis für die Mahlzeiten festlegen mußte, worauf die Summe, die er nannte, Mutter wiederum viel zu hoch schien... Aber die Art, wie Alex das Geld auf den Tisch legte, gab allen zu verstehen, daß er darüber nicht mit sich reden ließ.

»Das wäre doch Wucher!« sagte Mutter zu Großvater. »Und wem tun wir das an? Jemandem, der vielleicht einmal Hudas Ehemann sein wird.«

Großvater bemühte sich nicht, besonders edelmütig zu sein. »Du mußt dich nicht schämen. Du wirst ihn mit den schönsten Delikatessen verwöhnen, und er wird sich alle zehn Finger danach ablecken und sich bei dir bedanken.«

»Und wenn sie nun wirklich heiraten sollten – dann nehme ich ja Huda etwas weg.«

»Derweil päppelst du ihn für sie ein bißchen auf. Und vergiß nicht – noch ist gar nichts entschieden. Vielleicht ist es ja auch nichts weiter als eine Seifenblase. Wer weiß, vielleicht packt er schon morgen seine Trompete ein und verschwindet ohne ein Wort. Du hast seine Sandalen und seine Hose gesehen. Alles, was er besitzt, deutet darauf hin, daß er kein sehr seßhafter Mensch ist.«

»Meinst du wirklich?« fragte Mutter erschrocken.

»Es ist meine Pflicht, alle Möglichkeiten zu bedenken. Auch

der Frömmste der Frommen, der betet und fastet und alle Gebote genau einhält, kann nicht sicher sein, daß Gott unwandelbar an seiner Seite steht, und wenn er ein bißchen Grips im Kopf hat, dann wird auch er wie jeder vernünftige Mensch den Teufel auf Rechnung haben – allzu schnell verwandeln sich die süßen Trauben, die Allah einem gegeben hat, in Essig.«

Betreten hörte ich ihrem Gespräch zu. Jedes einzelne der mit Nachdruck gesprochenen Worte war für meine Ohren bestimmt. Großvater wollte meine Begeisterung ein wenig dämpfen. Ein Mann wie er, der viele Jahre seines Lebens hatte barfuß gehen müssen, hatte wenig Illusionen. Ich dagegen baute mir in meiner unwirklichen Traumwelt in den Himmel ragende Türme. Mein Hochgefühl schlug um in Niedergeschlagenheit. Alex hatte in der Tat noch nicht ein einziges klares Wort mich betreffend gesagt. Ich war es, die sich wie eine ungeduldige Jägerin an ihn heranpirschte. Er hatte die Hand auf meinen Schenkel gelegt. Seine Lippen hatten die meinen berührt. Aber welcher Mann würde das nicht tun, wenn sich ihm die Gelegenheit dazu bot? Von seiner Mutter hatte er mir erzählt, weil er ein offenherziger Mensch mit der Seele eines Kindes war, das noch nicht gelernt hatte, sich für etwas zu schämen.

Es versteht sich von selbst, daß ich es war, die Alex das Frühstück und das Abendbrot nach oben brachte. Schon am zweiten Tag sagte er, daß ihm das Essen im Hals stecken bleibe.

»Schmeckt es dir denn nicht?«

»Du bist keine Kellnerin, und ich bin kein Herr.«

Am darauffolgenden Tag kam er herunter, um gemeinsam mit uns zu essen. Neben sich auf den Tisch legte er ein Heftchen, um alle neuen Wörter, die er während unseres Gesprächs auffing, zu notieren. Anfangs war es mir unangenehm, ihm ständig ins Wort zu fallen und Fehler, die er gemacht hatte, zu korrigieren, aber er forderte von mir, streng mit ihm zu sein. Er selbst achtete nun mehr auf sein Äußeres: Er war immer rasiert und gewaschen, trug gebügelte Hemden und saubere Hosen. Ich erzählte ihm vom ersten Besuch Wahids und seiner Familie, als sie um Marys Hand angehalten hatten.

»Ich erinnere mich«, sagte er. »Mittendrin bin ich bei euch hereingeborsten...«

»Hereingeplatzt.«

»Hereingeplatzt«, wiederholte er und schrieb das Wort in sein Notizheft.

»Der Besuch von Wahids Familie endete damals eher betrüblich.«

»Erfreulich?«

»Nein, traurig.«

»Das war auch bei meiner Mutter so. Es war sehr betrüblich und sehr traurig!«

»Vielleicht laden wir sie einmal zu uns ein?«

»Ja, vielleicht. Aber die Frage wäre dann, wie wir sie ins Altersheim zurückschaffen. Meine Adresse hier verrate ich ihr lieber nicht. Sie weiß nicht, wo ich wohne. Sonst wär sie schon hier und hätte sich häuslich niedergelassen. Ich weiß, daß ich ihr damit das Schlimmste antue, was ein Sohn seiner Mutter antun kann. Ich fühle mich wie ein Verbrecher.«

»Dann können wir sie ja zumindest besuchen.«

Er hörte auf zu essen und schaute mich lange an. »Du bist ein hübsches Mädchen, ein sehr hübsches Mädchen.«

»Wie Assja?«

»Assja? Mit dir verglichen ist sie wie Sellerie, sehr lang und mit merkwürdigen Haaren. Aber sie ist ein guter Mensch, und sie hat einen schlauen Kopf, so wie du. Und sie ist auch sehr sensibel. Sogar mehr als das. Wie ein Soldat, der die Waffe wegwirft und die Hände hochhebt – wie sagt man das auf hebräisch?«

»Man gibt auf, unterwirft sich – man ist demütig.«

»Man sieht ihr sofort an, daß sie so ist. Und deshalb hat sich meine Mutter nie vor ihr gefürchtet. Am Ende hat sie sie regelrecht kaputtgemacht. Sie wird auch dich ins Visier nehmen, und dann werden alle Kanonen und Raketen in Stellung gebracht. Denn sie wird sofort erkennen, daß das mit uns etwas Ernstes ist.«

»Ich werde versuchen, mich so zu verhalten, daß sie es nicht merkt.«

»Sie wird es aber meinem Gesicht ablesen.«

Seine Worte berührten mich. »Alex, macht es dir etwas aus, daß ich Araberin bin und du Jude?«

»Assja war keine Jüdin. Und was bin ich schon für ein Jude? Ich kenne nicht einmal die jüdischen Feste. Purim und Kippurim bringe ich immer durcheinander. Ich habe kein Wort verstanden, wenn Vater und Mutter in Rußland Jiddisch sprachen. Und ich wollte nicht nach Israel kommen, ganz und gar nicht. Das war ganz allein Mutters Idee.«

FÜNFZEHN

Alex war nicht nach Israel eingewandert, weil er Zionist war. Seine Mutter, die Israel inzwischen haßte und am liebsten aus diesem Land geflohen wäre, als wäre es ein Ort, an dem Aussätzige lebten, galt als Zionistin und erfreute sich aller Rechte und Privilegien einer Anhängerin Zions. Sie war es gewesen, die auf die Idee gekommen war, nach Israel auszuwandern – und sie hatte Mann und Sohn gegen deren Willen hierhergebracht. Alex' Eltern stammten aus Polen. Der Vater, der an einer Jeschiva gelernt hatte, wechselte kurz darauf sozusagen den Glauben und schloß sich der kommunistischen Untergrundbewegung an. Er war kein besonders charismatischer Mensch, aber dank seiner großen Hingabe an die Sache stieg er zur Position eines mittleren Funktionärs auf. Die Mutter, die Tochter eines Rabbiners, war trotz ihrer schon immer etwas angegriffenen Gesundheit erfüllt von schier unerschöpflicher Energie, und sie folgte ihrem Mann auf seinem Weg, weil es schließlich keine Alternative gab. Als die Kommunistenverfolgungen vor dem Zweiten Weltkrieg eskalierten, blieben ihr nur das Gnadenbrot und das quälende Warten, wenn man ihn wieder einmal verhaftet hatte. Als Entschädigung für die Leiden des Vaters und für seine Verdienste holte man beide noch während des Krieges für einige Zeit in die Sowjetunion. Alex' Großeltern brachen wegen der atheistischen Weltanschauung ihres Schwiegersohns jeden Kontakt mit ihrer Tochter ab. Und auch sie selbst verfluchte die Revolutionäre, die ihren Mann an der Nase herumführten. Zweimal suchte sie sich Arbeit, um etwas Geld zu verdienen, aber ihre angeschlagene Gesundheit ließ es nicht zu. Als sie krank daniederlag und nach Luft ringen mußte, verfluchte sie ihren Mann und seine Genossen und wünschte ihnen, daß eines Tages auch sie das quälende Asthma würden ertragen müssen. Sie wurde mehrmals schwanger, erlitt aber Fehlgeburten, und die Kinder, die sie auf diese Weise verlor, waren in ihren Augen von der Revolution ermordet worden. Trotz der Krankheit war sie sehr schön. Alex' Vater liebte sie und unterwarf sich ihr, wie er sich auch seinen Vorgesetzten in der Partei unterwarf. Er verstand nicht, weshalb sie das Leid und die Armut nicht voll Liebe auf sich nahm. Er war überzeugt, daß irgendein Dämon von ihr Besitz ergriffen habe – vor allem dann, wenn er sie auf die schlimmste Art und Weise fluchen hörte. Es war für ihn einfach unbegreiflich, daß die Tochter eines Rabbiners so unflätig wie eine billige Hure fluchen konnte.

In der Sowjetunion benahm sich der Vater wie ein aus einem kleinen Dorf stammender Pilger, der erstmals im Hof des Papstes steht. Eines Tages zu Anfang ihres Aufenthaltes regte er sich fürchterlich über einen Witz auf, den ihre Betreuerin erzählt und der in seinen Augen einen antikommunistischen Beigeschmack hatte. Daß es in der Sowjetunion nach so vielen Jahren kommunistischer Erziehung noch solche Menschen gab! Der treuherzige Mann, der alles andere als gewissenlos war, wollte kein Schweinefleisch im heiligen Schrein der Torah dulden. Er konnte kaum den nächsten Morgen erwarten. Im Ministerium versprach man ihm, die Frau in gebührender Weise zur Verantwortung zu ziehen, worauf er zufrieden ins Hotelzimmer zurückkehrte. »Sie haben volles Vertrauen in mich.«

»Sie ist doch Jüdin!« rief seine Frau entsetzt. »Und sie ist noch ein Kind. Jetzt hast du ein bedauernswertes Kind auf dem Gewissen! Wenn das so ist, dann würdest du auch mich, deine eigene Frau, verraten.«

»Dich?«

Sie schwieg. Mit ihrem scharfen Verstand und Realitätssinn hatte sie sofort verstanden, welche Atmosphäre in jenem mächtigen Land herrschte. Informanten und Spione schickte man nicht an die Front... Ihr Mann war ohne jede Absicht in die Schicht der Privilegierten aufgestiegen. Und natürlich behielt sie recht. Sie wurden in eine kleine Stadt versetzt, wo ihr Mann mit einem nicht genau bezeichneten, aber offensichtlich sehr wichtigen Posten in einem Betrieb betraut wurde, in dem Panzer hergestellt wurden. Und nun war auch sie zufrieden, ja beinahe glücklich. Der bescheidene Wohlstand, in dem sie jetzt lebten, ließ sie fast an den Kommunismus glauben – auf jeden Fall lagen ihr die Denunziationen ihres Mannes schon nicht mehr so schwer auf der Seele. Man teilte ihnen eine recht geräumige Wohnung zu, sie empfingen wichtige Gäste, und zum ersten Mal, seit sie geheiratet hatten, wurde sie mit neidischen Blicken bedacht. Je weiter die Truppen Nazideutschlands ins Innere der Sowjetunion vordrangen, desto mehr schien ihr, daß Hitler diesen Krieg aus Mißgunst gegen sie persönlich über das Land gebracht hatte. Inzwischen war sie mit Leib und Seele eine sowjetische Patriotin. Schnell eignete sie sich die neue Sprache an und übernahm begeistert die Aufgaben ihres Mannes im Betrieb, wenn dieser in andere Bezirke geschickt wurde. Einige Male erschien ihr Bild in der örtlichen Zeitung. Ihr Mann blieb manchmal Wochen oder Monate von zu Hause fort. Und sie hatte erneut eine Fehlgeburt. Keuchend und mit pfeifender Lunge schleppte sie sich in ihre Wohnung mit dem Gefühl, etwas Großes geleistet zu haben. Jeden Panzer, der den Betrieb verließ, betrachtete sie als das Werk ihrer Hände, als wäre sie es persönlich, die ihn aussandte, um die Mächte der Finsternis zurückzuschlagen. Nach kurzer Verschnaufpause ging sie dann abends wieder in den Schnee hinaus, um das Feuer, das in ihrem Inneren brannte, auf den Arbeiterversammlungen weiterzugeben. Sie ließ den Mut nicht sinken, als ganze sowjetische Divisionen vernichtet wurden und Hitlers Panzer scheinbar unaufhaltsam das Land überrollten – schlummerten in ihr doch unermeßliche Kräfte, mit deren Hilfe sie den Feind auf seinem Weg aufhalten würde. Vor Moskau hatte sie seine Flügel gestutzt, in Stalingrad seine Truppen vernichtet und seine Offensive gegen Leningrad zurückgeschlagen. Ihre Arme schützten und verteidigten die gewaltigen Weiten ihrer neuen Heiniat. Und die neue Heimat verweigerte sich ihr nicht. Auf fahnengeschmückten Tribünen nahm sie Auszeichnungen entgegen. Und sie erhielten eine noch schönere Wohnung. An Brennholz und Nahrungsmitteln litt sie auch in Zeiten des Kriegselends keinen Mangel.

Ihr Mann allerdings hielt sich zunehmend im Hintergrund. Wegen seiner langen Dienstreisen und ihrer agitatorischen Tätigkeit sahen sie sich selten. Sie hatte immer ein wenig auf ihn herabgeschaut, aber sie konnte nicht leugnen, daß auch er zu ihrem Wohlstand und ihrer gesellschaftlichen Stellung beigetragen hatte. Der Krieg zerstörte Städte, Armeen, ganze Landstriche, während sie selbst aufblühte und immer schöner wurde. Später erzählte sie Alex einmal, daß ihr damals viele Männer den Hof gemacht hätten. Aber sie habe sich mit einem Lächeln zurückgezogen und sei »diesem Idioten« treu geblieben, wenn sie ihn damals auch noch nicht so nannte. Seine Begeisterung war allerdings bereits erloschen, und manchmal starrte er einfach stundenlang vor sich hin, um dann plötzlich mit der Hand vor dem Gesicht zu wedeln, als wollte er eine Fliege verscheuchen.

Eines Tages fragte sie ihn, ob er die Berichte über den Heckenschützen Mischa gelesen habe, der zweihundert deutsche Soldaten erschossen hatte. Es sei wahrlich die Pflicht eines jeden Bürgers, Deutsche zu töten.

»Erinnerst du dich überhaupt noch, woher du gekommen bist? Glaubst du, die Deutschen haben im Haus deines Vaters oder meines Vaters auch nur einen einzigen Menschen am Leben gelassen? Und ein Agent ist noch hundertmal gefährlicher als so ein Soldat, den der Heckenschütze Mischa erschießt. Und du hast nun Mitleid mit diesen Spionen.«

Er sah sie mit traurigen Augen an. »Erinnerst du dich noch an die junge Frau in Moskau, die ich wegen eines läppischen Witzes denunziert habe? Bis vor kurzem saß sie im Gefängnis, und von dort aus wurde sie jetzt nach Sibirien gebracht. Ich habe ihr Leben zerstört.«

»Dann steh doch gleich auf und zerstöre die Sowjetunion, die uns so viel gegeben hat, die ihr Blut geopfert und Millionen Juden vor der Vernichtung bewahrt hat. Wenn du jetzt an der Front stündest und so redetest, würde man dich erschießen.«

»Ich habe einen Antrag gestellt, mich an die Front zu versetzen.«

»Hast du ihnen auch gesagt, daß du damit die Absicht hast, dich vor deinen Aufgaben zu drücken, ohne mich vorher um meine Meinung zu fragen?«

»Du bist ja inzwischen zur Heldin geworden, und deshalb wird man dir nichts tun.«

»Hast du eine Ahnung! Wenn sie dich treffen, dann treffen sie auch mich.«

»Sie haben meinen Antrag ohnehin abgelehnt.«

»Aber sie haben ihn registriert. Und wenn es ihnen irgendwann mal in den Kram paßt, dann werden sie ihn dir wieder unter die Nase halten. Ausgerechnet jetzt, wo die Rote Armee in Polen einmarschiert und es an der Zeit wäre, ein bißchen auszuruhen.«

Sechs Jahre dauerte es, bis sich ihre Prophezeiungen bewahrheiteten und man diese und andere Geschichten wieder aufwärmte. Eines Tages, etwa fünf Jahre nach Kriegsende, verschwand er plötzlich. Sie war es gewohnt, daß er von einem Moment zum nächsten zu längeren Reisen abberufen wurde, so daß sie sich nicht sorgte, obwohl er entgegen seiner Gewohnheit keine Nachricht für sie auf dem Tisch zurückgelassen hatte. In jenen Wochen stellte sie fest, daß sie wieder ein Kind erwartete, und ausgerechnet diese späte Schwangerschaft wurde nicht durch eine frühe Fehlgeburt beendet. Im vierten Monat ging sie schließlich ins Ministerium, wo sie von zwei Offizieren wie ein Ehrengast empfangen wurde.

»Wo ist er?« lautete ihre einzige Frage. Den höherrangigen Offizier kannte sie. Während sie sich unterhielten, wanderte sein Blick immer wieder zur Tür. Sie war überzeugt, daß diese sich öffnen und ihr Mann gebeugt, sich jedoch hinter seinem Trotz verschanzend, eintreten werde. Im stillen bereitete sie schon eine harsche Rede gegen ihn vor und lächelte dem Offizier zu, als wollte sie ihm zu verstehen geben, daß sie ihn unterstützen werde, sollte es notwendig sein, ihrem Mann ins Gewissen zu reden und ihn auf den rechten Weg zurückzuführen. Sie würde ihrem Mann von dem Kind erzählen und ihm klar machen, daß es im Leben wirklich wichtige Dinge gab. Aber ihr Mann wurde nicht hereingeführt. Statt dessen trat ein Mitarbeiter des Ministeriums ein und übergab dem Offizier ein Blatt Papier, der es seinerseits mit feierlicher Geste an sie weiterreichte, als ließe er ihr eine weitere Auszeichnung zukommen. Es war eine in ihrem Namen verfaßte Erklärung, in der sie die umstürzlerischen Aktivitäten ihres Ehemanns verurteilte.

»Lebt er noch, oder ist er tot?« fragte sie.

Was ihr denn einfalle, so eine Frage zu stellen, regte sich der Offizier auf. Aber ihr Mann sei eigensinnig, sehr eigensinnig.

Wenn ihr dieser Offizier gesagt hätte, daß er nicht mehr am Leben sei, hätte sie die Erklärung ohne zu zögern unterschrieben. Sie war eine jüdische Frau, die in einer fremden Stadt eine hohe Position erlangt und sich damit natürlich nicht wenige Feinde gemacht hatte. Für einen Toten wäre jede Hilfe zu spät gekommen, und in ihrem Leib wuchs neues Leben heran, für das sie bereit war, ihren Ehemann aller möglichen Dinge zu beschuldigen. Nun aber weigerte sie sich zu unterschreiben.

»Ich werde ihn überzeugen«, sagte sie zu dem Offizier, der schließlich ein Gespräch unter vier Augen bewilligte. Aber ihr Ehemann, der unbedingt für irgend etwas Sühne tun wollte, blieb bei seiner Weigerung, und sie warf ihm ein paar sehr böse Worte an den Kopf und verließ erbittert das Besucherzimmer. Der ranghohe Offizier holte sie zu einem weiteren Gespräch in sein Büro. Zu seinem Erstaunen weigerte sie sich jedoch noch immer, ihre Unterschrift unter die Erklärung zu setzen. Sie war überzeugt, daß man ihn steinigen würde, aber sie brachte es nicht fertig, selbst den ersten Stein zu werfen. Der Weg zu den Ehrentribünen blieb ihr von nun an versperrt, und die Privilegien wurden ihr genommen. Und schon wenig später mußte sie niedrigste Arbeiten verrichten.

Der Gerichtsprozeß gegen ihren Mann war eine einzige verlogene Inszenierung, und die Menschen waren erfüllt von Schadenfreude. Während des folgenden harten Winters standen ihre Lippen nicht eine Sekunde lang still: mehr als alles andere verfluchte sie ihren Mann, der am Ende dem Druck nicht mehr standgehalten und ein Geständnis abgelegt hatte, so daß ihr Opfer vergebens gewesen war. Während er sich dem Druck von oben beugte, reckte sie sich nun erst recht kerzengerade auf, als wolle sie dieser fremden Stadt beweisen, daß sie stärker war als selbst die eisigsten Winde, die sie umwehten.

Eines Abends kehrte sie von der Arbeit zurück und entdeckte, daß man in die Wohnungstür ein neues Schloß eingebaut hatte. Die Nachbarn erzählten ihr, daß ihre Sachen auf einem großen Haufen im Hof lägen und daß ein hoher Offizier ihre Wohnung in Besitz genommen und bereits eigene Möbel darin aufgestellt habe. Sie holte sich von den Nachbarn eine Axt, die ihr laut applaudierten, als sie auf das Schloß einhieb – einen Moment später wurde ihnen allerdings klar, wie gefährlich die Situation war, und alle flüchteten in ihre Wohnungen. Noch in derselben Nacht wurde sie verhaftet. Ihr Gerichtsprozeß war wesentlich kürzer als der ihres Mannes.

Alex kam im Gefängnis zur Welt. Schon nach einer Woche wurde er in ein Waisenhaus gesteckt, denn man befand seine Mutter für unwürdig, ein sowjetisches Kind großzuziehen. Und dort blieb er auch nach dem Ende ihrer Haftzeit. Das Waisenhaus war sein Zuhause, dort hatte er Familie und Freunde, dort ging er zur Schule. Erstaunlicherweise hatte er fast nur gute Erinnerungen an seine Zeit dort. Man hielt ihm nicht vor, daß seine Eltern Staatsfeinde seien, und er hatte auch nicht darunter zu leiden, daß er Jude war. Er wurde dazu erzogen, stolz zu sein auf sein siegreiches Volk, und er war dem Staat, der ihm soviel Gutes angedeihen ließ, treu ergeben.

Als seine Mutter aus dem Gefängnis entlassen wurde, wollte sie ihren Sohn so schnell wie möglich wiedersehen. Sie wußte natürlich, daß man ihr nicht erlauben würde, ihn zu sich zu nehmen, aber ihre Verbitterung darüber ließ sie ausgerechnet an Alex selbst aus. Sie hatte erwartet, einen vernachlässigten, unglücklichen Jungen anzutreffen, der voll Sehnsucht die kleinen Arme nach ihr ausstrecken würde, und war tief enttäuscht, statt dessen ihren Sohn gesund und fröhlich vorzufinden. Er saß zufrieden neben ihr, verschlang gierig das Essen, das sie für ihn mitgebracht hatte, und antwortete artig auf ihre Fragen. Von seinen Kameraden, den echten Waisenkindern, hatte er gelernt, ohne Vater und Mutter zu leben. Sie redete ihm zu, sich über das schreckliche Leben im Waisenhaus zu beschweren, und dachte zunächst, daß man ihn mit Drohungen eingeschüchtert hätte, aber er war wohlauf und selbstbewußt, und das einzige, worüber er klagte, war, daß er so klein sei – viel kleiner als die anderen Jungen.

»Das ist alles?« rief sie empört, denn ihr schien, daß er sie, seine Mutter, dafür verantwortlich machte.

Sie brach in Tränen aus und erstickte beinahe an einem plötzlichen Asthmaanfall. Man rief einen Arzt, der sich um sie kümmerte. Es war ihr erster und letzter Besuch bei Alex: Der Leiter des Waisenhauses untersagte ihr im Interesse ihrer eigenen Gesundheit sowie der geistigen und emotionalen Entwicklung des Jungen jeden weiteren Besuch.

Aber Alex erinnerte sich noch genau, wie seine Mutter an jenem Tag weggebracht wurde, und obwohl er den Vorfall gar nicht richtig begreifen konnte, spürte er, daß er ihr etwas Schreckliches angetan haben mußte. Er, der wichtigste Mensch in ihrem Leben, hatte sie verraten. Und dieses Gefühl verstärkte sich noch, nachdem sein Vater aus der Haft entlassen und kurze Zeit später politisch rehabilitiert wurde und Alex zu seinen Eltern ziehen durfte. Seine Mutter sprach ständig von dem Leid, das seinem Vater zugefügt worden war, der aber schwieg.

Alex war der großen Heimat noch immer treu ergeben, und ausgerechnet er fühlte sich für seine aufrührerische Mutter verantwortlich, deren Fundus an Schimpfwörtern und Flüchen im Gefängnis noch umfangreicher geworden war. Bei Streitereien vermittelte er zwischen den Nachbarn und ihr, und er stand für sie in den endlosen Schlangen für Fleisch und Brot an oder erledigte die vielen lästigen Behördengänge. Darunter litt verständlicherweise sein Studium. Sein Vater trug so gut wie nichts zum Lebensunterhalt der Familie bei, und der Lohn, den seine Mutter erhielt, war sehr gering. Und so nahm Alex jede Arbeit an, die sich ihm bot. Seine einzige Ablenkung war die Trompete, und auch sie nutzte er, um zusätzlich etwas Geld zu verdienen, indem er auf Festen und Beerdigungen spielte.

Eines Nachmittags lag er auf dem Bett und improvisierte ein wenig, und er fühlte, daß ihn die Melodie wie mit unsichtbaren Fäden zu etwas Fernem, Verborgenem hinzog. Er war erschöpft, konnte aber nicht aufhören, bis ihm schien, daß er so lange weiterspielen würde, bis der Tod ihm für immer die Augen verschloß. Schließlich schlief er ein, und die Trompete sank ihm auf die Brust. Lautes Klopfen an der Tür weckte ihn, und der Gesichtsausdruck seines Vaters, der neben dem Bett erschien, verriet ihm, wer die Gäste waren.

»Bitte, nehmen Sie Platz«, lud Alex die beiden Männer vom KGB ein und kümmerte sich erst einmal um seinen Vater, dem alles Blut aus dem Gesicht gewichen war. Vielleicht war es in diesen wenigen Sekunden, daß so etwas wie Mitgefühl für diesen Mann, der vor seiner Zeit gealtert war, in ihm aufkam, und er merkte plötzlich, daß er die Schultern seines Vaters umklammert hielt.

»Du mußt mit uns kommen«, sagte einer der beiden Männer, die sich bereits rechts und links von ihm aufgestellt hatten. Alex war erleichtert, daß es um ihn selbst und nicht um seinen Vater ging, und als er mit ihnen die Wohnung verließ, war er davon überzeugt, daß er noch am selben Abend zurückkehren, seine Trompete nehmen und auf einer Hochzeitsfeier spielen würde.

In der Tür wandte er noch einmal den Kopf um und wunderte sich über das zaghafte Lächeln seines Vaters, in dem sich Trauer und Angst mischten. Zuerst wollte er seinen Ohren nicht trauen, denn er konnte mit den Worten seines Vaters nichts anfangen. »Er ist nicht mehr ganz bei sich«, sagte er schnell zu seinen Begleitern. »Was soll plötzlich dieses Gerede von Israel? Er hat eben viele Jahre im Gefängnis gesessen.«

In der Ljubljanka wurde er vor einen grauhaarigen, väterlich lächelnden Offizier geführt. »Was haben wir dir getan?« fragte er Alex, als wäre er von diesem grundlos beleidigt worden. »Die Sowjetunion litt selbst noch Hunger, und die Wunden, die der Krieg ihr zugefügt hatte, waren noch nicht verheilt, als sie dir reichlich zu essen gab und dich auch sonst gut versorgte. Warum willst du ihr nun den Rücken kehren.«

»Ich?«

Der Offizier hielt ihm ein ausgefülltes Formular unter die Nase. »Was, kennst du deine eigene Unterschrift nicht mehr?« Und dann lachte der Offizier. »Du bist mir vielleicht ein Schelm. Ich weiß, daß du eine häßliche Freundin hast, aber wenn du sie loswerden willst, brauchst du doch deswegen nicht bis ans Ende der Welt zu laufen.«

Alex schwieg.

»Vielleicht hat dein Vater die Unterschrift gefälscht. Das allerdings wäre eine kriminelle Handlung, Genosse.«

Als sein Vater Ende der vierziger Jahre inhaftiert worden war, hatte man ihn nach Sibirien verschleppt, und er war als gebrochener Mann von dort zurückgekehrt. Wenn er jetzt ein zweites Mal ins Gefängnis geworfen würde, wären seine Tage gezählt. Alex war gezwungen, sich sofort zu entscheiden – zwischen seinem Vater und der Sowjetunion. Er erklärte, daß es sich um seine eigene Unterschrift handle.

»Genosse«, seufzte der Offizier. »Du opferst deine Heimat, deine Freunde, deine Sprache. Und was bekommst du dafür? Du mußt für einen Greis sorgen, der nicht mehr ganz richtig im Kopf ist. Ihr werdet in Israel ankommen, und du wirst ihn mit eigenen Händen erwürgen wegen des Unglücks, das er über dich gebracht hat.«

Zu Hause hatte er nicht einmal Gelegenheit, den Vater zur Rede zu stellen – es war seine Mutter, die ihm die Tür öffnete und sich schützend vor ihren Mann stellte. »Ich habe ihn gezwungen, es zu tun«, verkündete sie einfach.

Eine ganze Woche schloß er sich mit Assja in deren kleiner Wohnung ein. Sie war keine Jüdin, und es bestand nicht die geringste Chance, daß man sie mit ihm fahren lassen würde. Sie lagen die ganze Zeit über im Bett, und wenn sie gerade keinen Wodka tranken, dann liebten sie sich.

»Erinnerst du dich – wie war noch mal der Name dieses französischen Schriftstellers ... über das Mädchen und den jungen Mann, die in einem Kohlebergwerk verschüttet sind ... und die beschließen ... zu sterben, aber nicht vor Hunger und nicht aus Angst, sondern vor Liebe ...« Und mit den Händen eines kleinen Mädchens versuchte Assja, ihn an sich zu ziehen. Aber Alex rutschte aus dem Bett und ging wankend in die Küche zum Wasserhahn und zum trockenen Brot.

Einige Monate nach der Ankunft in Israel erwachte seine Mutter aus ihrem Traum. Für die Wohnung in Nazareth hatten sie sich hoch verschuldet. Zunächst waren Alex und sein Vater im selben Betrieb beschäftigt, Alex als Arbeiter und sein Vater als Nachtwächter. Nach einer Woche kam den Vorgesetzten allerdings der Verdacht, daß der Vater wohl selbst überwacht werden müßte, denn nachts waren verschiedene Geräte und Ausrüstungsgegenstände gestohlen worden, und es sah so aus, als wäre Alex' Vater nicht ganz unbeteiligt. Alex' Mutter bekam wieder ihre Asthmaanfälle, und es schien, daß sie nur noch nach der Luft des Heiligen Landes rang, um eben dieses Land auf ihre unsägliche Art zu verfluchen. Alex flüchtete zum Hafen von Haifa, wo er einige Monate lang in einer Blechhütte am Schemen-Strand wohnte und schließlich Abu Nachlahs Leute kennenlernte. Für Abu Nachlah war es geradezu eine Ehre, einen Juden im Hafen für sich arbeiten zu lassen, und natürlich vermietete er ihm gern das kleine Zimmer auf dem Dachboden.

»Ich gehe mir mal Zigaretten holen«, sagte Alex, rührte sich aber nicht von der Stelle. Mein Kopf lehnte an seiner Schulter, und ich sah blinzelnd in das gleißende Sonnenlicht auf dem Dach hinaus.

»Ich hol dir welche aus unserer Wohnung«, sagte ich, blieb jedoch genau wie er unbeweglich sitzen. Es war Jahre her, daß ich meinen Kopf an die Schulter eines Mannes gelehnt hatte. Alex drehte den Kopf und sog den Duft meiner Haare ein.

»Ich gehe«, sagte ich noch mal, ohne meinen Worten Taten folgen zu lassen.

»Nein, ich gehe«, sagte er, nahm meine Hand und führte meine Finger über seine rauhen Lippen.

Schließlich löste ich mich von ihm. In der Wohnung konnte ich allerdings keine Zigaretten finden, und so ging ich hinunter zu dem kleinen Laden. Mit fünf Schachteln kehrte ich wieder auf den Dachboden zurück.

Auf dem Tisch stand eine leere Bierbüchse. Alex nahm und zerknüllte sie wie ein Blatt Papier. »Manchmal frage ich mich, was ich hier tue. Manchmal habe ich das Gefühl, als ginge ich über einen Friedhof. Als sähe mich niemand, als hörte mich niemand. Es gibt Tage, an denen ich nur spüre, daß alles, woran meine Erinnerung hängt, alles, was mir wichtig ist, niemals hier sein wird. Einmal habe ich mich so elendig, so fremd gefühlt, daß ich drauf und dran war, Schluß zu machen.«

Ich berührte Alex' Hand und nahm ihm behutsam die Bierdose weg. Seine Finger gehorchten fast mechanisch, bevor sie einen Moment später zu neuem Leben erwachten und mir mit einer leisen Bewegung über das Haar fuhren. Jetzt achtete er nicht darauf, daß ich vor Aufregung zitterte. Er zog mich zu seinen entblößten Knien hinab, während er mir die Schulter streichelte. Meine Wange berührte seine behaarte Haut, die unterhalb der kurzen Hosen zum Vorschein kam, und mein Körper erwartete starr vor Schrecken, was seine Hände unternehmen würden. Er streichelte mir wie abwesend noch immer über die Haare, die Schultern, bis ich schließlich aufhörte zu zittern und etwas ruhiger wurde. Ich öffnete die Augen – ganz allmählich, wie nach einem tiefen Schlaf, stieg ein zartes Gefühl des Erwachens in mir empor. Ich spürte seine Muskeln an meiner Wange, und sein Duft stieg mir in die Nase. Mein Körper gewährte diesem Duft, der die Sonne in sich aufgenommen hatte, Einlaß. Vielleicht war es kein Gewähren, sondern eine süße Schwäche – aber es geschah nichts.

Er habe keine andere Wahl gehabt, erzählte er, als seine Eltern in einem Altersheim unterzubringen. Seine Mutter ging regelrecht auf die Barrikaden. In der Sowjetunion hatte sie von der Orangenblüte in Israel gehört, von dem warmen Meer und den schönen weißen Häusern, und sie hatte an die verlorenen Jahre ihres Lebens gedacht, an einen Neuanfang. Sie wollte nicht wahrhaben, daß ihr Mann ein Greis war, dessen Kräfte schwanden, und daß ihr Sohn vor ihr die Flucht ergriffen hatte. Von Alex, der arbeitete und studierte, forderte sie die Erfüllung der Träume, die ihr genommen worden waren. »Ein Altersheim?« schrie sie. »Da ist mir ja sogar ein russisches Lager lieber! Was soll ich mit all den kranken alten Leuten anfangen? Das ist noch schlimmer als der schlimmste Gulag.« Alex' Vater hingegen wünschte sich insgeheim nichts sehnlicher, als ins Gefängnis geworfen zu werden, in irgendein Gefängnis. Er wollte dafür bestraft werden, daß jenem jungen Mädchen aus Moskau die Jugend, das ganze Leben genommen worden war.

Als der Tag schließlich kam, bestellte Alex ein Taxi, um seine Eltern ins Altersheim zu bringen. Trotz der Spritze, die der Arzt seiner Mutter gegeben hatte, trat sie nach Alex und beschimpfte ihn aufs Übelste. Der Taxifahrer war entsetzt von dem Schauspiel, das sich ihm bot, und seine Sympathie galt Alex' Mutter, bis der ihm in einem vermeintlich unbeobachteten Moment zu verstehen gab, daß sie geistig verwirrt sei. Doch sie hatte mitbekommen, was Alex dem Fahrer angedeutet hatte, und verlor nun völlig die Beherrschung, so daß der Taxifahrer drauf und dran war, alle wieder auszuladen. Erst als Alex seine Mutter mit einem Klammergriff gebändigt hatte, machten sie sich im warmen Frühlingsregen über die schmale, sich in scharfen Kurven windende Straße von Nazareth nach Tel Adaschim auf den Weg.

»Ich bin ein Stück Dreck«, sagte er und seufzte tief »Assja habe ich verraten. Und was für ein Mensch steckt seine eigene

Mutter gewaltsam in so eine Verwahranstalt für alte Leute? Ich verstehe schon, daß sie Vater verlassen und bei mir einziehen will.«

Mein Kopf ruhte auf seinen Knien, auf den Knien eines Mannes. Und ich war glücklich – zufrieden mit mir selbst, daß ich endlich normal war. Es tat mir so gut, willkommen, ja, begehrt zu sein, daß ich großzügig vorschlug: »Vielleicht solltest du sie wirklich hierherbringen. Ich werde dir helfen, sie zu pflegen.«

»Du?« Seine Finger lösten sich aus meinem Haar. Er hob meinen Kopf, bis sein Gesicht ganz nahe vor meinem war. »Sie wird dich vernichten. Sie ist krank, aber sie ist in der Lage, einen Panzer zu zerstören. Sie würde dich nicht mehr hier aufs Dach herauflassen, und ich dürfte nicht mehr zu euch hinunter. Und sie würde dir das auch ins Gesicht sagen. Vielleicht würde sie dich sogar schlagen.«

»Sie muß ja wirklich schrecklich sein.«

»Stimmt. Sie hat alles getan, damit ich Assja nicht heirate.«

Meine Hoffnung schwand. »Und jetzt?«

»Jetzt bin ich hier und sie dort. Und das muß auch so bleiben. Dich möchte ich heiraten ... das Problem ist deine Familie.«

»Sie werden einverstanden sein. Vielleicht trete ich zum Judentum über. Das ist wichtig wegen der Kinder.«

Auf der Treppe ließ ich seine Hand los und ging schweigend vor ihm hinunter.

SECHZEHN

Als wir die Wohnung meiner Familie betraten, wurde mir die prekäre Situation erst richtig bewußt. Offenbar hatten wir Wahid, der mit einem Glas Limonade in der Hand und wichtigtuerischem Gesichtsausdruck am Tisch saß, bei einem seiner seltenen Monologe unterbrochen. Alex empfing er mit einem übertrieben freundlichen Lächeln und einem Schwall von Begrüßungsfloskeln, und ich begriff sofort, daß ihm unsere Anwesenheit in diesem Moment gar nicht recht war. Alex jedoch, der die Masken des Orients noch nicht zu lesen vermochte, bemerkte nichts. Auf Wahids berechnende Überschwenglichkeit antwortete er mit einem offenen, beinahe naiven Lächeln.

Auch Mutters Blicke machten mich wütend: Sie schaute Alex an, als verdächtige sie ihn bereits irgendeiner Untat. Aber als gute Gastgeberin bot sie natürlich auch ihm Kaffee und Limonade an. Selbst Mary schien irgendwie betreten. Großvater dagegen amüsierte sich köstlich, als habe jemand einen gelungenen Witz erzählt. Als Alex klar wurde, daß ich offenbar nicht beabsichtigte, den anderen unsere Neuigkeit mitzuteilen, wurde auch er unruhig. Er schaute noch einmal prüfend in die Gesichter der Anwesenden und wandte dann mir seinen fragenden Blick zu. Ich zuckte mit den Schultern, setzte mich an den Tisch und beteiligte mich an dem belanglosen Gespräch, mit dem offensichtlich die Situation überbrückt werden sollte. Schließlich stand ich auf, entschuldigte mich und gab Mary ein Zeichen, mir in unser Zimmer zu folgen.

»Was ist denn mit Wahid los?« fragte ich sie ungeduldig.

»Er hat uns gerade erzählt, daß sich unser Cousin Husam – seine Mutter ist übrigens auch mit Wahid verwandt –, ja, also, daß Husam sich in Beirut aufhält. Wahid hat richtig gezittert vor Aufregung – Husam kommandiert jetzt nämlich eine große Einheit, und das ist doch wohl nichts für die Ohren deines Juden.«

Ich sank auf mein Bett. »Und wir wollten euch gerade sagen, daß wir heiraten werden.«

»Du und Alex?« rief Mary begeistert und riß die Augen auf. Von einer Sekunde zur nächsten hatte sie die unangenehme Situation im Wohnzimmer vergessen und umarmte und küßte mich. »Du bist mir vielleicht eine! Das ging ja ganz schön schnell.«

»Und was wird Wahid dazu sagen? Der Sohn seiner Tante zieht aus, um Israel zu vernichten, und ich heirate einen Juden. Vielleicht trete ich sogar zum Judentum über. Vielleicht werde ich selbst für den tapferen Husam zur Feindin? Vielleicht lehnt Wahid es überhaupt ab, der Schwager eines Juden zu werden?«

Marys Augen blitzten. »Dazu hat er kein Recht. Er verdient schließlich an den Juden – und die Juden an ihm. Er ist ein Israeli, er hat israelisches Geld und israelische Kleidung. Israel ist kein Laden, und dieses Land gehört weder Alex noch Wahid, und keiner von beiden hat das Recht zu verlangen, daß in diesem Land nur eine einzige Ware angeboten wird. Wenn Alex damit einverstanden ist, in eine arabische Familie einzuheiraten, dann wird es Wahid nicht wagen –«

Noch bevor ich Mary zurückhalten konnte, stürzte sie ins Wohnzimmer. Ich rannte hinter ihr her, kam jedoch zu spät: Sie hatte bereits eine dramatisch wirkende Pose neben dem großen Tisch eingenommen und mit königlicher Geste eine Hand auf Wahids Schulter gelegt. Mit der anderen winkte sie Alex und mir zu und sagte dann feierlich: »Großvater, Mutter, hört zu.« Im gleichen Moment erinnerte sie sich an ihren Verlobten, der unter der besitzergreifenden Berührung ihrer Hand vor Wonne beinahe dahinschmolz, und fügte mit einem süßlichen Lächeln hinzu: »Wahid, hör auch du zu. Die ganze Zeit haben wir geredet und geredet und Alex und Huda nicht zu Wort kommen lassen. Sie sind heruntergekommen, um uns mitzuteilen, daß sie heiraten werden.«

Alex begriff nicht, weshalb Mutter und ich ausgerechnet Wahid anschauten. In diesem Augenblick war gerade er, der uns allen nicht wirklich gut genug für Mary war, die entscheidende Person: Er war schließlich sehr viel stärker als wir in der arabischen Tradition verwurzelt, er lebte noch in einem arabischen Dorf – und konnte kein einziges Gedicht von Jehuda Amichai auswendig. Seine Kleidung war zwar zeitgemäß – israelisch sozusagen –, aber sein Verhalten, seine Denkweise waren von der arabischen Herkunft geprägt. Er wird entscheiden, sagte ich mir, ob ich bis ans Ende meiner Tage in den Augen meines Volkes eine Feindin sein werde.

Und plötzlich fielen mir Boaz' Worte ein, die ihm immer wieder im Büro über die Lippen kamen, wenn er sich über den palästinensischen Terror ereiferte. »Und mein Blut und das meiner Kinder und Kindeskinder wird vergossen werden dürfen, und jedem, der eine Waffe trägt, wird es eine Pflicht sein, uns zu vernichten, sein Andenken möge für alle Ewigkeit mit Schande bedeckt sein.«

Mutters Blick nach zu urteilen, hatte sie dieselben Gedanken wie ich. Es vergingen einige lange Sekunden, ohne daß Wahid etwas gesagt hätte. Er schien ganz und gar gebannt von Marys Hand, die immer noch auf seiner Schulter lag, und beinahe hätte ich ihm angeboten, Marys Worte auf arabisch zu wiederholen. Dann jedoch stand er auf und sah Alex in die

Augen. Auch Alex erhob sich. Da der eine Araber und der andere Russe war, umarmten sie sich mit aller Kraft und küßten sich mit lautem Schmatzen auf die Wangen.

»Li kul el-scharaf, mabruk, mabruk!« rief Wahid. Eine Sekunde später merkte er, daß er Arabisch gesprochen hatte und wiederholte seinen Glückwunsch auf hebräisch: »Das ist eine große Ehre für mich. Alles Gute! Alles Gute!«

Mutter atmete erleichtert auf.

»Und wann ist die Verlobung?«

»Das hier ist doch die Verlobung. Das wollten wir euch doch mitteilen«, sagte Alex.

Großvater schlurfte aus dem Zimmer. Wahid lächelte Alex nachsichtig zu. »Ich meine – wann kommen deine Eltern und Verwandten? Du hast doch Eltern, nicht wahr? Bei uns ist es so üblich, daß sich beide Familien treffen und gegenseitig ihr Einverständnis mit der Verlobung erklären. Und dann gibt es ein großes Fest. Man lernt sich kennen und sieht, ob Braut und Bräutigam auch wirklich zusammenpassen.«

Alex schaute mich an. »Wir passen zusammen«, sagte er zu Wahid. »Wir brauchen niemanden, der uns das bestätigt.«

»Auch ich habe gewußt, daß ich zu Mary passe und sie zu mir, aber wir haben trotzdem eine Verlobungsfeier ausgerichtet. Und beide Familien haben es genossen, stimmt's, Umm Huda?«

Mutter nickte und warf einen Blick in Richtung Flur, als suche sie Großvater. Offensichtlich gefiel es ihr nicht, daß Alex auf eine Verlobungsfeier verzichten wollte. Ein Verdacht kam in ihr auf, und in diesem Moment brauchte sie Großvater, der sich jedoch zurückgezogen hatte. Sie suchte meinen Blick, aber ich wich ihr aus. Schließlich verkündete sie, daß wir warten sollten, und verstummte dann. Es war ihr anscheinend unangenehm zu sagen, daß man das Thema Verlobung verschieben solle, bis Großvater von dem Örtchen, wo sie ihn inzwischen vermutete, zurückgekehrt sei.

Wahid war nicht sehr gut darin, solche Feinheiten zu verstehen, und fragte verwundert: »Wieso warten? Ich würde nicht einmal ein Waisenkind sich ohne Feier verloben lassen – und ich spreche hier von einer großen Feier, die diese Bezeichnung auch wirklich verdient hat.«

Er hatte den Satz kaum beendet, als ihm einfiel, daß Mary und ich Halbwaisen waren. Er verstummte und schaute verängstigt zu Mary hoch, die seinen Blick verachtungsvoll erwiderte. »Auch du wärst bereit gewesen, dich ohne Einwilligung deiner Mutter mit mir zu verloben«, sagte sie bloß.

»Aber am Ende hat es doch noch eine großartige Feier gegeben.« Und plötzlich fiel er ins Arabische: »Vielleicht macht dieser Mann ihr ja nur etwas vor. Einem Menschen, der seine Eltern vor den Augen anderer versteckt, kann man nicht trauen.«

Alex war der unfreundliche Ton, in dem diese Worte gesprochen worden waren, nicht entgangen. »Was sagt er?« wollte er wissen.

Verlegenheit machte sich breit. Mutter warf mir einen vorwurfsvollen Blick zu, weil ich schwieg. Großvater war immer noch nicht aufgetaucht. Mary entschied, die Wahrheit zu sagen, und wandte sich an Alex. »Wahid sagt, daß du deine Eltern offenbar nicht hierherbringen willst und daß man einem Menschen, der seine Eltern verleugnet, nicht trauen darf.«

Alex kannte das Wort »verleugnen« nicht, verstand jedoch dessen Bedeutung. Lange schaute er Wahid an, und Mutter wurde blaß. Wenn Großvater in diesem Augenblick ins Zimmer getreten wäre, hätte sie ihn zurechtgewiesen, es sei jetzt ohnehin alles zu spät und er könne gleich wieder verschwinden.

»Du hast recht«, sagte Alex plötzlich zu Wahid, der nicht zu glauben schien, was er da hörte.

»Mary hätte dir das nicht sagen sollen«, sagte er nun beinahe reumütig.

»Es ist gut, daß sie es gesagt hat«, erwiderte Alex traurig.

»Sie möchte, daß Huda und ich heiraten und daß es keine Geheimnisse in der Familie gibt. Du hast recht. Ich wäre genauso mißtrauisch wie du. Aber ich kann meine Mutter unter gar keinen Umständen hierherbringen.«

Wahid, der mit einem blauen Auge davongekommen war, stellte ihm keine weiteren Fragen.

Das Geräusch von rauschendem Wasser unterbrach das drückende Schweigen im Wohnzimmer. Großvater kam herein, als schreite er über einen Blumenteppich, und sagte mit erstauntem Blick zum leeren Tisch: »Vor lauter Freude haben sie wohl völlig vergessen, etwas anzubieten.«

»Alex will seine Eltern nicht hierherbringen«, sagte Mutter vorwurfsvoll.

Großvater lächelte. »Im Jahr 1948 mußten die Brüder meiner Schwiegertochter aus dem Land fliehen und konnten deshalb nicht zu ihrer Hochzeit kommen. Ob sie allerdings überhaupt bereit gewesen wären, zur Hochzeit eines Menschen wie meinem Sohn zu erscheinen, das ist eine ganz andere Frage. Verläuft denn zwischen dem Altersheim und Haifa eine so gefährliche Grenze?«

»Meine Mutter möchte am liebsten sofort nach Haifa kommen. Sie träumt davon, ganz allein mit mir in einem Haus zu wohnen, ohne irgendeinen anderen Menschen – vor allem möchte sie keine Mitbewohnerin.«

»Das klingt ja so, als hätten sie und die Brüder meiner Schwiegertochter dieselbe Schule besucht. Hat sie denn einen solchen Haß auf die Araber?«

»Sie haßt die ganze Welt. Sie hat ein hartes Leben hinter sich, und jetzt im Altersheim fühlt sie sich, als liege sie schon auf dem Friedhof. Sie haßt alles und jeden – und meinen Vater haßt sie am meisten.«

»Wenn du wüßtest, wie viele Palästinenser andere Palästinenser umgebracht haben, um einen einzigen Juden zu töten ... dann ist deine arme Mutter also krank?«

»Woher weißt du das?«

»Haß ist eine schwere Krankheit.«

»Hoj«, rief Alex. »Das ist wahr!«

»Siehst du?« sagte Großvater zu Mutter. »Es ist alles in bester Ordnung, und der Tisch ruft, aber keiner antwortet ihm.«

Mutter ging in die Küche und bat Mary und mich, ihr zu helfen. Während sie die Speisen vorbereitete, brummelte sie wütend vor sich hin, weil Großvater wieder einmal die Gelegenheit genutzt hatte, ihre Brüder zu beleidigen.

Noch bevor wir den Tisch gedeckt hatten, klopfte Dshamila an die Tür, so als habe sie gespürt, was bei uns vor sich ging. Als sie sich allerdings drei schweigenden Männern gegenüber sah, rief sie: »Umm Huda, wo bist du?«

»Hier in der Küche«, antwortete Mutter, noch immer schlechtgelaunt. »Setz dich, setz dich. Wir kommen gleich.«

Aus dem Wohnzimmer war das Scharren von Stühlen zu hören. Weder Wahid noch Alex schienen erpicht darauf, mit Dshamila ein Gespräch anzufangen. Großvater sah sie sicherlich mit seinen durchdringenden grünen Augen an, als könnte er es kaum erwarten, die Neuigkeiten zu erfahren, deretwegen sie zu uns gekommen war – und ich stellte mir in diesem Moment vor, wie sie versuchte, seinem verwirrenden Blick auszuweichen. Ihre Neuigkeiten waren ohnehin meistens nur Klatsch – für die Ohren von Frauen bestimmt, nicht für die von Männern. Jetzt wandte sie sich erst einmal mit anklagendem Ton an Alex. »Nicht mehr lange, dann bleibt meine Katze auch noch über Nacht bei dir, und ich bekomme sie gar nicht mehr zu Gesicht.«

»Was machen wir mit ihr?« fragte Mutter mich flüsternd. Die Sache konnte tatsächlich schwierig werden: Dshamila war, anders als Wahid, im Wadi geboren und hier aufgewachsen, und obgleich sie kinderlos geblieben war, besaß sie doch weitverzweigte Beziehungen, und viele Türen standen ihr offen. Selbst Abu Nachlah nahm sich vor dieser alten Frau in acht, die sich auf einen Neffen stützen konnte, der Rechtsanwalt war, und auf Verwandte, die politisch einflußreich waren und verschiedene Ämter bekleideten. Wahid hatte sich vielleicht gedacht, daß es für einen arabischen Geschäftsmann in Israel günstig sei, einen Juden als Schwager zu haben – bei Dshamila lagen die Dinge jedoch anders. Sie hatte immer die Hand am Pulsschlag des Wadi und beurteilte die Ereignisse vor dem Hintergrund ihrer weit zurückreichenden Erinnerung. Als der Besitzer eines nahegelegenen Buchladens als angeblicher Spion verhaftet wurde, hatte Dshamila nicht gezögert, ihn öffentlich zu verurteilen – und damals, in den schlimmen fünfziger Jahren, war sie zweimal festgenommen worden, weil sie gegen die israelische Militärverwaltung demonstriert hatte, und war dabei sogar von Polizisten geschlagen worden.

»Es ist besser, wenn du es ihr sagst«, flüsterte ich Mutter zu.

Dshamila würde es ohnehin herausbekommen, und ich wollte mein Leben mit Alex nicht gleich mit einer Flucht vor der Wirklichkeit beginnen: Ich wußte ja, daß wir in diesem von Haß tief gespaltenen Land einen schwierigen Weg gewählt hatten.

Mutter trat mit dem vollen Tablett aus der Küche, und Mary und ich folgten ihr. Dshamila entging nicht, mit welcher Feierlichkeit sie die Speisen vor sich her trug, und ihr faltiges Gesicht leuchtete auf.

»Es gibt wohl gute Nachrichten, so Allah will«, sagte sie ehrlich erfreut.

»Huda verlobt sich«, antwortete Mutter.

Ich schaffte es kaum, die Teller auf dem Tisch abzusetzen, als mich Dshamila schon schluchzend an ihren Körper drückte, worauf auch Mutter in Tränen ausbrach. Großvater klopfte sich auf die Schenkel, was so klang, als schlüge ein großer alter Vogel mit den Flügeln beim letzten Versuch, sich noch einmal in die Lüfte emporzuschwingen.

»Ich hab's gewußt!« rief Dshamila. »Ich hab's gewußt! Allah würde nie zulassen, daß eine Blume einfach in seinem Garten verwelkt. Die ganze Zeit habe ich mich gefragt, wie die Männer nur so blind sein können.» Und aus irgendeinem Grund warf sie Großvater einen vorwurfsvollen Blick zu.

Meine Brust war feucht von Dshamilas Tränen. Behutsam führte ich sie zu ihrem Stuhl zurück und legte ihr den Arm um die Schulter, bis sie sich ein wenig beruhigt hatte. Aus dem Ausschnitt ihres Kleides zog sie ein besticktes Tüchlein, mit dem sie sich über die Augen wischte und dann die Nase putzte. »Und wo ist der Mann dazu?« fragte sie schließlich.

In Großvaters Augen blitzte es schelmisch. »Hier ist er«, antwortete er und deutete mit dem Kinn auf Alex.

»Hör schon auf!« fuhr Dshamila ihn auf arabisch an. »Ich will wissen, wer Hudas Verlobter ist.«

»Genau der ist es«, wiederholte Großvater.

Eine ganze Weile schaute sie Alex an, bis sie endlich zu begreifen schien. Denn plötzlich schrie sie auf, als versuchte sie, ein Tier vom Hof zu verjagen. »Was – du?« Und dann wandte sie sich atemlos an uns: »Seine Trompete! Ich schwöre euch – er hat sie verhext! Habt ihr schon mal von einer Katze gehört, die sich von einer Trompete bezirzen läßt? Und jetzt hat er auch noch unserer Huda den Kopf verdreht!«

»Was hat sie gesagt?« wollte Alex wissen.

»Daß du Huda mit deiner Trompete verhext hast«, sagte Mary.

»Was heißt das, ›verhext‹?«

»Magie«, antwortete Mary.

Alex brach in lautes Lachen aus. Plötzlich sprang er auf und trat zu Großvater, der auf seiner Liege saß, und flüsterte ihm etwas ins Ohr, und eine Sekunde später schien im Wohnzimmer der Wahnsinn ausgebrochen zu sein: Großvater und Alex krümmten sich vor Lachen und hielten sich dabei gegenseitig umklammert, bis es schien, als wären sie zu einem einzigen schaukelnden Körper verschmolzen.

Dshamila stand auf und deutete mit ihrem dünnen Arm auf die beiden. »Was hat dieser Jude über mich gesagt?« fragte sie herrisch.

»Da haben sich ja zwei gefunden«, sagte Mutter.

Aber Dshamila ließ nicht locker. »Ich will jetzt sofort wissen, was er über mich gesagt hat.«

Großvater wischte sich mit beiden Handrücken über die Augen. »Er hat gesagt...« Weiter kam er nicht, denn das Lachen erstickte seine Worte. Mit beiden Händen umfaßte er Alex' Kopf und drückte ihm geräuschvoll einen Kuß auf die Stirn. »Er sagt, er wäre bereit, dir seine Trompete mal auszuleihen.«

Dshamila musterte Alex von der Seite, doch dann prustete auch sie los. »Vor vierzig Jahren hätte er seine Trompete mal vorbeibringen sollen«, rief sie und ließ sich wieder auf ihren Stuhl fallen. »Das ist also der Mann«, sagte sie wie zu sich selbst. »Ich hätte es wissen müssen. Die Enkelin eines Komikers würde so lange warten, bis ihr ein verrückter Witz über den Weg läuft.« Und dann beugte sie sich zu mir herüber und fragte: »Und wo werdet ihr wohnen?«

»Ich weiß nicht. Wir haben uns erst heute entschlossen und über so etwas noch gar nicht nachgedacht.«

In meinem Kopf ging alles durcheinander. Heute hatten wir uns entschlossen... aber wie würde unsere Zukunft aussehen? Ich kannte Israel besser als Alex – ich lebte schließlich im Hinterhof dieses Landes. Zu meiner Überraschung waren allerdings weder Mutter noch Großvater, weder Wahid noch Dshamila, die doch im Wadi aufgewachsen war und die gesamte Geschichte palästinensischen Leids am eigenen Leib erfahren hatte, über meine Wahl sehr beunruhigt.

»Er ist so klein, als habe ihm jemand verboten, in die Höhe

zu wachsen, und als Ausgleich ist er in die Breite gegangen«, flüsterte Dshamila mir auf arabisch zu. »Schau dir nur die Muskeln an, die er sich zugelegt hat! Und er hat die Augen eines Mannes, der nicht auf den Kopf gefallen ist.«

»Ich weiß, daß ihr über mich redet«, sagte Alex. »Nicht, daß es mir etwas ausmacht...«

»Wenn ihr, du und Huda, mal einen Rechtsanwalt brauchen solltet, dann wird euch Chalim kostenlos helfen«, sagte Dshamila.

»Danke, vielen Dank.«

»Gott behüte! Wozu sollen sie einen Rechtsanwalt brauchen?« sagte Mutter erschrocken.

»Er ist Jude und sie Araberin. Die Rabbiner werden sie nicht einmal anschauen wollen, und kein Pfarrer wird es wagen, ihnen seinen Segen zu geben. Hast du schon mal von einer zivilen Trauung gehört? Nein? Wo lebst du eigentlich?« Dshamila genoß sichtlich unsere Verwunderung über ihre genauen Kenntnisse auf diesem Gebiet. »Wenn es bei den Rabbinern und Pfarrern nicht klappt, dann geht man zum Rechtsanwalt. Es wundert dich vielleicht, aber sehr viele Juden gehen in dieser Sache zum Rechtsanwalt. Zum Beispiel eine Kriegerwitwe, die ihre Rente nicht verlieren möchte, aber trotzdem einen Mann will...«

»Genug!« fiel Mutter ihr ins Wort. »Das fehlte noch! Was redest du da von Witwenschaft! Ausgerechnet heute, an diesem Tag! Was ist los mit dir? Nein und nochmals nein, sie werden heiraten wie Menschen.«

Dshamila wandte sich an Mary. »Was hat sie denn für Vorstellungen? Glaubt sie, daß die Juden Huda so ohne weiteres aufnehmen würden? Die Religion der Juden ist dicht wie eine Erbsenschote.«

Mary zog mich vom Stuhl hoch und dann hinter sich her in unser Zimmer, als wolle sie die Angelegenheit mit mir allein besprechen. Nachdem sie die Tür hinter uns geschlossen hatte, sagte sie leise: »Die Zeitbombe in meinem Bauch tickt, und dieser Tölpel ist einfach zu ehrenhaft... ich muß etwas unternehmen.«

»Und wie kann ich dir dabei helfen?«

»Wahid sagt, daß wir unmöglich allein nach Eilath oder ans Tote Meer fahren können. Also werden wir zu viert fahren. Und im Dorf kann er dann erzählen, daß wir beide gemeinsam in einem Zimmer schlafen und Alex und er sich das andere Zimmer teilen.«

»Das wird ein Vermögen kosten. Ich weiß nicht, ob Alex soviel...«

»Kein Problem«, unterbrach mich Mary, »Wahid wird alles bezahlen. Die Wüstenluft wird ihn hoffentlich in die Gänge bringen.«

»Mary, vielleicht machst du ihm ja angst?«

»Natürlich mache ich ihm angst. Die Zeit läuft mir davon, und in der Dunkelheit im Auto befürchtet er vielleicht, daß ich ihm sein Vögelchen abreißen könnte. In einem Hotel werde ich Zeit haben, sehr viel Zeit, um ihn mir vorzunehmen. Bitte, Huda.«

»Ich werde mit Alex reden.«

»Wenn du willst, kannst du ihm alles erzählen. Es wäre sozusagen euer Hochzeitsgeschenk für mich.«

Als wir ins Wohnzimmer zurückkamen, ging es schon wieder um Alex' Eltern. Ohne Eltern gebe es keine Freude, kein Fest, sagte Dshamila entschieden, und so wurde zu guter Letzt eine Art Kompromiß gefunden: Alex sollte am nächsten Tag nicht zur Arbeit in den Hafen fahren, sondern mit mir zu seinen Eltern ins Altersheim. So wurde es im Sinne der alten arabischen Tradition, die Familie, die Sippe zu ehren, denn auch beschlossen – dem jüdischen Einzelgänger Alex blieb gar keine andere Wahl.

SIEBZEHN

Am Abend fragte ich Alex, was ich seinen Eltern mitbringen könne, und er antwortete: »Mutter ißt gern Konfitüre, jede Art Konfitüre. Und Vater? Keine Ahnung, was ihm gefallen würde.«

Alex machte keinen Hehl daraus, daß er nicht gerade begeistert war von der Idee, seine Eltern zu besuchen. Aber ich sagte ihm, daß wir es Großvater und Mutter versprochen hätten und nun unser Wort halten müßten.

»Wir können ja einfach mit der Schrottkiste zu irgendeinem hübschen Plätzchen fahren – das merkt sowieso keiner.«

»Nein, ich sage zu Hause immer die Wahrheit.«

»Das ist aber grausam«, meinte er spöttisch, »den anderen Menschen immer die Wahrheit zuzumuten.«

Am nächsten Morgen offenbarte sich mir ein herrlicher Wintertag. Die weißen Masten der Schiffe im Hafen bohrten sich in das klare, leuchtende Blau des Himmels. Am Morgen hatte es geregnet, und der feuchte Duft des Regens stieg von den Bäumen auf, die die Straße der Unabhängigkeit säumten. Ich saß im Büro und schaute durch das große Fenster hinaus und fragte mich, ob ich nicht doch einen großen Fehler gemacht hatte. Shirley hatte uns von ihrem neuen Geliebten erzählt, der an Kobis Universität ein Seminar leitete. Jetzt kaute sie auf dem Ende eines Bleistifts herum.

»Das ist der Mann meiner Träume«, sagte sie mit kindlicher Stimme. Verheiratet sei er und habe zwei Kinder, und seine Frau sehe phantastisch aus. Eine richtige Schönheit sei sie, und dazu habe sie auch noch Verstand! Als ob das alles ihren Dozenten aufwertete – und demzufolge natürlich auch sie selbst. Adina schüttelte lachend den Kopf – Shirley war töricht, aber eben doch unwiderstehlich.

Als Boaz mit einigen Unterlagen aus seinem Büro kam, nahm ich meinen ganzen Mut zusammen. »Heute«, sagte ich, »werde ich etwas früher gehen, und nächste Woche fahre ich ein paar Tage weg.«

»Wieder eine medizinische Untersuchung – ist es wegen deines Rückens?« fragte Adina besorgt.

»Nein. Ich habe einen Freund.«

Sie starrten mich an, als hätte ich einen unanständigen Witz zum besten gegeben. »Wir haben uns überlegt zu beiraten.« Wahrscheinlich erzählte ich ihnen das alles, um meine eigenen Zweifel zu vertreiben und mich selbst vor vollendete Tatsachen zu stellen.

Sie saßen da und schauten noch immer ungläubig.

»Es gibt allerdings ein Problem«, sagte ich.

»Aha«, sagten alle drei wie aus einem Mund.

»Er ist Jude.«

»Jetzt sag bloß, es ist dieser komische Neueinwanderer, der neulich mit uns am Strand war!« rief Shirley.

»Genau der ist es. Er holt mich um zwei Uhr hier ab, und dann wollen wir zu seinen Eltern fahren.«

Boaz machte ein bedenkliches Gesicht. »Ich weiß nicht«, sagte er zögernd. »Ich weiß wirklich nicht. Hast du dir das auch gut überlegt, Huda?«

Hätte ich nicht gewußt, wie gutherzig er war, ich hätte ihn in diesem Augenblick gehaßt.

»Boaz!« sagte Adina entsetzt. »Was ist denn in dich gefahren?«

»Was muß sie sich in diesem verdammten Land ein solches

Problem aufhalsen?« fragte er und hob fast hilflos die Hände. »So etwas kann man niemandem wünschen.«

Gegen meinen Willen liefen mir Tränen über die Wangen. Plötzlich hatte ich selbst das Gefühl, das Ganze könnte überhaupt kein gutes Ende nehmen.

»Kopf hoch, das schaffst du schon«, sagte Adina. Sie war aufgestanden und hatte den Arm um mich gelegt. »Wir werden immer für dich da sein, wenn du uns brauchst.«

Sie warf Boaz einen wütenden Blick zu, der sich sofort in sein Büro zurückzog. »Du mußt ihm verzeihen.«

»Es gibt nichts, was ich ihm verzeihen müßte.« Aber im stillen dachte ich: Ist nicht auch Großvater ein Mann, auf dem die Verantwortung einer Familie lastet? Und er hatte sich schließlich kein Urteil angemaßt.

Punkt zwei Uhr betrat Alex das Reisebüro, und Adina machte ihm noch schnell einen Kaffee. Als wir schon kurz darauf draußen auf dem Bürgersteig standen, warf er noch einmal einen Blick durch die Scheibe.

»Eine nette Frau«, sagte er, »und sehr hübsch. Sie ... sie ...«

Sein Hebräisch ließ ihn wieder mal im Stich, aber diesmal hatte ich keine Lust, ihm bei der Suche nach dem richtigen Wort zu helfen – zum ersten Mal seit langem kostete ich wieder den bittersüßen Geschmack der Eifersucht.

Vom Parkplatz des Hafens aus fuhren wir die alte Straße entlang. Kurz vor Tirat-Hakarmel erklärte ich ihm, worum Mary uns gebeten hatte, wobei es eine ganze Weile dauerte, bis er begriff, weshalb es den beiden verboten war, allein zu verreisen. Bei dem Gedanken, daß wir nach Eilath ans Tote Meer fahren würden, strahlte er übers ganze Gesicht – allerdings nur kurz.

»Verdammter Mist«, sagte er plötzlich, »diesen Monat habe ich kein Geld mehr – mein Vater hat ein Gebiß bekommen. Das Gebiß, das sie ihm noch in Rußland verpaßt haben, fiel ihm die ganze Zeit aus dem Mund. Das hat überhaupt nicht gepaßt, wie ein zu großer Schuh. Vielleicht fahren wir lieber im nächsten Monat?«

»Mach dir keine Sorgen, Wahid wird alles bezahlen.«

Vor dem Atatürk-Wald fing er an, vor sich hin zu pfeifen. Über dem Karmel zu unserer Linken lag bereits ein bräunlicher Schimmer, der den Beginn des Winters ankündigte. Als jedoch die schier endlosen Zitrusplantagen am Straßenrand in eine trockene, öde Landschaft mündeten, verließ ihn seine Unbeschwertheit. Er schien sich plötzlich wieder daran zu erinnern, wohin wir fuhren. Und auch ich wünschte mir, als wir am Ende einer langen Autoschlange vor einer Bahnschranke anhielten, daß der vorbeifahrende Zug niemals enden würde.

»Alex, ist sie denn wirklich so schrecklich, wie du erzählt hast – übertreibst du nicht vielleicht ein wenig?« fragte ich vorsichtig.

»Was soll ich dazu sagen. Sie ist schließlich meine Mutter. Sie ist sehr mutig, und für mutige Menschen ist das Leben manchmal furchtbar schwer. Ja, sie ist mutig. Und ich habe sie lieb.« Es klang fast, als müßte er sich seine Gefühle einreden.

In diesem Augenblick wäre ich sogar bereit gewesen, mit Mary zu tauschen, hätte die herrische Schwiegermutter und den Bastard im Bauch in Kauf genommen.

»Ich bin nicht besonders mutig«, sagte ich leise. »Ich bin sogar ein ziemlicher Feigling.«

Er hob eine Hand vom Steuer und legte sie an meine Wange. Ich schloß die Augen und spürte nichts als das Gefühl seiner schützenden Hand, die rauh war von der Arbeit im Hafen. Nein, nein, ich würde niemals mit Mary tauschen. Es gab schließlich Feiglinge, die sich doch noch auf die Seite der Mutigen schlugen ...

In Binjamina überquerten wir einen schmalen Wasserlauf und bogen in eine breite, von Dattelpalmen und Eukalyptusbäumen gesäumte Allee ein.

»Ist es noch weit?«

»Nein, wir sind gleich da.«

Ich machte mich auf meinem Sitz ganz klein, als wollte ich mich verstecken.

»Hör mir zu«, sagte er und legte mir den Arm um die Schulter. »Jeder kann die Urkunde eines Rechtsanwalts oder Rabbiners fälschen. Man kann alles fälschen. Deshalb glaube ich nicht an Urkunden. Mir haben sie schließlich ein Papier in die Hand gedrückt, auf dem stand, ich sei ein Waisenkind – und dabei war es alles Lüge.«

»Und was hilft mir das jetzt?«

Er hielt am Straßenrand neben dem Zaun einer großen Plantage. »Ich will damit sagen, daß du auch ohne Papier, ohne irgendeine Urkunde bereits meine Frau bist. Es ist doch gut, daß wir hierhergekommen sind. Du mußt dich selbst als meine Frau sehen – und meine Mutter wird damit leben müssen. Wenn du allerdings nicht willst... Ich möchte dich nicht zwingen.«

»Du mußt mich nicht zwingen. Ich bin deine Frau.« Ich nahm seine Hand und legte mein Gesicht hinein, als könne das allen Schmerz, alle Angst vertreiben. Er beugte sich zu mir herüber und küßte mich auf die Stirn. Seine Lippen waren weich, und sein Kuß schien einen Bund zu besiegeln.

Das Zimmer seiner Eltern war mit alten Möbeln und allem möglichen Plunder vollgestellt. Offensichtlich hatten sie sich beim Umzug von wenig trennen können – den Kühlschrank hatten sie sogar auf den Balkon stellen müssen. Ich packte meine Geschenke aus und legte sie auf einen kleinen runden Tisch, der in der Mitte des Zimmers stand: Konfitüregläser und ein Körbchen mit getrockneten Früchten, einen Schal für die Mutter und einen Füllhalter für den Vater, den ich allerdings noch nicht zu Gesicht bekommen hatte. Schweigend blickte die alte Frau auf meine bescheidenen Gaben, als vermute sie in ihnen eine Art Bestechung. Drei- oder viermal fragte sie Alex etwas mit leiser Stimme auf russisch, aber Alex tat so, als hörte er sie nicht. Auf seinem Gesicht lag ein starres Lächeln, und wegen dieses Lächelns blieb sie wachsam.

Wir saßen uns an dem kleinen Tisch gegenüber, und ihr Gesicht war meinem unangenehm nahe. Ihre Lungen pfiffen bei jedem Atemzug wie ein Blasebalg, und je länger sie mich ansah, desto lauter wurde das Pfeifen. Sie war kleiner als ich und füllig. Sie schwieg jetzt und schaute immer wieder kurz zu Alex hinüber, der sich auf eines der Betten gesetzt und mit dem Rücken gegen die Wand gelehnt hatte. Auf ihren Lippen lag ein kaum wahrnehmbares, seltsames Lächeln. Mein Knie juckte, ich wagte jedoch nicht, mich zu rühren. Ich hätte in diesem Moment nichts dagegen gehabt, wenn das Lächeln auf ihrem aufgedunsenen Gesicht endlich verschwunden wäre und sie mich hinausgeworfen hätte.

»Wo ist denn Alex' Vater?« fragte ich, um ein Gespräch anzufangen.

Sie drehte sich zu Alex um und stellte ihm in scharfem Ton eine Frage auf russisch, doch er winkte nur ab und lächelte. Sie wandte sich wieder mir zu, und ihre gekrümmten Finger spreizten sich auf der Tischplatte wie bei einem Kartenspieler, der ungeduldig darauf wartet, die nächsten Karten ausgeteilt zu bekommen. »Er ist draußen«, sagte sie unfreundlich. »Er muß gleich kommen. Soll ich ihn rufen?«

»Nein, nein«, beeilte ich mich, ihr zu antworten.

»Warum?« fragte sie. »Hast du es nicht eilig?«

Ich schickte einen verzweifelten Blick zu Alex hinüber. Warum griff er nicht ein? Wie konnte er mich mit dieser bedrohlichen Frau so allein lassen? Offensichtlich wußte sie noch nicht einmal, weshalb ich mitgekommen war. Mein Kopf war wie leergeblasen. Plötzlich sprang Alex vom Bett auf. »Da kommt Vater schon«, sagte er erleichtert.

Der Vater glich einer Kinderzeichnung – ein Strich in der Mitte, vier Striche anstelle von Armen und Beinen und über dem Ganzen eine kleine Kugel als Kopf. Sein Lächeln schien in der bedrückenden Atmosphäre des Zimmers übertrieben freundlich. »Ein Gast?« fragte er und schien erfreut.

»Erst mal abwarten«, sagte Alex' Mutter und sah mich mit böse funkelnden Augen an. »Vielleicht hat sie ja auch die Jewish Agency oder die Regierung geschickt.« Sie sprach recht gut Hebräisch. Offensichtlich hatte sie ja nicht alles vergessen, was sie damals im Haus ihres Vaters, des Rabbiners, gehört hatte.

Alex' Vater begrüßte mich mit einem kleinen Diener. Sein Lächeln war echt, sein Blick herzlich und offen. »Und ihr habt unserem Gast noch keine Erfrischung angeboten?« sagte er gutgelaunt zu seiner Frau und seinem Sohn. Auch sein Hebräisch war recht gut – schließlich hatte er früher einmal an einer Jeschiva gelernt.

»Tee mit Zitrone«, entschied die Mutter, als wäre es das einzige, was man einer wie mir anbieten konnte.

Ich nickte, und Alex setzte auf dem Gasherd im Flur Wasser auf. »Vater, das ist Huda«, rief er durch die offene Tür.

»Ein hübsches Mädchen«, antwortete sein Vater mit einem warmherzigen Lächeln.

Doch die Stimme der Mutter ließ jedes Lächeln ersterben. Sie schickte einen wütenden russischen Wortstrom in Richtung Flur, und den Vater zischte sie auf jiddisch an. Ich schob meinen Stuhl ein Stück zurück, als wollte ich mein Kleid glattstreichen. In Wirklichkeit wollte ich jederzeit bereit sein, auf dem kürzesten Weg durch die Tür zu fliehen.

»Einen Moment, Mutter, hab noch ein bißchen Geduld«, sagte Alex auf hebräisch.

»Hier ist es traurig«, sagte sein Vater zu mir. »Alle sind alt.«

»Alt?« rief die Mutter. »Was soll das heißen – alt? Sie lachen wie die Jungen und Mädchen im Kindergarten, machen sich in die Hosen, essen ihren Brei wie Säuglinge. Paß auf, es wird nicht mehr lange dauern, und sie kriechen wieder in den Bauch ihrer Mutter zurück. Alt...«, sie lachte verächtlich. »Das ist dir wohl jetzt erst aufgefallen?«

»Dieses Mädchen, das Alex mitgebracht hat – sie ist hübsch und so jung«, sagte er mit einem Lächeln, das mich rührte.

»Ich komme allerdings nicht dahinter, was sie will«, unterbrach ihn seine Frau. »Siehst du diesen Korb und die Gläser mit Konfitüre und das andere Zeug? Das hat sie alles mitgebracht. Und wieso? Weil ich krank bin und mein Sohn in Haifa das Leben genießt und dabei seine Mutter vergißt. Denkst du, sie ist gekommen, um uns ein kleines Häuschen mit Blick aufs Meer zu geben? Ich kenne diese Mädchen. Einen Platz auf dem Friedhof bringt sie uns! Wahrscheinlich glaubt sie, dieses Altersheim hier ist noch zu gut für uns. Ich habe gehört, daß es in Kfar Saba ein Altersheim für Leute gibt, die sich nicht einmal mehr die Nase allein putzen können.« Und mit einer wütenden Handbewegung schob sie die Konfitüregläser beiseite, als sie sich zu mir herüberbeugte. »Hier essen wir zuviel, ohne dafür zu bezahlen. Damit soll jetzt Schluß sein, ja? Du willst uns wohl nach Kfar Saba bringen lassen, weil von dort der Weg ins Grab noch kürzer ist, was?«

»Mutter«, sagte Alex, der immer noch auf dem Flur stand, »sie hat mit solchen Dingen überhaupt nichts zu tun.«

Seine Mutter spitzte die Lippen und zupfte mit den Fingern an ihnen, als wollte sie sie abpflücken. »Ja, was will sie denn überhaupt hier?«

Alex stellte das Tablett auf den Tisch, holte einen Stuhl und nahm darauf Platz. »Huda ist meine Frau«, sagte er mit feierlicher Stimme.

Sofort nahm sein Vater meine Hand. »Ist das wahr? Ist das wahr?« fragte er aufgeregt.

»Moment!« rief Alex' Mutter und schlug dabei mit der Faust auf die Tischplatte, so daß der Tee aus den Tassen schwappte. »Einen Moment, Herrschaften! Seit wann denn, bitte?«

»Wir haben noch nicht geheiratet«, sagte Alex. »Wir sind erst verlobt.«

»Aha«, wandte sich seine Mutter an mich und lächelte, wobei sie gleichzeitig wie ein angriffslustiges Raubtier die Zähne fletschte. »Bestimmt war es eine schöne Feier. Alex kann schön singen und spielen. Gab es nicht genug zu essen? Oder warum habt ihr Mutter und Vater vergessen? Sicher werdet ihr auch bei der Hochzeit vergessen, daß ihn schließlich jemand in die Welt gesetzt hat.«

»Das dauert sowieso noch eine ganze Weile«, sagte Alex. »Sie ist keine Jüdin, und wir wissen noch gar nicht, was uns da alles bevorsteht.«

In den Augen der Mutter kommen gleichzeitig Besorgnis und Hoffnung auf. »Bist du nur zu Besuch hier im Land?« fragte sie beunruhigt. »Willst du Alex weit weg von hier bringen?«

Alex lachte. »Keine Angst, Mutter, sie ist keine Touristin. Hast du nicht gehört, wie gut sie Hebräisch spricht?«

Seine Mutter nahm ein Glas Erdbeerkonfitüre in die Hand und beäugte es mißtrauisch. »Sie ist wie eine Fremde. Also los, raus mit der Sprache, wer bist du?«

»Sie ist eine Araberin«, sagte Alex.

»Eine Araberin«, wiederholte seine Mutter, und in ihrer Stimme lagen weder das Erstaunen noch die Verachtung, die ich zu hören erwartet hatte. Ich spürte, wie sich mein ganzer Körper etwas entspannte, und lehnte mich erleichtert auf meinem Stuhl zurück. Ich sah, wie es in ihrem Innern arbeitete, als wöge sie die Vor- und Nachteile gegeneinander ab. Vielleicht glaubte sie, daß eine Araberin keine ernsthafte Gefahr für sie darstelle, daß eine Araberin ohnehin immer die Schwächere wäre und man sie leicht in den Griff bekäme. Wenn Alex schon heiraten mußte, dann besser so eine. Andererseits – wenn ich schon den Mut hatte, mich mit einem Juden einzulassen, dann würde ich es mir vielleicht auch zutrauen, die Schwiegermutter zum Kampf herauszufordern. »Ich weiß nicht – sie ist ja stumm wie ein Fisch«, sagte sie schließlich mürrisch. »Sie sagt nichts, sondern macht nur große Augen. Was findest du bloß an ihr?«

»Sie ist ein hübsches Mädchen«, sagte Alex' Vater.

»Wisch dir den Mund ab!« fuhr seine Frau ihn an. »Weißt du, was er gestern gemacht hat?« Die Frage war an Alex gerichtet, aber es war ihr anzusehen, daß sie es genoß, ihren Mann vor mir zu demütigen. »Er hat sich mit einem Spazierstock ausstaffiert und ist die Straße entlanggekrochen, und dabei hat er mit den Beinen geschlackert und wie ein Blinder mit dem Stock den Boden abgeklopft. Vielleicht hat er Angst, daß man ihn zur Armee einzieht.«

Dann lachte sie, und zu meiner Überraschung klang ihr Lachen fröhlich und jung, es wirkte beinahe ansteckend. Gern hätte ich mit ihr gelacht, wenn es ihr nicht darum gegangen wäre, Alex' Vater damit zu verletzen. Der senkte den Blick und schaute mit einem beschämten Lächeln auf den Tisch.

»Mir war ein bißchen schwindlig«, sagte er, als müsse er sich rechtfertigen.

»Und warum soll dir nicht schwindlig sein? Seit dein Sohn soviel Geld für dein Gebiß ausgegeben hat, bekommt man dich kaum noch zu Gesicht. Erinnerst du dich noch daran, daß du eine kranke Frau hast, die ab und zu ein Glas Tee braucht? Und wo steckt er die ganze Zeit? Macht Ausflüge, treibt sich in den Zimmern von irgendwelchen sabbernden Freunden herum.«

»Vater«, fragte Alex besorgt, »was heißt, dir war schwindlig? Hast du dem Arzt davon erzählt?«

»Frag lieber deine Mutter, wie sie sich fühlt!« rief seine Mutter dazwischen.

»Dich brauche ich nicht zu fragen. Du erzählst es mir sowieso.«

»Siehst du?« wandte sie sich an mich, als wären wir Verbündete. »Ist das vielleicht ein Sohn? Und wo werdet ihr wohnen?«

Ihre Frage traf mich unvorbereitet und das war natürlich kein Zufall. Jetzt begriff ich, daß ihr freundlicher Ton mir gegenüber nichts als Berechnung gewesen war.

»Ich... ich... weiß nicht. Darüber haben wir noch nicht nachgedacht.«

»Nein, meine Liebe. Wenn man sich einen Mann angelt, dann weiß man so etwas ganz genau. Ihr werdet schon nicht auf der Straße wohnen.«

»Wir werden etwas finden, Alex...«

Der Tisch erzitterte unter dem Schlag ihrer Faust. »Ich habe dich gefragt, nicht Alex.«

»Laß das Mädchen doch in Ruhe«, sagte Alex' Vater in beinahe flehendem Ton.

»Du hältst den Mund!«

Er krümmte sich zusammen. Alex schwieg. Sein Gesicht war wie versteinert, aber er sagte nichts. Ich war wütend, daß er mich nicht in Schutz nahm. Meine Knie zitterten. Unter keinen Umständen wollte ich vor seiner Mutter anfangen zu weinen. Sollten sie sich doch alle zum Teufel scheren – auch diese erbärmlichen Männer, die wie die Kaninchen vor der Schlange saßen. Worauf wartete Alex bloß? War das der Mann, der zu mir gesagt hatte, ich sei seine Frau? Und die ganze Zeit über starrte seine Mutter mich an. Ich knirschte mit den Zähnen. Ich wollte ihr mit fester Stimme antworten, aber als ich den Mund öffnete, kam nur ein klägliches Piepsen heraus, und die Worte, die ich sprach, waren ein Eingeständnis meiner Schwäche. »Wir werden zu Hause wohnen. Wir werden ein Zuhause finden«, sagte ich zu ihr. »Und wenn Alex will, dann könnt ihr bei uns einziehen.«

Ich war selbst überrascht von meinem Angebot und sah zu Alex hinüber.

»Mutter, sie redet Unsinn«, sagte er zornig.

»Sie redet wie ein Mensch«, widersprach ihm seine Mutter.

Der kalte Tee schmeckte wie eine bittere Arznei. Und ich wußte in meiner Verwirrung nicht, wen ich verraten hatte – mich selbst, Alex, seine Eltern ... Vielleicht aber war ich doch mir selbst treu geblieben, indem ich Traditionen der Sippe ehrte, die Traditionen meiner Vorväter.

ACHTZEHN

Der Trubel war unbeschreiblich, so als bereitete sich das gesamte Haus auf einen Ausflug vor. Am Vorabend hatten Dshamila und Mutter Plätzchen gebacken und so viel Proviant vorbereitet, daß wir damit eine mehrtägige Reise hätten antreten können.

»Wir sind doch schon nachmittags in Eilath – was sollen wir denn mit all dem Essen anfangen?« fragte ich Mutter.

»Werft einfach weg, was übrigbleibt«, sagte Dshamila, während Mutter schweigend alles zu einem Bündel verschnürte. Großvater war um zehn Uhr auf seiner Liege im Wohnzimmer eingeschlafen und wachte gegen Mitternacht wieder auf. Er stellte sich ans Fenster und rauchte, während sich Mutter vor dem Kühlschrank zu schaffen machte. Sie war erschöpft und ließ ihren Ärger nun ausgerechnet an Alex aus.

»Was mußte er denn heute abend noch arbeiten gehen? Morgen wird er müde sein, und wie soll er sich da mit Wahid am Steuer abwechseln? Wie soll er da achtgeben können?« schimpfte sie leise vor sich hin.

»Von deiner Schwester Mary kannst du einiges lernen«, schnatterte Dshamila fröhlich. »Sie weiß, wie man einen Mann bei der Stange hält.«

»Liebe Nachbarin, es ist schon spät«, Großvaters Stimme drang durch eine dichte Rauchwolke. »Du solltest schon längst im Bett liegen.«

Dshamila zuckte mit den Schultern, als wolle sie sagen: Ich weiß, daß Umm Huda möchte, daß ich bleibe, also gib dir keine Mühe, mich loszuwerden...

Es war das erste Mal, daß Mary und ich verreisten – Mutter und Großvater würden allein zurückbleiben. Als wir noch Kinder waren, gingen meine Schwester und ich abends immer früh schlafen, und ich weiß nicht, was sich damals während der langen Abende zwischen ihnen abgespielt hat – aber niemandem konnte verborgen bleiben, was jetzt vor sich ging. Mutter schaute Großvater nicht ein einziges Mal direkt an, und er selbst schien merkwürdig aufgekratzt. Im Zimmer herrschte eine Spannung, die auch mich erregte. Einer neugierigen Alten wie Dshamila blieb so etwas natürlich nicht verborgen, und vielleicht war das der Grund, weshalb Großvater sie loswerden wollte.

»Wir machen jetzt erst mal einen Kaffee«, sagte Dshamila.

»Was? Um diese Zeit?« rief Großvater. »Sogar die Sterne sind schon müde.«

»Wer muß denn hier schlafen?« Dshamila hatte die Hände in die Hüften gestemmt.

»Ja, dumme Idee – warum sollte man schon mitten in der Nacht schlafen wollen?« sagte Großvater.

Gegen ihren Willen fing Mutter an zu lachen, und Dshamila faßte es als Aufforderung auf, in der Küche das Wasser aufzusetzen.

Ich ging in unser Zimmer, wo Mary mit kerzengeradem Rücken und geschlossenen Augen im Schneidersitz auf ihrem Bett saß.

»Mir reichen drei Verrückte im Wohnzimmer«, sagte ich. »Fängst du jetzt auch noch an?«

»Meditation«, sagte sie streng, ohne die Augen zu öffnen. »Morgen muß ich entspannt sein und schön aussehen, damit es endlich klappt. Wahid ist regelrecht in Panik. Huda, du lenkst mich ab.«

Ich wollte sie ablenken, und noch mehr wollte ich, daß sie mich ablenkte. Wenn jemand Grund hatte, mit der Panik zu kämpfen, dann war ich es wohl. Am nächsten Tag um die gleiche Zeit würde Mary damit beschäftigt sein, Wahid zur äußersten Tat zu bewegen, und ich würde mit Alex allein in einem fremden Zimmer sitzen.

»Wie ist das in einem Hotel?« fragte ich zaghaft.

»Wir haben Zimmer in einem guten Hotel reserviert. Sogar Zimmer mit Bad. Und bestimmt gibt es dort eine wunderschöne Aussicht, und manchmal stellen sie eine Schale mit Obst auf den Tisch.«

»Die Aussicht und das Obst interessieren mich nicht.«

»Ach so, du meinst die Betten. Das ist immer unterschiedlich. Es gibt Hotelzimmer mit nur einem Bett, das dann allerdings riesig ist, und andere mit zwei Betten, die man zusammenschieben kann.«

»Und wie ist das in unserem Hotel?«

»Keine Ahnung. Also mir wäre ein Bett lieber, damit mir Wahid nicht in die Ritze fällt. Jetzt muß ich aber weitermeditieren«, sagte Mary mit entschiedener Stimme und schloß wieder die Augen.

»Mary! Kannst du denn nicht ein einziges Mal ernst sein? Ich bin halbtot vor Angst. Nehmen wir mal an, es steht nur ein einziges Bett in dem Zimmer ...«

Mary sah mich liebevoll, wenn auch etwas mitleidig an. »Huda, was soll ich dir dazu sagen. Glaub mir, die Liebe ähnelt einem Krieg – du planst und planst, aber an Ort und Stelle ist immer irgend etwas anders. Selbst bei einem Mann, der dich wirklich liebt und nach dem du verrückt bist, so daß ihr das Gefühl habt, daß der einzige Zweck eures Lebens darin bestanden hat, euch zusammenzuführen, selbst bei einem solchen Traummann kann man nicht wissen, was passiert. Es kann wie eine Seifenblase sein, die zerplatzt, und das war's dann, wie ein Niesen, und dann liegst du da und fragst dich, ob das alles gewesen sein soll. Aber, glaub mir, es kann auch ganz, ganz anders kommen.«

»Ich glaube, mir ist die Seifenblase lieber«, flüsterte ich.

»Aber das alles hängt nicht von dir ab.«

Ich konnte mich nicht mehr beherrschen. »Du bist mir wirklich eine große Hilfe!« sagte ich wütend.

»Huda, es ist die Wahrheit. Es hängt vor allem vom Mann ab. Zumindest beim ersten Mal. Es gibt Männer, die diese hohe Kunst beherrschen, und andere wieder können nicht zwischen einer Geige und einem Nachttopf unterscheiden, aber man muß sich überraschen lassen. Manchmal entpuppt sich ein Mann, der äußerlich nicht besonders viel hermacht, als begnadeter Liebhaber, während ein Muskelprotz kraftlos auf dir liegt wie eine Qualle. Die Orden werden nach der Schlacht verliehen, nicht vorher. Und jetzt schlaf. Ich muß mich konzentrieren.«

Am nächsten Morgen entschied Mary, daß Alex auf dem Beifahrersitz neben Wahid und wir beide hinten sitzen sollten. Alex war im Morgengrauen von einer anstrengenden Nacht im Hafen zurückgekommen, und auch Wahid war anzusehen, daß er in der vorangegangenen Nacht kein Auge zugetan hatte. Er rauchte eine Zigarette nach der anderen, und zweimal geriet das Auto auf den steinigen Begrenzungsstreifen am Straßenrand, so daß er es holpernd und in einer Staubwolke wieder auf die Fahrbahn zurücksteuern mußte. Manchmal überholte er mit viel zu hoher Geschwindigkeit, dann wieder kroch das Auto wie ein schwerbeladener Laster dahin. Bei jeder Raststelle wollte er anhalten, und hinter Herzlija wechselte er immerzu die Fahrbahn wie ein Hund, der schnüffelnd im Zickzack einer Fährte folgt. Seine Finger waren dabei hektisch an den Knöpfen und Hebeln des Armaturenbretts zugange: Erst zwei Tage zuvor hatte er eine neue Klimaanlage im Auto eingebaut, an der er nun ständig etwas regulieren mußte. Und immer wieder waren hinter uns das Quietschen von Bremsen oder empörte Hupkonzerte zu hören.

»Du wirst uns heute noch alle umbringen!« sagte Mary schließlich und schlug ihm auf die Schulter.

Das gab Wahid den Rest. Abrupt brachte er das Auto neben einem Baum zum Stehen. »Ich habe genug, ich fahre nicht mehr weiter«, sagte er und stieg aus.

Schweigend tauschte er mit Alex die Plätze, und ich konnte Mary nur mühsam davon abhalten, ihn weiter zu beschimpfen. Ihr Bräutigam wagte nicht einmal mehr, sich umzudrehen und ihr in die Augen zu sehen.

Jetzt allerdings galt meine ganze Sorge Alex. Ich sah, daß seine Schultern nach vorn hingen und er den Kopf hin und wieder mit einem Ruck aufrichtete.

»Alex, ich glaube, du bist kurz davor, am Steuer einzuschlafen.«

»Der?« rief Wahid. »Der lacht sich hier einen ab!«

»Das geschieht dir ganz recht«, sagte Mary verächtlich.

»Ich lache nicht über ihn«, sagte Alex. »Ich lache über meine Mutter und über deine Schwester.«

»Als sie damals nach Hause kam, hat sie ausgesehen, als ob ihr jemand ins Gesicht gepinkelt hätte.« Mary hatte sich mal wieder besonders vornehm ausgedrückt.

»Meine Mutter hat sie sogar geküßt. Und mein Vater hätte es am liebsten auch getan.«

»Ich habe da nur dummes Zeug erzählt – von wegen, daß wir vielleicht in eine große Wohnung ziehen und die beiden bei uns wohnen könnten. Davon träumt sie.«

»Wahid«, befahl Mary, »gib mir eine Zigarette.«

»Für eine Anfängerin rauchst du aber ziemlich viel«, sagte Wahid treuherzig.

Geschickt zündete sich Mary die Zigarette an und hielt sie wie eine vornehme Dame. »Huda ist ja eine ganz Durchtriebene! Erzählt der alten Dame Märchen. Wer hätte das gedacht! Meine Schwester Huda!«

In Be'er Scheva hatte Wahid sich wieder gefaßt. Unser Proviant blieb unangetastet im Gepäckraum liegen, und statt dessen lud er uns alle in ein teures Restaurant zum Essen ein.

»Frag mal jemanden, wie wir am besten aus der Stadt in Richtung Eilath rausfahren«, sagte Wahid zu Alex, als wir wieder im Auto saßen.

»Jeder von euch kann besser Hebräisch als ich, und ausgerechnet ich soll fragen?«

»Es ist besser, wenn der Jude vorgeht und die Araber hinter ihm«, sagte ich.

»Du bist genauso Araberin wie ich ein Mongole.«

»Da täuschst du dich. Ich bin eine Araberin, und Mary und Wahid sind ebenfalls Araber. Hast du hier in Israel schon mal einem Polizisten deinen Ausweis zeigen müssen, Alex – einfach so?«

»Und du?«

»Nein, aber das ist reines Glück. Meistens hält man mich für eine Jüdin. Mary und ich sprechen in der Öffentlichkeit nie laut miteinander arabisch. Wir tun einfach so, als ob wir jüdisch wären, wie die meisten Araber.«

Schließlich erreichten wir die Straße, die nach Dimona führt. Ab und zu sah man in der kargen Landschaft Beduinenzelte.

»Es ist zum Verrücktwerden«, sagte Alex. »In Rußland hat man uns immer gesagt, daß die Israelis die Araber unterdrücken, und sie haben mir leid getan. Um meine Mutter zu ärgern, habe ich sogar für die Palästinenser Blut gespendet. Hier in Israel höre ich überall, daß die Araber nichts anderes im Kopf haben, als alle Juden umzubringen.«

»Und das glaubst du?« fragte Wahid.

»Ich will überhaupt nichts glauben. Mein Vater hat sein ganzes Leben einem Glauben geopfert, und Huda hat ja gesehen, was aus ihm geworden ist. Ich pfeife auf das alles. Sollen sie sich doch alle gegenseitig umbringen. Mir ist es egal. Ich möchte endlich meine Ruhe haben. Und die Sache mit dem Ausweis? Mußt du ihn oft zeigen?« fragte er Wahid.

»Ja. Andauernd. Einmal haben sie mich sogar festgenommen, nachdem sie meinen Ausweis kontrolliert hatten.« Wahid zog seinen Personalausweis aus der Hosentasche und legte ihn auf das Lenkrad vor Alex. »Hier steht es«, sagte er.

»Und bloß weil du ein Araber bist, hat man dich festgenommen, oder wie?«

Alex' spöttischer Tonfall ärgerte mich. Wahid jedoch blieb gelassen. »Das war nach dem Anschlag auf den zentralen Busbahnhof in Tel Aviv. Alle Araber, die sich in der Nähe aufhielten, wurden auf der Stelle verhaftet – ich auch, obwohl ich verletzt war. Dir würde so etwas nie passieren, Alex. Huda hat recht. Und ich kann dir Sagen, es ist gar nicht so einfach, ein guter Araber zu sein, besonders dann, wenn du nicht einmal genau weißt, was das ist – ein guter Araber. Viele Juden sind der Meinung, daß ein guter Araber ein toter Araber ist. Aber ich kann mich ja schlecht darum bemühen, ein toter Araber zu sein.«

So lange hatte ich Wahid noch nie reden hören. Fast hätte ich die Hand ausgestreckt und ihm den Schweiß von der Stirn gewischt.

Wahid schaltete das Radio ein, und wir fuhren schweigend durch die Wüste, bis wir die Arava-Senke erreichten, wo wir Rast machten.

»Wieso fängst du plötzlich mit diesem verdammten Gerede über Juden und Araber an?« Mary und ich waren auf eine kleine Anhöhe gestiegen.

»Und du – du verhältst dich gegenüber Wahid einfach schrecklich. Mary, wenn wir hergekommen sind, um zu streiten, dann kehren wir lieber gleich wieder um und fahren nach Hause.«

»Du hast gut reden. Ich mache diese Reise nicht zu meinem Vergnügen. Ich hab einen Bastard in meinem Bauch, dem ich eine Zukunft sichern muß...«

»Wahid, du mußt dich vor mir in acht nehmen«, rief Alex aufgekratzt hinter uns. »Schau dir die beiden mal an. Huda und Mary gehören zusammen – wie ein Paket.«

»Paket?« fragte Wahid verwundert.

»Nein, nicht Paket. Das ist wie... wie ein reifer Pfirsich. Du kannst nicht die eine Hälfte essen und dann sagen: Es reicht... Schau sie dir an.«

Wahid war nicht gerade begeistert über Alex' Anzüglichkeiten. »Mary ist meine Frau!« verkündete er ernst.

»Kämpfen wir um sie!« rief Alex und warf Wahid ein imaginäres Schwert zu und begann auf dem staubigen Boden der Arava-Senke wie ein Gladiator hin und her zu springen.

Wahid jedoch wollte sich nicht an einem solchen unanständigen Kampf beteiligen. Er wandte Alex den Rücken zu und machte unbewußt mit der Hand eine Bewegung, als schleuderte er das unsichtbare Schwert von sich. »Bei Allah, der ist ja völlig verrückt.«

»Entweder beide zusammen oder keine«, rief Alex und rannte hinter ihm her.

»Sag mal, schämst du dich denn gar nicht?« fuhr Wahid ihn an. »Und ich will nicht, daß du Mary auch nur anschaust, verstanden?«

»Mary«, sagte Alex lachend. »Dein Bräutigam hat überhaupt keine Phantasie.«

»Das brauchst du mir nicht zu erzählen.«

»El-dshnun funun«, sagte Wahid.

»Flucht er?« fragte Alex mich.

»Nein, das ist ein arabisches Sprichwort:... Der Wahnsinn ist eine Kunst...«

»Dann bin ich also ein Künstler!« rief Alex mit blitzenden Augen und schleuderte sein Schwert weit von sich. Noch bevor ich fliehen konnte, hatte er mich gepackt und drehte sich mit mir wild im Kreis. Ich sah den Horizont vorübergleiten, die gezackten Gipfel der schimmernden Berge, Marys lachendes Gesicht – und Wahid, der sich vorsichtig vom Ort des Wahnsinns entfernte. Am liebsten wäre ich für alle Ewigkeit so in der Luft geblieben, wie eine Frucht, die niemals reifte und niemals verdarb.

NEUNZEHN

Mary und ich hatten uns auf die vornehmen Sessel im Foyer des Hotels gesetzt, während Alex und Wahid uns an der Rezeption anmeldeten.

»Alex«, rief Mary, nachdem sie sich eine Zigarette angezündet hatte. »Laßt euch nebeneinanderliegende Zimmer geben.«

Beide Männer nickten. Als sie zu uns zurückkehrten, spielte Alex lässig mit einem großen Zimmerschlüssel, und auf seinem Gesicht lag ein fast triumphierendes Lächeln. Wahid hingegen hielt seinen Schlüssel wie ein kleiner Junge umklammert, der einen Frosch gefangen hat und nicht weiß, wie er ihn wieder loswerden soll. Mit großer Kraftanstrengung stand ich aus dem Sessel auf und folgte den anderen zum Fahrstuhl. Als sich die Türen öffneten, stürzte eine Kinderschar heraus, aber ich hörte vor Aufregung keinen Laut. Wir gingen einen schier endlosen Korridor entlang, bis Mary schließlich den Schlüssel aus Wahids Hand nahm und eine Tür öffnete. Alex schloß das Zimmer daneben auf. Ich ging vor ihm durch die Tür und setzte mich schnell auf den Rand des Bettes – mir war vor lauter Nervosität schon ganz übel.

»Mensch, was für ein Badezimmer!« rief Alex, nachdem er sich kurz umgeschaut hatte. »Jetzt wird erst einmal gebadet.«

Ich sprang auf. Erst in diesem Augenblick merkte ich, daß

ich auf einem großen Doppelbett saß. Was hätte ich dafür gegeben, wieder in Haifa zu sein.

»Laß uns baden, und dann müssen wir unbedingt etwas essen. Ich sterbe bald vor Hunger.«

Ich fragte mich, woher er die Energie nahm, schließlich hatte er letzte Nacht schwer gearbeitet und dann den ganzen Tag am Steuer gesessen.

Vom Nachbarzimmer waren die gedämpften Stimmen von Mary und Wahid zu hören.

Plötzlich schwebte ich in der Luft, und sein Lachen prasselte wie Steine auf mein Gesicht nieder. »Komm, wir gehen zusammen baden«, rief er und stieß mit dem Knie die Badezimmertür auf.

»Laß mich los«, flüsterte ich fast flehentlich, und er stellte mich augenblicklich wieder auf den Boden. Seine Augen suchten meinen Blick, aber ich wich ihm aus. Ohne ein Wort zu sagen, ging er hinaus und schloß die Badezimmertür hinter sich. Ich drehte sofort beide Wasserhähne bis zum Anschlag auf, um die bedrückende Stille zu vertreiben. Und während ich in der Badewanne saß, versuchte ich, einen klaren Gedanken zu fassen. Betrachte es als eine Art medizinischen Eingriff, sagte ich zu mir selbst. In diesem Augenblick liebte ich ihn nicht. Ich wollte nur an ihn glauben, wie ein Patient an seinen Arzt glaubt. Nach einer Weile begann ich mich zu fragen, warum er mich nicht drängte, endlich aus dem Bad zu kommen. Vielleicht war er ja gar nicht mehr im Zimmer. Ich hatte ihn behandelt wie ein Tier. Und er hatte nicht einmal versucht, mich zu küssen, als er mich ins Badezimmer getragen hatte. Vielleicht hatte er einfach seine Sachen zusammengepackt und war verschwunden.

Ich zog mir schnell mein Nachthemd über, ohne mich richtig abgetrocknet zu haben, und machte langsam die Tür auf. Er saß in einem Sessel und las in einem russischen Buch. »Du bist ja total verrückt«, sagte er, ging ins Badezimmer und schlug die Tür mit einem lauten Knall hinter sich zu. Ich zitterte – vor Aufregung und vor Kälte – und legte mich schnell ins Bett.

Alex hatte offensichtlich keine Lust mehr zu baden, denn er kam schon nach ein paar Minuten wieder aus dem Badezimmer heraus. Ich zog sofort die Decke bis übers Kinn – aber er schaute nicht einmal in meine Richtung. Aus dem Nebenzimmer war ein schwacher Schrei zu hören, wobei ich nicht hätte sagen können, ob Mary oder Wahid ihn ausgestoßen hatte. Alex setzte sich wieder in den Sessel und schlug sein Buch auf. Soll er doch lesen, und ich werde so tun, als ob ich schlafe, dachte ich bei mir. Aber zu meiner eigenen Überraschung fühlte ich mich gekränkt.

Plötzlich hörte ich ein lautes, geradezu erlösendes Lachen, das das ganze Zimmer erzittern ließ.

»Wie eine Maus!« rief Alex und zeigte mit dem Finger auf mich. Das Buch hatte er auf den Tisch gelegt. »Du guckst unter der Decke hervor wie eine kleine verängstigte Maus.«

Ich wandte das Gesicht ab, damit er nicht sah, daß mich sein Lachen ansteckte. Und als ich zum Fenster schaute, sah ich eine Dattelpalme, deren Wedel im Wind wild hin und her flatterten, als kitzelten verborgene Finger ihre Wurzeln. Die Matratze neben mir senkte sich und ächzte, während ich weiter den Wipfel der Palme beobachtete. Seine rauhen Fingerspitzen berührten meine Stirn, und mein Körper erstarrte. Sie berührten meine Augenlider, und ich schüttelte den Kopf und blickte zur Palme hinaus, die sich erneut dem Wind hingab. Seine Fingerspitzen wanderten weiter zu meinem Mund und dann zu meinem Hals. Einen Moment lang hielten die Palmwedel inne, als wollten sie nach einem wilden Tanz zu Atem kommen, und zwischen ihnen sah ich die hellen Lichter der Sterne. Und er strich mit den Händen über meine Brust, als wehte der Abendwind mit unendlicher Zärtlichkeit über sie hin. Und der Wind und Alex flüsterten leise Worte, aber ich konnte sie nicht verstehen ... Und da war es, als würde mein Körper gespalten, weil etwas viel Stärkeres als der Wind in ihn drang, und Alex' heißer, rhythmischer Atem stieß an meinen Hals. Und dann umfingen seine Hände mein Gesicht und drehten meinen Kopf zu sich. Die Palme verschwand, und anstelle der Sterne sah ich den Sieg in seinen Augen. Seine Brust hob und senkte sich über mir, als wäre der Sturm in ihr gefangen, und er sagte leise: »Ich liebe dich, Huda, Huda.« Und nun lag in seinem Blick nichts Triumphierendes mehr, sondern sanfte Gelöstheit – alle Anspannung war von ihm gewichen. Und der Sieg, den ich in seinen Augen gesehen hatte, war jetzt in mir, in meinem Innern.

Alex lag neben mir, und meine Hand lag in der seinen und meine Finger in seinem Mund, und er saugte an ihnen, als wolle er auch noch den letzten Tropfen Nektar auffangen.

»Bin ich jetzt schwanger?« fragte ich, obwohl es mir gleichgültig war.

»Es war nicht einmal schön für dich«, sagte er leise. »Du bist nicht schwanger. Ich habe aufgepaßt. Aber du bist jetzt keine Jungfrau mehr.«

Und noch immer durchströmte mich das Gefühl des Sieges, und ich schaute ihn an, und alles Bedrohliche war von ihm gewichen. Er schwieg, so als bereue er etwas – aber weshalb hätte er Reue fühlen sollen. Ich berührte seine Schulter mit den Lippen, und er drehte sich zu mir um und entdeckte in meinen Augen, was ich niemals laut hätte sagen können.

»Huda, du bist nicht böse, nein?« fragte er zärtlich und legte den Arm um mich.

»Weshalb sollte ich böse sein? Aber ich bin nicht besonders geübt ...«, sagte ich entschuldigend.

»Das ist nicht wichtig. Wichtig ist, daß man sich lieb hat. Das hast du mir noch nie gesagt.«

»Du hättest es sowieso nicht geglaubt«, lächelte ich ihn an. »Ich liebe dich.«

Sofort zog er den Arm unter mir weg und sprang aus dem Bett. Ich sah, wie er sich auf den Boden hockte und in seinem Koffer kramte, und als er sich wieder aufrichtete, lag das Mundstück der Trompete an seinen Lippen. Er holte tief Luft, so daß sich seine Backen blähten, und ich konnte gerade noch rufen: »Nein, Alex! Nein! Nicht im Hotel! Man wird denken, wir sind verrückt!«

Wobei ich vor allem an Mary und Wahid dachte. Mary würde das Schmettern der Trompete sofort richtig deuten, aber ich wollte, daß sie erst sah und dann hörte. Ich wollte, daß sie meinen Körper ansah, meine Bewegungen, mein Gesicht und begriff, daß ich zur Frau geworden war.

»Bitte, Alex, laß das mit der Trompete.«

Er setzte sich auf den Bettrand und ließ den Blick über meinen nackten Körper wandern.

»Ich wollte dir mit der Trompete sagen, wie sehr ich dich liebe. Laß mich ein bißchen für dich spielen. Sieh nur, wie schön du bist.«

»Nein«, sagte ich heftig und versuchte, nach der Trompete zu greifen.

»Einen einzigen Ton, nur einen, und du wirst sehen, wie deine Brüste tanzen.« Er lachte und legte die Trompete aufs Bett, als plötzlich wild an unsere Zimmertür geklopft wurde.

»Wer ist da?« rief Alex mißtrauisch.

»Macht endlich auf!« flüsterte Mary mit wütender Stimme. »Macht auf, verdammt noch mal.«

Wir zogen uns hastig etwas an, und als ich endlich die Tür öffnete, stürmte Mary mit zerzaustem Haar ins Zimmer. Sie stellte sich barfuß vor den Spiegel und schrie ihn an, als wolle sie ihre schauspielerische Leistung überprüfen. »Dieses Tier! Könnt ihr euch das vorstellen? Dieser Verbrecher!«

»Wieso schreit sie auf arabisch den Spiegel an?« fragte Alex.

»Sie will, daß Wahid sie hört«, sagte ich leise.

Mary deutete im Spiegel auf Alex. »Was grinst er so blöd? Er soll doch entsetzt aussehen«, sagte sie und warf mir einen wütenden Blick zu.

»Alex«, sagte ich gelassen, »mach ein Gesicht, als hätte jemand gerade versucht, Mary umzubringen.«

»Mit ihr ist doch alles in bester Ordnung. Die spinnt offensichtlich ein bißchen. Warum würde sie sonst den Spiegel anschreien.«

»Der ist genauso blöd wie der Trottel nebenan!« stöhnte Mary, und schon fiel ihr Blick auf das blitzende Messing der Trompete. Auf ihrem Gesicht erschien jenes kaum wahrnehmbare Lächeln, vor dem ich mich so gefürchtet hatte. »Mit der Trompete?« fragte sie noch immer auf arabisch. »Ich habe noch nie gehört, daß man es mit einer Trompete macht.«

»Was quasselt sie da?« wollte Alex wissen.

Ich schaute Mary in die Augen. »Mary glaubt, daß du es mit der Trompete gemacht hast«, sagte ich und atmete auf, weil ich den Satz ohne Stottern über die Lippen gebracht hatte.

Er wußte, wie er einen Scherz zu nehmen hatte, und lächelte Mary herausfordernd an. »Huda kann besser spielen als tausend Trompeten«, sagte er, wobei er großzügig übertrieb.

Natürlich glaubte sie ihm nicht, aber das Leuchten in meinen Augen hatte sie offenbar bemerkt. »Huda«, flüsterte sie und umarmte mich. »Huda!« Eine Sekunde später erinnerte sie sich, weshalb sie eigentlich in unser Zimmer gekommen war. Sie warf sich aufs Bett und wickelte sich in die Bettdecke, als wäre ihr kalt.

»Was sollen wir tun, wenn er kommt?« fragte ich.

»Nichts. Steht da und schaut ihn an, als hätte er ein Kind überfahren. Sagt gar nichts.«

»Ich habe Hunger«, sagte Alex, nachdem wir eine Weile gewartet hatten. »Soll ich ihn vielleicht mal rufen?«

»Ist das alles, woran dein Abu-Trompete jetzt denken kann?« zischte Mary.

»Na, hör mal, wir können ja nicht bis zum Morgen hier rumsitzen.«

»Ach so, jetzt hast du es auf einmal eilig. Dein ganzes Leben hast du Däumchen gedreht, und jetzt tut es dir um eine einzige Nacht leid?« Ihre Augen funkelten gierig. »So gut ist er, dein Abu-Trompete?« fragte sie auf arabisch. »Alex«, sagte sie dann mit einschmeichelnder Stimme auf hebräisch. »Huda hat dir doch erklärt, wie wichtig das hier für mich ist. Hab noch ein bißchen Geduld. Nachher gehen wir ins beste Fischrestaurant von ganz Eilath.«

Wenige Augenblicke später klopfte Wahid zaghaft an unsere Tür. Alex öffnete ihm. Wahid schaute kurz zur zitternden Mary hinüber und sank dann wortlos auf einen Sessel, bereit, jeden Urteilsspruch über sich ergehen zu lassen. Aber Mary hatte Erbarmen mit ihm, und in ihrer Stimme lag bereits ein Hauch von Versöhnungsbereitschaft.

»Und was wird deine Mutter dazu sagen?« fragte sie mit überzeugend gespielter Ängstlichkeit.

»Was hat sie denn damit zu tun?« sagte er schon etwas beherzter.

»Sei nicht naiv, Wahid. Für deine Mutter, für alle aus ihrer Generation, zählt einzig und allein die Jungfräulichkeit. Da wird sie ganz genau aufpassen – ich habe mein Leben zerstört.« Mary bedeckte das Gesicht mit den Händen.

»Mary, hör mir zu. Ich werde der Frau nicht erlauben, sich dir zu nähern. Ich werde es nicht erlauben, hörst du? Ich werde jedem eigenhändig die Zunge ausreißen, der es wagt, auch nur ein einziges Wort zu sagen. Du bist meine Frau, Mary.«

»Nein, ich bin nur deine Verlobte. Man wird mich rauswerfen, bevor ich den Traualtar auch nur gesehen habe. Ich hab mich auf dich verlassen, Wahid, und du …«

»Wir fahren nach Hause zurück und heiraten auf der Stelle.«

Ich wußte nicht, für wen ich mehr Mitleid aufbringen sollte. Wahid war das Opfer eines verlogenen Spiels. Aber Mary konnte ich dennoch nicht verurteilen. Was sie tat, tat sie nicht zum Spaß – erst recht nicht aus Bosheit. Und natürlich demütigte sie mit diesem Theater zuallererst sich selbst. Wäre sie eine Jüdin wie Shirley, gehörte sie zu einer anderen gesellschaftlichen Schicht – sie hätte sich einen würdigeren Mann als Wahid suchen können. Geringere als sie saßen an reich gedeckten Tischen, während sie gezwungen war, durch Betrug ein paar Brosamen für sich zu ergattern. Die Meditation, Jehuda Amichai, das gute Hebräisch, das Englisch, das glänzende Abiturzeugnis, das alles nützte ihr nichts. Jetzt blieb ihr nichts, als in einem armseligen Dorf ihre zerbrochenen Träume zu begraben.

ZWANZIG

Auf dem Rückweg nach Haifa war Mary trotz ihres traurigen Gesichtsausdrucks die Ruhe selbst. Wahid benahm sich ganz wie ein großzügiger verständnisvoller Ehemann. Diesmal steuerte er das Auto mit sicherer Hand und hatte entschieden, daß Mary neben ihm sitzen sollte. »Am Montag in zwei Wochen werden wir heiraten , sagte er. »Und noch am selben Tag reisen wir nach Griechenland.«

Mary schwieg.

Ich schämte mich des Hochgefühls, das meinen Körper durchströmte. Alex schaute mich an, und in seinem Blick lag Erschöpfung, aber auch eine tiefe Zufriedenheit. Er setzte die Brille ab und legte den Kopf auf meine Knie. Seine Hand schob sich unter den Saum meines Kleides und lag warm und schwer auf meinem Schenkel. Seine langen Wimpern senkten sich, als er einschlief, und sein Mund öffnete sich ein wenig.

»Du bist eine leidenschaftliche Frau«, hatte er gestern nacht zu mir gesagt, und ich war selbst überrascht gewesen, wie recht er damit hatte – überrascht und glücklich angesichts des unfaßbaren Geschenks, das mir zuteil geworden war.

Noch bevor das Auto vor unserem Haus zum Stehen kam, wußte ich, daß irgend etwas nicht stimmte. Inmitten des von Leben erfüllten, lärmenden Wadi umgab unser Haus immer eine Atmosphäre der Abgeschiedenheit. Seit die jungen Männer von Abu Nachlah das Dach verlassen hatten, tauchte so gut wie nie ein Fremder auf – und nun sah ich gleich mehrere fremde Männer. Einige verließen unser Haus, andere betraten es gerade, und als sie aneinander vorbeigingen, tauschten sie einen ernsten Gruß aus. Ihre Kleidung war feierlich, ihre Gesichter unbewegt. Meine Finger gruben sich in Marys Schulter. »Großvater ist von uns gegangen, Mary«, flüsterte ich entsetzt.

Ich blickte die Straße hinunter, als suchte ich eine Bestätigung für meine schreckliche Vermutung, aber da war alles wie immer: Langsam schoben sich die Autos durch die Menge, Kinder rannten kreischend umher, im Kaffeehaus saßen Männer über die Schesch-Besch-Bretter gebeugt, ein Junge ging mit einem Turm Fladenbrote auf dem Kopf an uns vorbei und über den Dächern wölbte sich der blaue Himmel eines Wintertages.

Mary wurde blaß – ohne etwas zu sagen, stieß sie die Autotür auf und rannte ins Treppenhaus. Wahid sagte, er würde einen Parkplatz suchen, wir sollten schon in die Wohnung gehen, und wir stürzten hinter Mary die Stufen hinauf. Im Haus roch es nach Kaffee und Zigaretten. Die Wohnungstür stand weit offen, und auf dem Flur waren schon die gedämpften Stimmen zu hören. In der Wohnung drängten sich unzählige Menschen, allerdings fast nur Männer. Sogar auf Großvaters Liege hatten einige Platz genommen. Großvater selbst stand zu voller Größe aufgereckt gleich neben dem Fenster. Seine grünen Augen waren auf die Zimmerdecke gerichtet, wohin er auch nachdenklich den Rauch seiner Zigarette blies. Dshamila trat mit einem Tablett voller Kaffeetassen aus der Küche und war einen Moment später zwischen den Gästen verschwunden. Mutter, das konnte nicht sein – mein Herz schien sich zusammenzuziehen, doch schon hörte ich ihre Stimme aus der Küche: »Dshamila, hier steht noch mehr Kaffee.«

Plötzlich verstummten alle. Großvater machte eine unverständliche Handbewegung. »Umm Huda, die Mädchen sind zurück«, rief Dshamila, die mit ihrem großen Tablett plötzlich vor uns stand.

Mutter kam sofort aus der Küche gelaufen – ihre Augen waren gerötet vom Weinen, und sie hatte Trauerkleidung angelegt. Wie schon Großvater, schien sie mir etwas mit den Händen andeuten zu wollen, aber ich verstand sie nicht. Alle Blicke waren mittlerweile auf uns gerichtet, und in ihnen lagen weder Mitgefühl noch Beileid: Welches Unglück hatte uns eigentlich heimgesucht, fragte ich mich verwundert. Es dauerte einen Augenblick, bis mir bewußt wurde, daß die anwesenden Gäste nicht mich, sondern Alex anstarrten. Ich kämpfte mich zu Großvater durch. »Was ist passiert?« fragte ich ihn leise.

»Husam, der Sohn deines Onkels, ist in Beirut gefallen. Die Juden haben ihn umgebracht.« Seine Stimme war trocken und ausdruckslos. »Bring deinen Freund von hier weg. Finde einen Weg, ihn verschwinden zu lassen, bevor noch ein Unglück geschieht.«

»Ihn trifft keine Schuld«, sagte ich trotzig, obwohl ich natürlich wußte, daß Großvater recht hatte.

Ein junger Mann in einem roten Pullover verzog über seiner Kaffeetasse den Mund zu einem verächtlichen Lächeln und beugte sich vor, um seine Zigarette am Feuerzeug seines Nachbarn anzuzünden. »Der Sohn ihres Onkels ist gefallen, und sie ist mit ihrem Juden hier«, sagte er mit haßerfüllter Stimme.

Großvater packte meine Schulter und drehte mein Gesicht fast gewaltsam zu sich. Seine grünen Augen starrten mich an. »Huda«, flüsterte er. Mehr nicht.

Vom anderen Ende des Wohnzimmers hörte ich Alex' Stimme. »Was ist hier los?«

Sein Hebräisch klang in diesem von arabischem Flüstern erfüllten Raum mehr als fremd. Die Männer in seiner Nähe waren von ihm abgerückt. Und in diesem Augenblick trat Wahid in die Wohnungstür und fragte ausgerechnet Alex, was passiert sei.

»Noch einer, der sein Arabisch vergessen hat«, zischte der Mann im roten Pullover.

»Ich weiß nicht«, antwortete Alex, an Wahid gewandt, der einmal in die Runde blickte und in sich zusammensank. Alex hingegen richtete sich auf und verschränkte die Arme vor der Brust, und ich wurde immer besorgter. Er ging einige Schritte zurück, bis er die geöffnete Tür als sicheren Fluchtweg im Rücken hatte.

Der Mann im roten Pullover trat auf ihn zu und baute sich vor ihm auf. »Wie viele werdet ihr noch ermorden, bevor ihr endlich sagt – genug?«

»Ich weiß nicht, wovon du sprichst, und was redest du eigentlich in diesem Ton mit mir«, sagte Alex drohend.

»Adil, laß ihn«, rief jemand aus der Menge.

Aber Adil ließ nicht locker. »Nein. Ich will wissen, ob sie dann erst Ruhe geben werden, wenn sie auch noch den letzten Palästinenser umgebracht haben.«

»Vielleicht sagt ihr mir mal, was eigentlich los ist?« unterbrach ihn Alex.

»Das wollen wir dir nicht verheimlichen«, antwortete Adil. »Ihr habt Hudas Cousin ermordet.«

Alex schaute sich um, als suche er eine Leiche. »Wo?«

»In Beirut.«

»Dann muß er ein Feind gewesen sein, oder? Er wollte töten und mußte damit rechnen, auch selbst getötet zu werden. Mord ist wohl nicht das richtige Wort. Ein Terrorist verdient es, getötet zu werden.«

Ich schloß die Augen, unfähig, mich zu rühren, und wäre beinahe gefallen, als Großvater mich beiseite stieß und auf Alex zustürzte. Zwei andere Männer hatten sich bereits zwischen die beiden Gegner geschoben. Adil fluchte auf arabisch und Alex auf russisch. Großvaters hohe Gestalt trat zwischen Alex und die Menge der Trauergäste. Seine Stimme war ein einziges Donnern: »Schämt euch! Ihr seid gekommen, um zu trauern, und jetzt entweiht ihr dieses Haus. Raus! Raus mit euch!«

»Und der Jude darf bleiben.« Adil spuckte vor Großvater aus.

»Schande, was für eine Schande«, murmelten die Männer immer wieder, während sie langsam zur Wohnungstür hinausdrängten. Ich sank auf einen Stuhl und versuchte, einen aufkommenden Brechreiz zu unterdrücken.

»Wie ist Husam umgekommen?« fragte Wahid.

»Ein Angriff israelischer Fallschirmjäger. Er fuhr in einem Jeep auf der Küstenstraße bei Beirut. Alle im Jeep sind verbrannt.« Großvater verkündete diese Fakten auf hebräisch, als wollte er, daß vor allem Alex sie vernahm.

»Wann habt ihr es erfahren?« Marys Gesicht war verweint.

»Gestern morgen.«

»Wir wollten euch die Reise nicht verderben«, sagte Dshamila und sammelte die Kaffeetassen ein.

»Ihr seid doch sicher hungrig«, sagte Mutter mit beherrschter, ruhiger Stimme, was ihren Kummer um so mehr unterstrich.

Alex ging zu dem kleinen Tisch hinüber, über den ein schwarzes Kopftuch gebreitet war. Mutter hatte darauf Fotos aus unserem Album gelegt: Ein nacktes Baby mit dichtem, lockigem schwarzem Haar, dasselbe Baby mit weit aufgerissenen Augen in einer vollen Badewanne mit glasklarem Wasser, ein kleiner Kopf, der über die Seitenwand eines weißen Kinderwagens lugte.

»Ist er das?« fragte Alex.

Dshamila wischte sich mit dem Handrücken über den Mund. »Ja, das ist Husam.«

»Und was ist das?«

Ich sah, wie Mutter, die an der Wand lehnte, erstarrte.

»Die Fahne Palästinas«, antwortete Dshamila wie beiläufig, aber der Stolz in ihrer Stimme war nicht zu überhören.

»Das ist doch verboten, oder?«

Dshamila nahm das Tablett mit den leeren Tassen. »Man hat seinen Körper in diese Fahne gewickelt und ist mit ihm und dieser Fahne nach Amman gefahren. Und heute begräbt sein Vater ihn mit dieser Fahne.«

Mutter schluchzte auf.

Alex drehte sich zu Großvater um. »Das ist nicht richtig«, sagte er mit strenger Stimme.

Großvater machte ihm ein Zeichen, sich neben ihn auf die Liege zu setzen. Ich atmete erleichtert auf.

»Was ist nicht richtig, mein Sohn?« fragte Großvater.

»Wenn ein junger Mann stirbt, egal wie, dann stirbt er doch nicht für eine Fahne.«

»Husam ist aber für die Fahne Palästinas gestorben!« rief Wahid.

»Wahid«, sagte Großvater und bot ihm eine Zigarette an. »Ich möchte hören, was Hudas Mann zu sagen hat.«

Erst in diesem Augenblick brach ich in Tränen aus. Hudas Mann. Oh, lieber Großvater.

»Nächsten Monat muß ich zum Reservedienst auf den Golan«, sagte Alex. »Ich diene in einer Kampfeinheit. Mir ist kein anderes Land geblieben. Ich habe nicht die Kraft, woanders hinzugehen und noch einmal in einer fremden Sprache herumzustottern. Und hier habe ich Huda gefunden. Ich liebe sie und will sie heiraten, meinetwegen noch heute abend. Jetzt ist dieses Land mein Zuhause. Ich will leben. Wenn ich auf dem Golan eine Kugel abbekomme, dann wird es in meinen Augen ein Unfall sein, so als ob mir im Hafen ein Sack von einem Kran auf den Kopf fällt. Ich will nicht für eine Fahne sterben. Es will mir nicht in den Kopf, daß die Männer, die hier gewesen sind, mich hassen.«

»Du hast gesagt, daß Husam ein Terrorist sei«, sagte Großvater mit einem leisen Vorwurf in der Stimme, »und es deshalb erlaubt sei, ihn zu töten.«

»Natürlich ist es erlaubt«, sagte Alex.

In Mutters Augen loderte abgrundtiefer Haß auf. Sie preßte die Lippen zusammen, als müsse sie einen Aufschrei unterdrücken.

»Wenn man mir sagt, ich soll Khaki anziehen«, sagte Alex, nun an sie gewandt, »und mir eine Waffe gibt und mir sagt, ich soll auf den Golan gehen, dann weiß ich, daß es jedem syrischen Soldaten erlaubt ist, mich zu töten. Ich will aber deswegen nicht, daß die Juden Huda hassen.«

Mutter verlor die Fassung. »Glaubst du etwa, jetzt hassen sie sie nicht?«

»Mutter«, rief Mary, »du redest Blödsinn.«

»Du auch!« schnitt Mutter ihr das Wort ab. »Wisch dir wenigstens diesen roten Dreck vom Mund. Man hat Husam ermordet. Will denn das hier keiner begreifen? Ich werde nicht länger für ihn kochen«, fügte sie auf arabisch hinzu. »Aus meinen Händen wird er kein Essen mehr empfangen.«

Es war, als habe sie auch mich verstoßen und mit einem Bann belegt. Ich wagte nicht, etwas zu sagen. Ich verstand ihren Schmerz – er pochte auch in meinem Innern. Vielleicht sah Mutter sich schon nach Amman reisen, um am Begräbnis ihres Neffen teilzunehmen, und dort neben ihrem Bruder, die sie beide von einer Mutter geboren worden waren, würde man sie nun wie eine Aussätzige behandeln. Adil hatte in ihrem Haus ausgespuckt, bevor er gegangen war. Auch dort würde man sie bespucken, bevor man sie davonjagte.

Ich war ratlos. Seit Wochen hatte ich alle möglichen Fragen zu verdrängen versucht, aber spätestens jetzt wußte ich, daß ich barfuß über ein Dornenfeld würde gehen müssen.

»Großvater«, flüsterte ich.

Mutters gerötete Augen weiteten sich. »Hetz ihn nicht auf!

Den Dreck, den du dir eingebrockt hast, löffelst du selbst aus.«

Ich wagte es nicht, Alex' Namen auszusprechen. »Ist er denn Dreck?«

»Was weiß denn ich, wo er herkommt? Bahidsh hat auf dich gewartet. Auf allen vieren ist er vor dir gekrochen, aber du hast ihn abgewiesen. Wodurch wurde nur deine Seele so verdorben, daß du dir so einen Kerl gesucht hast?«

Nie hätte ich gedacht, daß Schmerz und Trauer einen Menschen so böse machen können. Ich konnte mich nicht mehr beherrschen und fing an zu weinen. In diesem Moment dachte ich daran, wie häßlich ich wohl aussah – jemand, dem die eigene Mutter solche Dinge sagte, mußte sich selbst einfach als häßlich empfinden.

Alex hatte die Worte selbst nicht verstanden, aber sofort ihre Bedeutung erfaßt. »Huda«, sagte er entschlossen. »Komm, wir gehen.«

Großvater legte den Arm um Alex' Schultern. »Nein, mein Sohn«, sagte er ruhig. »Es ist ein großes Unglück geschehen, und wir sind alle erschöpft. Geh und ruh dich ein wenig aus.« Vorsichtig schob er ihn zur Tür. »Wasch dich, ruh dich aus und vergiß das hier alles. Später komme ich zu dir nach oben.«

»Das ist nicht nötig, wirklich«, erwiderte Alex, und sein harter Blick ruhte auf mir. »Ich bin nicht müde. Ich will Huda.«

Mir war, als versänke ich in reglosem, klarem Wasser. Ich will Huda – wie ein trotziges kleines Kind. Es dauerte eine ganze Weile, bis ich bemerkte, daß Dshamila redete. »Geh«, rief sie Alex gerade mit rauher, fast heiserer Stimme zu. »Geh aufs Dach hinauf. Niemand wird dir Huda wegnehmen.«

»Ich brauche meinen Koffer«, sagte Alex zu Wahid. »Er ist noch im Auto.«

»Du bist jetzt still, Frau!« fuhr Großvater Dshamila an, als die Wohnungstür hinter den beiden Männern zufiel, und sie nahm sofort auf einem Stuhl Platz, als hätte er ihr ein Kompliment gemacht. Großvater ging zu seiner Liege zurück. Mutter lehnte noch immer mit bleichem Gesicht an der Wand.

»Und jetzt packen wir also unsere Sachen, brennen das Haus nieder und gehen zu Fuß zur Grenze«, sagte Großvater mit bitterer Stimme, an Mutter gewandt. »Wenn Hudas Mann ein so schrecklicher Feind ist, was haben wir dann noch unter den Juden zu suchen?«

»Mögen ihre Namen ausgelöscht werden! Ein Kind ist er noch gewesen, und sie haben ihn ermordet! Verdammt sollen sie sein!«

»Hudas Mann hat nicht gemordet.«

»Hudas Mann kümmert es nicht, daß man ihn ermordet hat.«

»Hudas Mann ist wie ich.«

»Er ist nicht wie du. Du bist ein Araber.«

»Glaubst du, daß ich damals in dem Dorf, aus dem ich komme, gewußt habe, ob ich Araber oder Inder bin? Man hat mir gesagt, daß ich Araber sei, und ich habe daraufhin gesagt: Nun gut, so bin ich eben Araber. Wenn sie zu mir gesagt hätten, ich sei ein Käfer wie sie, dann hätte ich auch das hingenommen. Hudas Mann ist mir ähnlich. Man hat ihm gesagt, daß er Jude ist – und so soll es sein. Wenn man ihm sagt, er soll gehen und Kinder töten, die andere Kinder töten wollen, dann wird er es tun. Das einzige, was du mit Gewißheit über ihn weißt, ist, daß er deine Tochter liebt und sie zu seiner Frau machen will – o weh, was für ein grausames Verbrechen!« Er rollte mit den Augen, und ich wußte nicht, ob seine Worte ernst gemeint waren oder ob er sich über uns alle nur lustig machte.

»Wie wird man mich anschauen, wenn ich für einen Juden koche, nachdem Husam den Märtyrertod gestorben ist?«

Es klopfte, und in der Tür erschien Abu Nachlah, wie immer

elegant gekleidet, mit dem roten Fes auf dem Kopf. Die Trauer in seinem Gesicht schien nicht gespielt und Dshamila starrte ihn ohne jede Scham mit offenem Mund an.

Abu Nachlah räusperte sich und fuhr sich mit einem großen weißen Taschentuch über die Stirn. Dann richtete er den Blick demutsvoll auf Mutter. »Wir haben es vernommen, Umm Huda«, begann er in der Mehrzahl zu sprechen, als wäre er im Namen des ganzen Wadi erschienen. Er hielt kurz inne und nahm seinen Fes ab, bevor er mit mächtiger Stimme fortfuhr: »Er war ein Christ, und ich möchte euch sagen, daß ihm als Märtyrer Allahs das Paradies offensteht. Wie sein Name, so ist auch er – Chasim – ein Mensch, dessen Entschluß feststeht und der seinen Weg klar vor sich sieht. Chasim!«

»Husam«, korrigierte Mutter ihn beschämt mit leiser Stimme.

»Husam!« Abu Nachlah schien einen Augenblick verwirrt, bevor er sich mit geradezu begeisterter Stimme auf den neuen Namen stürzte – noch eine Sekunde, und er würde sich auf die Knie niederwerfen. »Umm Huda, ein feines Gespür hat er gehabt, dein Bruder. Oft hat man ihm nachgesagt, daß er sich vor dem Königshof in Jordanien verbeuge, und hier nun gab er seinem Sohn einen so edlen, bedeutungsschweren Namen: Schwert! Während wir hier im Dreck herumkrochen, hat er ein solches Schwert geschärft. Warum trauerst du, Umm Huda?«

»Er war doch noch ein Kind, und man hat ihn getötet.«

Abu Nachlah setzte seinen Fes wieder auf den Kopf und erhob sich. »Er ist Husam. Ein Schwert kann man nicht töten. In der uns aus alter Zeit überlieferten Deutung steht geschrieben: Ein zerbrochenes Schwert ist eine Quelle des Stolzes, ein Zeugnis des Heldentums des unermüdlich Kämpfenden. Für deinen armen Bruder sollst du Mitleid empfinden, nicht aber für das Schwert Allahs.«

»Auch für ihn empfinde ich Mitleid«, sagte Mutter gehorsam.

Abu Nachlah nahm mit ehrfürchtigem Gesichtsausdruck Platz, wie es sich für jemanden gehörte, der einem Toten zum Angedenken gesprochen hatte. Nun richtete er den Blick auf Dshamila. Zuerst verstand sie nicht, aber dann schien sie wie aus einem Traum zu erwachen und eilte in die Küche, um ihm Kaffee zu bringen.

»Jetzt seid ihr bedeutende Leute«, sagte Abu Nachlah, nun an Großvater gewandt.

Großvater schüttelte den Kopf. »Wir sind geblieben, was wir waren – die Seele eines Armen im Körper eines Armen.«

»Nein, jetzt nicht mehr«, sagte Abu Nachlah zu Mutter. »Nicht, nachdem ihr in den Besitz eines solchen Schatzes gekommen seid.«

Mutter war verwirrt. »Eines Schatzes?«

»Ein solcher Kämpfer, der einen solchen Tod stirbt, ist ein Schatz, Umm Huda. Die palästinensische Revolution hat ihre Schwingen ausgebreitet. Jasser Arafat tritt vor den Vereinten Nationen auf, und die versammelten Staatsoberhäupter erheben sich von ihren Plätzen. Ehre und Herrschaft, Umm Huda, Ehre und Herrschaft... Dshamila hat den Kaffee verschüttet.«

Mutter zuckte zusammen und ging in die Küche, um nachzusehen, was dort vor sich ging.

»Ehre und Herrschaft«, wiederholte Abu Nachlah, »und Ehre und Respekt für die Familien der Gefallenen. Und Geld«, fügte er hinzu.

»Geld?« fragte Mutter erstaunt, die mit einer Kaffeetasse aus der Küche zurückgekehrt war.

»Was denkst du«, sagte er fast liebevoll. »Tausende Todgeweihter schmachten in den Gefängnissen der Juden. Und dazu Tausende Verwundeter, von denen viele für immer Invaliden bleiben werden. Hunderte, viele hundert Märtyrer haben ihr

Leben geopfert. Aber ich frage euch: Habt ihr von hungernden Familien gehört? Ist in irgendeinem Haus das Licht erloschen, weil sich kein Geld gefunden hat, um den Strom zu bezahlen? Die palästinensische Revolution gibt mit großzügiger Hand und läßt keine Witwe, keine Waise im Stich.«

»Du denkst in dieser Stunde an Geld?«

»Nicht an Geld, Umm Huda, sondern an die Ehre und das tägliche Stück Brot. Die Männer sitzen in den Gefängnissen – wer wird da die Kinder ernähren? Müßten nicht die Töchter ihre Körper verkaufen, um ihre Familien vor dem Hunger zu bewahren? Die Revolution jedoch beschützt die Ehre Palästinas. Und das bedeutet Geld.« Er nahm die kleine Kaffeetasse wie ein Priester, der eine Opfergabe entgegennimmt.

»Mein armer Bruder«, sagte Mutter langsam, »er denkt nicht an Geld. Er hat einen Sohn verloren.«

»Er braucht nicht daran zu denken, denn er hat genug. Aber du solltest daran denken. Du solltest nicht länger in dieser Ruine wohnen. Für die Tante eines Märtyrers ist es eine Schande, sich in so einem Loch zu verstecken.«

»Solches Geld brauchen wir nicht«, entfuhr es Mary.

Abu Nachlah tat so, als hätte er sie erst in diesem Augenblick bemerkt. »Du gewiß nicht. Nachdem du das Leben meines Sohnes zerstört hast, hast du dir einen schönen goldenen Käfig gesucht. Und was ist das für Rot auf deinen Lippen? Ist das hier ein Freudenfest oder eine Trauerfeier? Schäm dich, Mädchen. Du hast dir doch schon einen geangelt, der bereit ist, jeden Makel in Kauf zu nehmen. Warum willst du noch anderen den Kopf verdrehen?«

»Abu Nachlah!« Großvater schlug mit der Faust auf den großen Tisch. Entsetzt schaute ich zur Tür und fragte mich, wohin Wahid verschwunden sein mochte, nachdem er mit Alex zusammen die Wohnung verlassen hatte. Vielleicht waren sie gemeinsam aufs Dach hinaufgegangen.

»Ägypter«, sagte Abu Nachlah und lächelte Großvater gutgelaunt zu. »Ich bin nicht gekommen, um irgend jemanden zu verletzen oder Streit anzufangen. Noch immer fühle ich den Schmerz in mir. Trotz allem wäre ich bereit gewesen, deine Enkelin auf Händen zu tragen. Jetzt ist Suheer dem Untergang geweiht. Was hast du nur für Frauen herangezogen, Ägypter.«

»Was willst du?« fragte Großvater scharf.

Abu Nachlah neigte den Kopf. »Ich bin gekommen, um mein Beileid auszusprechen. Und ich wollte dir sagen, daß der Jude, der beinahe meinen Sohn unter die Erde gebracht hätte, mir euretwegen das Blut aussaugt.«

»Dein Sohn hat ihn ebenfalls zur Ader gelassen.«

Abu Nachlah klopfte auf seinen Fes und erhob sich. »Nicht übel, wirklich, nicht übel. Ihr habt euch für jeden nur erdenklichen Kummer entschieden. Auf der einen Seite ein Märtyrer, der für Palästina gefallen ist, und auf der anderen Seite ein Jude als Schwiegersohn. Was bleibt einem Menschen in einem verrückten Land wie diesem noch zu wünschen übrig? Friede sei mit dir, Umm Huda –« Auf der Türschwelle zögerte er einen Moment. »Oder trägt deine Tochter vielleicht bereits einen jüdischen Namen?«

EINUNDZWANZIG

Mutter fastete, und Dshamila übernahm das Regiment in der Küche. Großvater knirschte mit den Zähnen, aber er mußte die Anwesenheit der geschwatzigen Alten erdulden. Als ich am nächsten Tag von der Arbeit nach Hause kam, stellte ich zwei Teller mit den Speisen, die Dshamila zubereitet hatte, auf ein Tablett und stieg zum Dach hinauf. Alex saß schweigend auf seinem Stuhl.

»Ich bin hungrig«, sagte ich zu ihm. »Komm, laß uns essen.«

Alex hob eine Ecke der Serviette, die ich über das Tablett gelegt hatte. »Das Fladenbrot ist ja weiß«, sagte er mit sarkastischem Tonfall. »Ich rühre kein Brot an, in dem nicht das Blut eines Christen ist.«

»Alex, spiel nicht verrückt. Auch ich werde vielleicht eine Jüdin sein, und zwar nicht weniger, als du ein Jude bist.«

»Weil du eine Träumerin bist.«

Er ging ohne Abendbrot zur Arbeit im Hafen, und als ich in die Wohnung zurückkehrte, saß Mutter am Fenster, das Kinn in die Hand gestützt. Sie hatte den ganzen Abend geschwiegen und uns allen nun auch noch den Rücken zugewandt.

Dshamila war beleidigt. »Mein Essen ist dem Herrn wohl nicht gut genug?«

»Nach allem, was gestern geschehen ist...«, sagte Großvater leise, und sein durchdringender Blick ruhte auf Mutters abweisendem Rücken.

Mutter schlug sich laut auf den Schenkel. »Wollt ihr vielleicht, daß ich vor ihm auf die Knie falle und ihn um Verzeihung bitte? Laßt mich in Ruhe«, sagte sie zornig.

»Alle Juden sind nachtragend«, sagte Dshamila. »Bis zum Grab vergeben sie dir nicht – nicht einmal die allerkleinste Kleinigkeit.«

Mary kam in ihrem blauen Kittel ins Wohnzimmer gestolpert. Ihre Beine hatte sie mit Wachs bestrichen und dann mit den Streifen eines alten Lakens umwickelt. »Mutter!« rief sie nun völlig unbekümmert, als habe sie vergessen, daß unsere Familie trauerte. »Ich finde die Schere nicht.«

»Laß mich in Ruhe, Kind«, sagte Mutter mit müder Stimme, aber als sie zu Mary hinüberschaute, erwachte sie zu neuem Leben.

»Was ist denn das?« fragte sie entsetzt.

»Ich entferne die Haare von meinen Beinen.«

»Ketzerin! Gestern erst wurde der Sohn deines Onkels zu Grabe getragen!«

»Aber deshalb brauche ich mir doch kein Fell wachsen zu lassen.«

Mutter stand mit angewidertem Gesichtsausdruck auf.

»Jetzt denkst du an deine Beine, Verfluchte?«

»Mary«, sagte Großvater leise, »du mußt auf den Kummer deiner Mutter Rücksicht nehmen.«

»Ja, auf den Kummer deiner Mutter!« Mutter wiederholte seine Worte mit schriller Stimme. »Und ihr? Habt ihr nicht einmal eine einzige Träne übrig für den Jungen, den man ermordet hat?«

»Eine Träne.» Mary starrte sie wütend an. »Ja. Wenn du willst, dann bin ich bereit, dir eine ganze Schüssel voller Tränen zu bringen – die kannst du ja nach Amman schicken. Rücksicht? Auf wen? Du warst eine Witwe, und Großvater hat sich für ein Stück Brot den Rücken krumm gearbeitet. Selbst im kalten Regen haben wir zerrissene Sandalen an den

Füßen getragen. Und wir waren sogar froh, wenn es einmal geregnet hat: Dann konnten wir in der Nacht unser einziges Kleid waschen – und den anderen erzählen, daß das Kleid vom Regen durchnäßt worden sei. Wollte damals auch nur irgendein Mensch etwas von uns wissen?«

Sie lief zu dem kleinen Tisch, griff nach den Fotos und wirbelte sie wild durcheinander, als wären sie einfache Spielkarten.

»Wehe dir, du hast die Fotos des Märtyrers entweiht!« schrie Mutter.

Marys tiefe Stimme bebte. »Er ist den Tod eines Märtyrers gestorben, und wir haben das Leben von Märtyrern gelebt – in tiefster Armut. Willst du, daß das so weitergeht, Mutter? Du hast Alex weggejagt, vielleicht sollten wir auch noch Wahid vor die Tür setzen?«

»Du bist ja so böse, so abgrundtief böse!« rief Mutter und drehte sich empört zu Großvater um. »Vielleicht sagst du dieser Hure mal ein paar Takte!«

Mary war außer sich vor Wut. Mit beiden Händen packte sie Dshamila von hinten an den Schultern und schüttelte sie mit aller Kraft. »Mutter, sieh sie dir an. Sieh sie dir genau an!«

Dshamila starrte uns mit weit aufgerissenen Augen an, bevor sie Marys Hände abschüttelte. »Bist du denn von Sinnen, Kind?« rief sie erschrocken.

»Mutter«, sagte Mary, »in dreißig Jahren wird Huda genauso aussehen.«

Dshamila war natürlich verletzt. Großvater schaute verlegen zu ihr hinüber und bat sie mit einem etwas schiefen Lächeln um Verzeihung.

»Ich will nicht mehr mit dir sprechen, Mary«, sagte Mutter mit eisiger Stimme und verschwand in ihrem kleinen Zimmer.

Auch mit mir sprach sie nicht, und mit jedem Tag, der verstrich, fühlte ich mich immer mehr als Ausgestoßene. Als sie wieder die Arbeit in der Küche aufnahm, beschloß ich, das von ihr zubereitete Essen nicht einmal anzurühren. Ich stand nun morgens in aller Frühe auf, um Fladenbrot und Käse für Alex zu kaufen, und manchmal kochte ich abends auf dem kleinen Gaskocher. Nachdem wir zwei Wochen mehr schlecht als recht das gemeinsame Leben erprobt hatten, nahm Alex eines Abends plötzlich meine Hände und zog mich neben sich aufs Bett.

»Wir werden sofort heiraten, Huda«, sagte er mit ernster Stimme.

Ich ging kurz darauf hinunter in unsere Wohnung und setzte mich neben Großvater auf die Liege. »Wenn du nein sagst, dann lasse ich ein für allemal die Finger davon«, sagte ich und wartete einen Moment. »Aber Alex will jetzt so schnell wie möglich heiraten.«

»Bestimmt hat er das Zeug satt, das du da oben anbrennen läßt«, sagte Großvater liebevoll spöttelnd.

»Ich habe nicht die Kraft, gleichzeitig gegen die Juden und die Araber, gegen seine Mutter und meine Mutter zu kämpfen. Ich habe nicht die Kraft, Großvater. Ich bin nicht Mary.«

Mutter stand schweigend daneben, und Großvater ließ sie nicht aus den Augen. »Dann werde ich also jüdische und arabische Urenkel haben«, sagte er langsam, als versuche er, sich vorzustellen, was uns allen die Zukunft wohl bringen mochte. »So sehr habe ich mir einen Enkel von dir gewünscht – noch vor Mary.«

»Ich werde mir Mühe geben, Großvater.» Aber ich wußte ja von Marys Zustand – diesen Wunsch würde ich ihm unmöglich erfüllen können.

Am nächsten Tag erkundigte ich mich bei Adina, wie der Übertritt zum Judentum vor sich gehe.

»Ist es denn noch immer ernst?« fragte sie ungläubig.

»Wir wollen so schnell wie möglich heiraten.«

»Boaz«, rief sie lachend, »Huda will wissen, wie man zum Judentum übertritt.«

»Dann fang mal an, es ihr zu erklären«, antwortete er und stand schmunzelnd in der Tür seines Büros.

Am Abend erzählte ich Alex, daß er nicht mehr von einer raschen Hochzeit zu träumen brauchte – es könnte noch Jahre dauern, bis ich Jüdin werden konnte. Es würde endlose Gespräche geben und endlose Unterrichtsstunden in jüdischer Religion, endlose Befragungen...

»Was soll das heißen – Befragungen?« Mein armer russischer Jude hatte offenbar nur Ohren für das Wort »Befragungen«.

»Zum Beispiel, warum ich überhaupt eine Jüdin werden möchte. Man wird sagen, daß ich nur deshalb übertrete, um mir einen Juden zu angeln.«

»Das stimmt doch, oder?«

»Ja, schon, aber ich fürchte, das ist nicht Grund genug. Ich darf auf keinen Fall sagen, daß ich nur deshalb übertreten will.«

Aber sein Mißtrauen war geweckt. »Das hat doch alles mit deinem Cousin zu tun. Du bist gekommen, um dich von mir zu verabschieden.«

»Nein, Alex. Glaub mir – ich versuche dir doch nur zu erklären, daß es lange dauern kann.«

»Dann kürzen wir die ganze Sache ab – du buchst für uns eine Reise nach Zypern, und dann heiraten wir dort.« Er sah mich prüfend an. »Es sei denn, du suchst einen Weg, um vor mir wegzulaufen...«

»Deinetwegen habe ich mich schließlich mit meiner Mutter zerstritten – und ich lebe praktisch schon bei dir hier auf dem Dach...«

Seine Lippen suchten die meinen. Leise fragte er: »Und was jetzt?«

Ich wußte, was er meinte, aber ich tat so, als hätte ich ihn nicht verstanden. »Wir machen einfach so weiter... Großvater... sagt allerdings... daß ich dir wohl... schreckliches...

Zeug… koche…« Meine Worte wurden verschluckt, denn seine Zunge tanzte in meinem Mund und seine Hände über meinen Körper, und er sprach in meinen Mund hinein: »Wir reden und reden darüber, und ich kann schon an nichts anderes mehr denken, Huda…« Er kannte meinen Körper inzwischen und hatte gelernt, wie er ihn zum Klingen bringen konnte, vielleicht auch, weil mein Körper gelernt hatte, ihm zu antworten, ihn zu begehren, ihn sehnsüchtig zu erwarten.

Unten bedeutete Großvater mir, mich zu setzen. Mutter trug noch immer Trauer, allerdings hatte sie sich schon zu einem dunkelblauen Kleid durchgerungen. Ich verstand diese Geste der Versöhnung sofort und war erleichtert. Großvater wartete darauf, daß eine von uns den ersten Schritt machte, aber ich wußte nicht, wo ich anfangen sollte, und Mutter war immer noch in ihrem Stolz gefangen. Dabei wollte ich gar keine Entschuldigung von ihr hören – ein Lächeln hätte mir genügt.

Währenddessen schaute Mary mich neugierig an. »Schäm dich«, sagte sie schließlich mit einem wissenden Lächeln.

»Wofür?« Ich spürte, wie ich errötete.

»Schau dir deine Augen an, dein Gesicht, deine Lippen. So ein Strahlen, so ein Leuchten – Schmach und Schande über dich!«

»Sie ist schöner geworden«, sagte Großvater, ohne Marys Anspielung zu verstehen.

»Nur noch Haut und Knochen ist sie«, sagte Mutter, und in ihrer Stimme schwang die alte Fürsorglichkeit mit.

»Das ist die Liebe«, sagte Mary triumphierend.

»Schäm dich, Mary«, schimpfte Mutter.

»Wofür? Daß sie geliebt wird? Daß sie selbst liebt?«

»Du bist ja richtig neidisch«, sagte Großvater und strich Mary zärtlich über die Wange.

»Ein bißchen schon«, gab Mary zu.

»Du hast es doch nun wirklich gut getroffen«, spöttelte

Mutter und wandte sich dann an mich. »Dann wirst du also eine Jüdin sein«, sagte sie und blickte mich mit ihren ernsten, traurigen Augen an.

Als wechselte ich in eine Welt über, die mich für immer von der ihren abschneiden würde – mein Herz krampfte sich zusammen. »Du wirst immer meine Mutter bleiben«, sagte ich, ohne meine aufgewühlten Gefühle zu verbergen. »Alex' Mutter ist nicht wie Marys Schwiegermutter – sie ist viel, viel schlimmer, sie ist wie ein Hai. Vor ihr fürchte ich mich, dich aber habe ich sehr lieb.«

»Hörst du das? Ja?« rief Großvater, glücklich über meine offenen Worte.

»Und wenn man von dir verlangt, deine Familie zu verstoßen? Huda, sag mir die Wahrheit.«

»Ich bin nicht bereit, einen solchen Preis zu bezahlen. Solange ich zurückdenken kann, habe ich keinen Vater gehabt, und die schrecklichste Vorstellung war für mich immer, daß ich eines Morgens aufwache und ihr beide, Großvater und du, verschwunden seid – diese Angst hat mich niemals losgelassen. Und vielleicht muß ich auch gar nicht zum Judentum übertreten. Vielleicht heiraten wir einfach in Zypern.«

»In einer Woche ist Marys Hochzeit. Wird Alex kommen?«

»Weshalb sollte er nicht kommen? Sogar über das Geschenk hat er schon mit mir gesprochen. Er mag Mary und Wahid.«

»Ich bin die einzige, die er haßt.«

»Mutter, er hat Dshamilas Essen nicht angerührt, obwohl ihm fast die Augen übergegangen sind. Deine Worte haben ihm sehr weh getan, aber er selbst hat kein einziges böses Wort über dich gesagt. Er läßt sich nichts gefallen – aber glaub mir, er ist unfähig zu hassen. Und ich bin mir sicher, daß er Großvater vermißt.«

»Sag ihm, daß er zu uns herunterkommen soll, jetzt gleich«, sagte Großvater.

Aber ich rührte mich nicht von der Stelle. Mutter selbst sollte mich bitten, ihn zu holen. Plötzlich fiel mir wieder etwas ein. »Er muß ab Sonntag zum Reservedienst. Ich weiß nicht, ob man ihm erlauben wird, zu Marys Hochzeit zu kommen.«

»Er muß«, sagte Mutter entschieden. »Was sollen denn sonst die Leute sagen?«

Ich lachte. Diese Worte bedeuteten unsere Aussöhnung. »Ach, Mutter, alles ist wie auf den Kopf gestellt. Vor kurzem hättest du dir noch Sorgen gemacht, was die Leute sagen werden, wenn ich so einen mitbringe.«

»Die Leute wären voller Schadenfreude – sie würden überall herumerzählen, Alex hätte dich weggejagt. Aber diese Genugtuung sollen sie nicht haben. Er muß sich unbedingt beurlauben lassen, hörst du, Huda?«

»Wir quasseln und quasseln, während er einsam und allein oben in seinem Zimmer sitzt«, sagte Großvater ungeduldig. »Geh endlich hinauf und sag deinem Bräutigam, daß wir hier alle auf ihn warten.«

ZWEIUNDZWANZIG

Erst nachdem ich bereits eine ganze Weile damit beschäftigt war, Alex' Uniform zu bügeln, wurde mir bewußt, was ich da tat. Viele israelische Männer hatten in einer solchen Uniform Araber getötet. Mit mechanischen Bewegungen setzte ich meine Arbeit fort, und meine Finger zogen den Stoff vor dem Dampf des Bügeleisens glatt, während mir der stumpfe Geruch des feuchten warmen Stoffes in die Nase stieg. Und andererseits würde diese Uniform, sobald Alex sie auf dem Körper trug, ein willkommenes Ziel für jeden arabischen Soldaten oder palästinensischen Freiheitskämpfer sein.

Am letzten Abend vor dem Reservedienst ging er nicht in den Hafen. Er lag auf dem Bett und spielte leise auf seiner Trompete. Regen und Hagel klatschten auf die Dachziegel, und der Wind rüttelte an dem wackligen alten Fensterrahmen und der ächzenden Tür. Die dämmrige Wärme des Zimmers gab mir ein Gefühl der Geborgenheit, aber zugleich schien es, als könnte der draußen tobende Sturm jeden Augenblick auch über uns hier drinnen hereinbrechen. Ich stellte mir durch die Luft wirbelnde Bücher vor, Tische, Stühle, Tassen, Teller, die in wildem Tanz über die Dächer getragen wurden.

»Was macht man eigentlich bei so einem Sturm auf dem Golan?« fragte ich laut, damit meine Stimme den prasselnden Hagel und das Lied der Trompete übertönte.

»Nicht viel.«

»Ich will wissen, was du dort genau machst.«

Alex ließ die Trompete sinken und schaute mich verwundert an. Natürlich war jedem israelischen Soldaten verboten, Geheimnisse auszuplaudern – erst recht, wenn eine Araberin die Frage stellte. So jedenfalls interpretierte ich seine nichtssagende Antwort, die er mir ziemlich lustlos hinwarf. »Ich kann ja nicht einmal erkennen, ob ich mit meinem Granatwerfer treffe. Alles geht nach Zahlen und Winkeln und Entfernungen, und es stinkt und ist laut. Bist du jetzt zufrieden?«

»Ich hab ja nur gefragt«, sagte ich.

Sein Blick wurde hart. »Du fragst mich, was ich dort mache, aber wovor hast du eigentlich mehr Angst – daß ich für die Araber gefährlich bin oder die Araber für mich?« sagte er mißtrauisch.

»Beides. Ich will nicht, daß du getroffen wirst, aber ich will auch nicht, daß du jemanden triffst.«

»Ach, komm schon her.«

Ich ging zu ihm und legte den Kopf auf seine Brust. Sein Körper war warm und verscheuchte das kalte Geheule des Windes.

»Auf einmal denke ich an ein Kind«, sagte er. »Aber ich habe noch nicht einmal einen Beruf und kein richtiges Zuhause. Ich habe die Jahre einfach so verstreichen lassen.«

»Wir werden all das haben, was du dir wünschst – unser Leben fängt ja erst an.«

Viele Male hatte ich die Trompete gehört, deren Spiel tief in meine Seele drang und sie mit Trauer erfüllte. Aber heute hörte ich zum ersten Mal diese Trauer auch in seiner Stimme. In seinem Gesicht lag ein seltsamer, fast träumerischer Ausdruck.

»Rufst du mich an?« Wie merkwürdig diese Frage klingen mußte. Eine Araberin aus dem Wadi benahm sich wie ihre jüdischen Freundinnen im Reisebüro – und wartete darauf, von einem israelischen Soldaten Nachricht zu bekommen.

Aber schließlich war alles seltsam und verdreht, seit ich Alex kannte.

»Natürlich rufe ich dich an. Ich werde ja auch Urlaub bekommen. Sag Wahid, daß wir mal in seinem Auto einen Ausflug machen. Er kann ja Mary mitbringen.«

»Drei Araber sollen auf dem Golan eine Einheit der israelischen Artillerie besuchen?«

»Stimmt, das geht wohl nicht«, sagte er. »Das hab ich völlig vergessen. Ich bin wirklich ein Idiot. Einen Moment lang hab ich mich so gefreut, daß auch ich eine Familie habe, die mich besuchen kommt, so wie die anderen Soldaten.«

»Die Situation ist idiotisch, nicht du.«

Mit einer sanften Bewegung stieß er mich zur Tür. »Es hat für einen Augenblick aufgehört zu regnen. Schnell, lauf runter«, sagte er und küßte mich auf den Mund.

Mary war noch wach, als ich in unser Zimmer kam. »Was machst du denn hier unten?« wunderte sie sich. »Ich dachte, du würdest die letzte Nacht bei ihm verbringen.«

»Es ist wegen Mutter und Großvater.« In Wirklichkeit schämte ich mich jedoch, ihr zu sagen, daß er mich nicht gebeten hatte, bis zum nächsten Morgen bei ihm zu bleiben. »Er wird auf dem Golan erfrieren«, sagte ich. »Dort schneit es, und sie sind die ganze Zeit draußen.«

»Ich bin froh, daß meine Kinder nicht zur Armee müssen.«

Ich fragte mich, woher sie das so genau wissen wollte. Wer hatte sich damals, als sie und ich geboren wurden, vorstellen können, daß Palästinenser Waffen tragen und auf Paraden marschieren, daß sie in der Nähe von Beirut den Tod finden würden? Als Husam noch zur Schule ging, schien er ein langes Leben vor sich zu haben.

»In ein paar Tagen muß ich euch auf immer verlassen«, sagte Mary.

Der Gedanke traf mich wie ein Schlag. Ein Lebensabschnitt

ging zu Ende. Ich würde mit Mutter und Großvater allein zurückbleiben. Mein Herz sehnte sich schon jetzt nach Alex, der mich aus einer schrecklichen Einsamkeit erlöst hatte. »Ein Jammer, daß du heiratest, bevor Alex zurückkommt. Ich werde hier vor Einsamkeit wohl verrückt werden.«

Sie klopfte sich zärtlich auf den Bauch. »Das Kind hier drin wartet nicht auf das Ende irgendeines Reservedienstes. Es wächst und wächst – und hat seine eigene, präzis arbeitende Uhr. Du kannst doch einfach mit uns nach Griechenland fahren. Das wäre toll! Das Dach oben wird sowieso leer sein.«

Gerade deshalb werde ich bleiben, dachte ich. Ich werde meine Bücher nach oben bringen. Die tiefe Ruhe auf dem Dach war genau das Richtige für Amichais Gedichte.

»Was ist denn im Wohnzimmer los?« fragte Mary.

Von dort drangen gedämpfte Stimmen zu uns. Wir hörten Schritte und das Klirren von Tassen.

»Ich werde mal nachsehen«, sagte ich und stand auf.

»Stör sie nicht«, antwortete Mary und lachte.

Großvater hatte sich auf seiner Liege ausgestreckt, und Mutter stand über ihn gebeugt. Ich dachte an Marys Worte und hätte beinahe die Tür leise wieder geschlossen, aber dann sah ich im Licht, das von der Küche ins Wohnzimmer fiel, daß Mutter eine Kompresse auf Großvaters Stirn legte.

»Ist er krank?« fragte ich.

Mutter fuhr zusammen. »Schläfst du denn noch nicht?«

»Geht schlafen, alle«, sagte Großvater und setzte sich auf, so daß ihm die Kompresse in den Schoß fiel. Mutter hob sie auf und hielt sie ihm mit beiden Händen an die Stirn.

»Leg dich hin«, sagte sie und drückte leicht gegen seine Schulter. Er gehorchte.

»Was ist mit ihm?« fragte ich. Mary stand inzwischen hinter mir. Ich war beunruhigt. Seit meiner Kindheit war Großvater nie krank gewesen. Ich trat neben seine Liege. »Er hat bestimmt hohes Fieber«, sagte ich zu Mutter. »Er ist ja gar nicht richtig bei sich.«

»Ja, ja«, sagte Mutter hastig. Erst in diesem Augenblick sah ich, daß sein Gesicht schmerzverzerrt war – als wäre eine Hand gewaltsam darübergefahren und hätte den weichen Zügen eine völlig andere Form gegeben.

»Geht in euer Zimmer! Geht schon!« sagte uns Mutter. »Ihr haltet ihn nur vom Schlafen ab.«

Mary zog mich in unser Zimmer. Verstand sie denn nicht, wie ernst die Sache war?

»Geht! Geht schon!« sagte Mutter noch einmal.

»Was ist bloß los mit ihm?« stotterte ich aufgeregt.

»Er ist alt, Huda, sehr alt. Wir lieben ihn und wollen natürlich...«

Ich packte sie an den Schultern. »Mary, was ist mit ihm?«

Sie zog mich neben sich auf ihr Bett. »Huda, Großvater hat niemals an die Ewigkeit geglaubt, und er hat immer alle ausgelacht, die ihren Haß und ihre Liebe und ihre Moral gepflegt haben, als würden sie ewig leben.«

Mir stockte der Atem. »Wie kommt es, daß du davon weißt, während ich wie ein ahnungsloses Schaf durch die Wohnung spaziere?«

»Ich habe es zufällig mitbekommen, und ich mußte ihnen schwören, dir nichts zu erzählen.«

»Noch eine, die ihren Schwüren treu ist!«

Sie legte die Hand auf mein Knie. »Sagen wir, sie haben mich überzeugt.«

»Daß ich ein Kind bin? Daß ich nichts wissen darf?«

»Du warst selbst immer wie krank – erinnere dich an die schrecklichen Schmerzen in deinem Rücken, deine Einsamkeit. Deine Krankheit war eine andere als Großvaters – wir haben sie nicht verstanden, oder vielleicht haben wir sie ja verstanden, uns aber vor ihr gefürchtet.«

»Für euch war ich also einfach eine Kranke.«

Sie nickte langsam, und in ihren Augen blitzte Großvaters schelmisches Lächeln. »Gelobt sei Doktor Alex und gesegnet seine Klinik auf dem Dach. Er ist ein Heiliger, der wahre Wunder vollbringt.« Plötzlich warf sie mich der Länge nach aufs Bett. Sie bedeckte mein Gesicht mit Küssen, während ihr Haar mir zärtlich über die Schläfen strich. »Huda, ich liebe dich. Ich liebe, liebe, liebe dich. Schade, daß wir Schwestern sind und nicht Mann und Frau.« Sie entbößte ihre schönen weißen Zähne, klein wie Perlen. »Ich würde dich auffressen!« knurrte sie und ließ sich auf den Rücken fallen. »Ach, Huda«, sagte sie plötzlich traurig. »Wir werden zwei einander fremden Familien angehören, Familien, die sich feindlich gegenüberstehen – eine jüdische Familie und eine arabische Familie...«

Ich erschrak. »Was redest du da?«

Mary setzte sich auf und fuhr sich mit den Fingern über die Mundwinkel, und dann beschwor sie mit tiefer, beinahe heiserer Stimme den ägyptischen Staatspräsidenten Sadat: »No more war. Peace.«

In dieser Nacht schliefen wir beide in ihrem Bett. Ich hörte angestrengt auf die Geräusche vom Dach und vom Wohnzimmer, aber bald wurde ich von einem kurzen traumlosen Schlaf erlöst. Als es dämmerte, stand ich leise auf. Ich blieb einen Augenblick im Wohnzimmer stehen und sah, daß Großvater zusammengerollt unter einer leichten Decke schlief. Dann stieg ich langsam die Treppe zum Dach hinauf und kochte uns einen starken süßen Tee, bevor ich Alex weckte.

In seinem Zimmer war es kalt, aber unter der Bettdecke verströmte sein kräftiger Körper Wärme. Als wir kurz darauf die Treppen hinuntergingen, wartete Mutter mit einem Bündel in der Hand auf ihn. Ihre Augenlider waren geschwollen und ihre Schultern hingen erschöpft herab.

»Was ist das?« fragte Alex.

»Ich habe für dich gebacken«, sagte sie kurz. »Und vergiß

nicht, du mußt unbedingt zur Hochzeit von Mary und Wahid kommen.« Ihr Händedruck war beinahe feierlich. Alex nahm das Bündel und stieg die Treppe hinab, ohne noch einmal zurückzuschauen.

»Was hat Mary dir erzählt?« fragte mich Mutter, als wir die Wohnungstür hinter uns geschlossen hatten.

»Was wohl – das, was ihr so lange vor mir verheimlicht habt«, sagte ich zornig.

»In seinem Alter ist das alles nicht ganz so gefährlich. An manchen Tagen ist es schlimm, aber er hat noch viele Jahre vor sich.«

Großvater war bereits aufgestanden. Ich nahm meine Tasche und floh ins Reisebüro. An diesem Morgen wollte ich nicht auch noch an seine Krankheit denken müssen.

Noch am Tag ihrer Trauung flogen Mary und Wahid zu einer fünftägigen Hochzeitsreise nach Griechenland. Mutter und Großvater hatten den Kopf geschüttelt – das sei wohl eine dieser Verrücktheiten der jungen Generation, sagten sie, und auch Wahids Eltern waren dieser Ansicht. Aber ich hatte das Gefühl, daß Mutter irgend etwas ahnte und sogar erleichtert schien, daß die beiden erst einmal von der Bildfläche verschwunden waren.

Zwei Tage vor der Hochzeit hatte ich für Alex ein Hemd gekauft, obwohl ich immer noch nicht wußte, ob man ihn beurlauben würde. Boaz hatte mich schon gewarnt, daß die Hochzeit einer zukünftigen Schwägerin eigentlich kein ausreichender Grund dafür sei. Dann jedoch hatte Alex im Reisebüro angerufen und mir gesagt, daß er auf seinen Urlaub am Schabbat verzichtet habe und deshalb zur Hochzeit kommen könne, und daß es dort oben auf den Golanhöhen tatsächlich sehr kalt sei. Wir sahen uns für einige Stunden zu den Feierlichkeiten, und das Hemd, das ich ihm gekauft hatte, gefiel ihm so gut, daß er beschloß, nichts darüber zu tragen, und deshalb auch noch an diesem Tag fror. Am selben Abend noch waren sie dann alle wieder verschwunden, Mary und Wahid und, vor allem, Alex.

Mir war, als wären die Lichter bei uns zu Hause erloschen. Die fahlen Schatten in den Ecken glichen lautlos daliegenden Tieren. Großvater versuchte, uns mit Scherzen aufzuheitern, und rührte mich in seiner Bemühtheit. Unter unserem Fenster hörte ich jemanden eine traurige Melodie pfeifen. Ich griff nach dem Gedichtband von Amichai, schlug ihn jedoch nicht auf. Nach einem Moment klemmte ich mir das Buch unter den Arm und stand auf.

»Wohin willst du, Huda?« fragte Mutter und sah mich besorgt an.

»In Alex' Zimmer.«

Oben ließ ich die Tür offen stehen, und vom Meer her wehte ein feuchter Wind herein. Ich fegte den Fußboden, legte seine Hosen zusammen, ordnete die Bücher. Dann schloß ich die Tür von innen ab und warf mich auf sein Bett, aber ich spürte nichts als eine dumpf schmerzende Leere. Früher war ich doch immer allein gewesen, warum schien die Zeit nun stillzustehen? Minute für Minute verstrich mit quälender Langsamkeit.

Jemand klopfte an die Tür. Mein Herz begann wild zu pochen. Alex! Ich sprang auf und öffnete. Vor mir stand Großvater. Um den Kopf hatte er ein dickes Handtuch geschlungen, um sich vor der Kälte zu schützen. »Es ist nicht gut, wenn du hier ganz allein sitzt«, sagte er. »Schließ die Tür ab und komm mit mir in die Wohnung.« Aber er hatte es offensichtlich selbst nicht eilig, wieder hinunterzugehen. Statt dessen trat er ein und setzte sich auf einen Stuhl. Er beugte sich über den kleinen elektrischen Ofen, nahm das Handtuch vom Kopf und legte es auf seine Knie. Der weiße Schnurrbart leuchtete geradezu in seinem dunklen Gesicht. Ich konnte den Gedanken nicht abschütteln, daß er eines Tages sterben würde. Offenbar entdeckte er etwas in meinen Augen, denn er lächelte mir zu wie einem Kind.

»Du bist eine schöne Frau, eine sehr schöne Frau, Huda«, sagte er mit seltsamer Stimme.

Wollte er sich über mich lustig machen? Weshalb war er heraufgekommen?

»Hier ist es schön warm«, seufzte er, »dieser alte Ofen heizt noch ordentlich – und trotzdem läßt er einen die Kälte, die einem im Rücken sitzt, nicht vergessen. Das ist gut so.«

Wovon sprach er? Was wollte er mir sagen?

»Großvater, du hättest bei dieser Kälte gar nicht heraufkommen dürfen.«

»Komm, laß uns hinuntergehen, mein Mädchen. Er wird schon zurückkommen. Es ist egal, wo du auf ihn wartest. Mutter macht sich Sorgen.«

Am nächsten Tag klingelte frühmorgens das Telefon. Ich sprang aus dem Bett, aber Mutter hatte schon abgenommen. Seit Husams Tod schien sie ständig mit neuen schlechten Nachrichten zu rechnen. Sie lauschte angestrengt und legte dann eine Hand über die Sprechmuschel. »Huda, das muß für dich sein. Ich kann kaum etwas verstehen.«

»Das kann nur Alex sein«, sagte ich und riß ihr den Hörer aus der Hand. »Alex! Alex, wie geht es dir?« rief ich aufgeregt.

Er klang niedergeschlagen, geradezu verzweifelt.

»Was ist passiert?« fragte ich.

Dieses verdammte Rauschen in der Leitung. Seine Stimme war kaum zu hören, und ich schämte mich, ihn zu bitten, lauter zu sprechen und noch einmal zu wiederholen, was er gesagt hatte. Zwischen dem Rauschen und Knistern waren nur Wortfetzen zu verstehen. Mutter legte eine Hand auf meine Schulter. Als ich den Hörer aufgelegt hatte, führte sie mich an den großen Tisch, wo Großvater schon auf mich wartete. Aber ich stand sofort wieder auf.

»Was ist passiert?« fragte Großvater leise und nahm meine Hand.

»Ich glaube, sein Vater ist gestorben.«

»Was heißt das – du glaubst?«

»Ich konnte ihn kaum verstehen!« sagte ich aufgeregt. »Das Rauschen in der Leitung war so stark. Ich habe ihn so verstanden, daß er sofort ins Altersheim fährt. Die Beerdigung ist morgen.«

Als ich später ins Reisebüro ging, schlug Boaz mir sofort vor, mich am nächsten Tag in seinem Auto zum Altersheim zu fahren. Nach einigem Zögern willigte ich ein. Und wenn sich Alex nun verspätete und nicht rechtzeitig käme? Was sollte ich dort alleine mit seiner Mutter anfangen – sie würde mir sicherlich an die Kehle springen.

»Und wie kommt er nun so schnell dorthin?« fragte ich leise, als spräche ich mit mir selbst.

»Per Anhalter«, antwortete Adina.

»Bei diesem scheußlichen Wetter? Wer wird ihn da schon mitnehmen? Er wird den ganzen Tag auf der Straße zubringen.«

»Du hättest ihm sagen sollen, daß er zu einem bestimmten Treffpunkt kommen soll«, sagte Boaz. »Und ich hätte ihn dann von dort abgeholt.«

»Ich bin so dumm, so dumm!« murmelte ich und floh in die Einsamkeit des kalten Regens.

DREIUNDZWANZIG

Der Sturm hatte sich gelegt, aber der Himmel war noch immer grau verhangen, und es fiel ein feiner, weicher Regen. Etwa dreißig Personen drängten sich unter dem schmalen Vordach des Rambam-Krankenhauses. Bei Feiern aus erfreulichen Anlässen wird denjenigen, die aufgehalten werden und zu spät kommen, gerne verziehen, aber bei Beerdigungen haben es alle immer sehr eilig. Es war bereits kurz nach zwei. Die ersten, die ungeduldig wurden, waren Alex' russische Studienkollegen von der technischen Hochschule. Alex' Mutter wischte sich die Regentropfen von der Stirn und atmete dabei schwer, als stiege sie gerade mühsam eine Treppe hinauf. Die paar Hafenarbeiter, die erschienen waren, rauchten und unterhielten sich leise.

Auch Großvater war gekommen – in einem langen schwarzen Mantel, den ich noch nie an ihm gesehen hatte. Als sei es die normalste Sache der Welt, machte er in die vier Zipfel seines Taschentuchs Knoten und setzte sich dann mit ernstem Gesicht diese Ersatzkopfbedeckung auf. Offensichtlich war dies nicht das erste jüdische Begräbnis, an dem er teilnahm. Im Gegensatz zu ihm hatten die meisten der umstehenden Juden ihre Köpfe nicht bedeckt. Mary legte Wahid, der steif und kerzengerade dastand, beruhigend eine Hand auf den Rücken, und er entspannte sich mit einem Seufzer der Erleichterung.

Inzwischen war es halb drei.

Alex wartete an dem großen eisernen Tor und schaute ungeduldig die Straße hinunter. Seine Brillengläser waren beschlagen, und der Regen tropfte ihm von der Windjacke auf Hose und Schuhe hinab. Seine Mutter trat unter der Überdachung hervor, wobei sie mehrere Schirme barsch beiseite stieß, und ging mit schweren Schritten zu ihm hinüber. »Wann kommt er denn endlich – dein Vater?« fragte sie mit bellender Stimme.

Alex legte ihr eine Hand auf die Schulter und geleitete sie unter das schützende Dach zurück. »Er wird schon kommen«, sagte er beinahe zornig. »Jetzt kann er nicht mehr weglaufen.» Mutter ging zu ihr hinüber und nahm ihre Hand, als wolle sie dieser widerspenstigen alten Frau ein wenig Wärme einhauchen. Ich wagte es erst gar nicht, mich meiner zukünftigen Schwiegermutter zu nähern.

Großvater fragte mich flüsternd, warum man Alex' Vater eigentlich in Haifa und nicht in der Nähe des Altersheims beerdigen wolle. Auch ich hatte das zunächst nicht verstanden.

»Alex' Mutter wollte, daß er in Haifa begraben wird«, sagte ich leise. Und erst in diesem Moment wurde mir klar, welchen heimtückischen Plan sie damit verfolgte.

Die meisten Trauergäste gaben gegen halb vier Uhr auf und verschwanden. Aber dann hob Alex plötzlich erleichtert den Kopf. Ein Krankenwagen fuhr auf den Vorplatz, und ein unrasierter junger Mann in Sandalen stieg aus. Er und Alex gingen zur Heckklappe des Autos und öffneten sie.

»Soll das ein Witz sein?« hörte ich plötzlich Alex' wütende Stimme.

Ich lief zum Krankenwagen. Alex hatte die Bahre an den zwei Griffen gepackt, als wolle er sie zusammen mit der Leiche zu Boden schleudern. »Soll das ein Witz sein?« fragte er noch einmal.

»Wieso, was ist denn los?« fragte der Fahrer und begriff nicht, worüber sich Alex so aufregte.

»Das ist nicht mein Vater!« sagte Alex und zog die Bahre noch ein Stück weiter heraus. »Mein Vater war ein kleiner Mann – das hier ist die Leiche eines Elefanten!« Mit einer zornigen Bewegung zog er den schwarzen Nylonstoff beiseite.

Hinter mir stöhnte Alex' Mutter. »Schenja! Das ist Schenja! Was macht die denn hier?« rief sie aufgeregt.

»Du Idiot, du hast irgendeine alte Frau anstelle meines Vaters gebracht!« schrie Alex den Fahrer an.

»Was kann ich denn dafür?« Der junge Mann sah uns verwirrt an. »Ich bin nur der Fahrer des Krankenwagens – ich hab nichts mit dem Bestattungsinstitut zu tun. Man hat mir diese Leiche auf die Bahre gelegt und gesagt: Fahr los! Und da bin ich eben losgefahren.«

Alex schob Schenja wieder in den Wagen hinein und packte den Fahrer am Kragen. »Du fährst sofort zurück und bringst meinen Vater her! Verstanden?«

Alex' Vorarbeiter trat auf ihn zu und legte ihm eine Hand auf die Schulter. »Nimm doch unsere alte Kiste, Alex, und hol deinen Vater selbst.«

»Nein!« fuhr seine Mutter dazwischen. Beide sahen sich verdutzt nach ihr um. »Bis er wieder hier ist, ist es längst dunkel und der Friedhof geschlossen. Und wir können ja nicht die ganze Nacht hier warten, bis sie wieder aufmachen.« Und dann schaute sie Alex wütend an. »Das ist wieder mal typisch für ihn.« Sie drehte sich um und ging wieder unters Vordach, wo sie sich mit der Miene einer Regentin auf die Trauerbank setzte.

»Über wen zieht sie denn eigentlich her?« fragte mich Großvater flüsternd auf arabisch.

»Über ihren Mann«, antwortete ich und hoffte nur, daß er sich nicht aufregen würde.

Aber ein Mann wie Großvater konnte derartig verächtliche

Worte über einen Toten nicht durchgehen lassen. »Bei Allah! Kein Wunder, daß ihr Mann jemand anderen an seiner Stelle geschickt hat. Selbst jetzt hat er noch Angst vor ihr.«

Alex ging zu seiner Mutter. »Gut«, sagte er. »Dann bring ich dich eben ins Heim zurück.«

»Dazu habe ich nun keine Kraft mehr. Ich bin krank. Du hast doch ein Zimmer in Haifa – und du brauchst sie gar nicht mit deinen Blicken um Erlaubnis zu fragen!« sagte sie und sah wütend in meine Richtung. »Um deine kranke Mutter bei dir aufzunehmen, brauchst du niemanden um Erlaubnis zu fragen!« Und sie warf mir einen warnenden Blick zu, daß ich es ja nicht wagen solle, mich einzumischen, »Ach – ich bin sehr, sehr krank«, stöhnte sie noch einmal zum Abschluß.

»Aber Vater hast du noch ins Grab gebracht!« sagte Alex wütend und wandte sich ab.

In jener Nacht schlief sie in seinem Zimmer, in seinem Bett. Alex selbst war nach Pardes Channah gefahren, um die Verwechslung der beiden Toten aufzuklären. Mutter lud die künftige Verwandte natürlich ein, unser Gast zu sein, aber die winkte bloß ab.

»Wo ist Alex' Zimmer?« fragte die Alte barsch und streckte die Hand aus, damit ich ihr den Schlüssel gab.

Mutter bedeutete mir, ihrer Bitte nachzukommen. Ich sagte, daß ich sie hinaufbegleiten würde, und war bereits auf der Treppe, aber sie rührte sich nicht von der Stelle. Ich drehte mich schweigend um und ging in die Wohnung zurück. Erst als ich die Tür hinter mir geschlossen hatte, hörte ich, wie sich Alex' Mutter ächzend in Bewegung setzte.

Großvater saß schweigend am Tisch, und sein fahles Gesicht drückte Mitleid aus. Ich mußte daran denken, daß er selbst krank war und daß das Urteil über ihn bereits gesprochen war. Diese Beerdigung, die nicht stattgefunden hatte, würde ihm in bitterer Erinnerung bleiben. Ich wich seinem Blick aus und schämte mich meiner kleinen Sorgen.

»Wir können ja unsere Tür offenlassen, falls sie nicht zurechtkommt«, schlug Mutter vor.

»Heute abend habe ich wahrhaftig kein Verlangen danach, Dshamila zu sehen«, sagte Großvater – als ob eine verschlossene Tür Dshamila davon abhalten würde, uns zu besuchen.

»Ich werde erst mal Kaffee machen«, sagte Mutter und ging in die Küche.

»Für mich Tee«, sagte Mary, die beschlossen hatte, bei uns zu übernachten. »Ich darf nicht zuviel Kaffee trinken.« Und Wahid schaute mit dem Stolz des zukünftigen Vaters auf ihren flachen Bauch.

Kurz vor neun Uhr kam Alex zurück. Er war erschöpft, und auf seinen eingefallenen Wangen zeigte sich ein dunkler Dreitagebart. »Wo ist meine Mutter?« fragte er, und wir sagten ihm, daß sie gleich in sein Zimmer hinaufgegangen sei.

»Das Ganze ist wie ein Geschenk für sie. Jetzt wird nicht einmal ein Bulldozer sie wieder von hier wegbringen können. Plötzlich hat sie beschlossen, religiös zu werden«, sagte Alex. »Sie hat beschlossen, die siebentägige Trauerzeit einzuhalten, und zwar ausgerechnet hier, auf dem Dach, in meinem Zimmer.«

»Die Toten muß man ehren.« Mutter fühlte sich offenbar bemüßigt, uns daran zu erinnern, weshalb wir hier versammelt waren.

»Zuerst einmal muß man die Lebenden ehren«, erwiderte Alex beinahe wütend. »Sie hat ihm das Leben zur Hölle gemacht. Selbst ich habe ihr zum Schluß geglaubt, daß er nur so tut, als ob er krank wäre. Weißt du, was das heißt, im Sterben zu liegen und keiner glaubt es dir? Ein Stück Dreck – ich bin auch nur ein verdammtes Stück Dreck gewesen!«

Großvater stellte eine Flasche Arrak auf den Tisch, aber ich nahm sie gleich wieder weg. »Seit gestern hat er nichts mehr gegessen«, sagte ich leise. »Er darf jetzt nicht trinken.«

»Gib her.« Alex griff nach der Flasche.

»Gib sie ihm schon«, sagte Großvater beschwichtigend. »Du hast doch keinen Schwächling zum Mann, Huda.«

Alex nahm einen großen Schluck und beruhigte sich etwas. »Aber trotz allem muß ich zu ihr hochgehen. Sie hat sicherlich Hunger. Und vielleicht braucht sie Hilfe. Sie ist ja wirklich krank.«

»Geh schon zu ihr hoch«, sagte Mutter. »Huda wird euch gleich etwas zu essen bringen.«

Mit einem schweren Tablett stieg ich kurz nach ihm zum Dach hinauf. Es hatte aufgehört zu regnen. Ich mochte nicht mit dem Fuß an die Tür klopfen und rief nach Alex, damit er sie öffnete. Seine Mutter hatte sich bereits ins Bett gelegt – wo würde er eigentlich in dieser Nacht schlafen? Ich bemerkte, daß sie ein Nachthemd trug. Offensichtlich hatte sie sich auf die überraschende Fahrt nach Haifa gut vorbereitet. Das Tablett stellte ich auf den Tisch, den Alex neben das Bett gerückt hatte. Seine Mutter richtete sich sofort auf und griff nach einem der Teller. Als sie jedoch sah, daß ich mich mit Alex an die gegenüberliegende Seite des Tisches setzte, zog sie die Hand zurück und murmelte etwas auf russisch.

»Sie wird mit uns essen. Im Sommer heiraten wir«, sagte Alex, wobei er die hebräischen Wörter übertrieben deutlich aussprach.

Seine Mutter ließ sich wieder aufs Bett sinken. Nun war klar, daß sie nichts von dem Essen anrühren würde, solange ich mit am Tisch saß.

»Das mußt du endlich begreifen, Mutter«, sagte Alex.

Ich stand auf. »Ich hab schon unten gegessen«, log ich.

»Du darfst ihr nicht nachgeben!« schimpfte er, als wir draußen vor der Tür standen. »Damit hilfst du mir überhaupt nicht!«

Als ich später in unserem Zimmer lag und auf Wahids schweren Atem hörte, der neben Mary in dem schmalen Bett schlief, überfiel mich natürlich doch der Hunger. Leise stand ich auf und schlich ins Wohnzimmer. Großvater war noch wach und lauschte der traurigen Melodie der Trompete, die klang, als wollte sie dem Meer, dem Wind, dem weit entfernten Land verkünden, daß Alex' Vater, der sein Leben vertan hatte, nun auch noch im Tode verspottet und mit Verachtung gestraft würde. Die Flasche Arrak stand neben ihm auf dem Boden.

»Huda«, rief er leise, als ich in der Küche war. »Du kannst doch hier bei mir essen.«

»Soll ich dir auch etwas machen?«

»Nein, aber komm her zu mir.«

Ich setzte mich auf einen Stuhl neben seiner Liege und aß im Dunkeln.

»Du kannst dich auf deinen Mann verlassen«, sagte Großvater, als hätte er meine Gedanken erraten.

»Er will, daß ich meine Krallen ausfahre, so wie sie. Aber ich kann so etwas einfach nicht.«

»Tu es nicht, meine Kleine. Er sagt das vielleicht, aber er will es nicht wirklich. Er kann dir ohnehin nicht erlauben, sie zu verletzen.«

»Aber sie darf mich verletzen.«

»Er erwartet von dir, daß du sie nimmst, wie sie ist – sie ist und bleibt ein Teil von ihm.«

»Und das soll ich ein Leben lang ertragen.«

»Dein Mann will eine Frau, Kinder, ein Zuhause. Und er ist ja schließlich bereit, sich gegen den Willen seiner Mutter durchzusetzen.«

Neunzehn Tage wohnte Alex' Mutter in seinem Zimmer. Heute weiß ich, daß ich sie damals nicht gehaßt habe und daß ich auch nicht wütend auf sie war – ich hatte einfach Angst vor ihr. Sie mißtraute allem und jedem: Alle Geschöpfe hatten sich gegen sie verbündet und schmiedeten böse Pläne, sogar Mutter, die jeden Tag für sie kochte und mich vollbeladene Tabletts auf das Dach bringen ließ.

Ein paarmal lud Mutter sie zu uns ein. Sie schlang das Gebäck, das Dshamila mitgebracht hatte, in sich hinein und trank den Tee in hastigen Schlucken, wobei sie die ganze Zeit wie auf heißen Kohlen saß und noch auf das kleinste Geräusch im Treppenhaus horchte, um sicherzugehen, daß dort keine heimlichen Vorbereitungen getroffen wurden, ihre Habseligkeiten vom Dach herunterzuholen und ihr den Rückweg dorthin für immer zu versperren. Mutter rutschte beinahe auf den Knien vor ihr, und auch Dshamila schmeichelte ihr in einem fort. Am meisten fürchtete Alex' Mutter das Lächeln in Großvaters grünen Augen. Vielleicht hatte er sich für diese Gelegenheit noch einmal in den Zauberer und Medizinmann verwandelt, der er einst in seiner Jugend gewesen war.

»Warum habt ihr es denn so eilig mit dem Heiraten?« fragte sie mich bei einem dieser Besuche.

»Alex hat festgelegt, daß wir im Sommer heiraten, nicht ich. Im Sommer ist er mit seinem Studium fertig und will sich eine Arbeit suchen, dann muß er auch nicht mehr im Hafen arbeiten.«

»Alex! Alex! Immer Alex! Ich will wissen, was du selbst denkst. Meinst du nicht, daß ihr es ein bißchen eilig habt? Und wo wollt ihr eigentlich wohnen?«

»Das wird sich schon alles fügen. Wir müssen eben Geduld haben.«

»Und in der Zwischenzeit?«

»Wir werden in seinem Zimmer wohnen, bis wir etwas gefunden haben.«

»Das Zimmer ist aber zu klein für drei Personen.«

Es wurde still im Raum. Plötzlich nahm sie meine Hand. »Warum wohnt ihr nicht hier unten, und ich bleibe oben auf dem Dach? Ich will nicht ins Altersheim zurück.«

»Geht es einem denn da nicht gut?« fragte Dshamila interessiert.

»Das ist ein Friedhof für die Lebenden.« Alex' Mutter zog

ihre Hand zurück und sah nun zu Mutter hinüber. »Du wirst auch bald in meinem Alter sein. Wärst du etwa damit einverstanden, wenn man dich von hier wegbrächte und zu irgendwelchen fremden, alten Menschen steckte, die die ganze Zeit vor sich hin brabbeln?«

Mutter, die noch immer von den Villen ihrer Vergangenheit träumte, erschrak. »Wie kommst du darauf? Bei uns«, sagte sie stolz, »macht man so etwas nicht. Man schickt die Eltern nicht einfach weg.«

»Siehst du?« Alex' Mutter sah triumphierend zu mir herüber. »Und ihr denkt immer nur darüber nach, wie ihr mich loswerden könnt, als wäre ich eine kranke Hündin. Behandelt man etwa so seine Familie?« Sie schluchzte.

Dshamila und Mutter weinten nun auch. Sogar Großvater schaute mich mit einem seltsamen Ausdruck in den Augen an. »Ich weiß nicht, bei Allah, ich weiß nicht, was ich sagen soll«, murmelte er und schlug sich aufs Knie.

Alex' Mutter drehte sich zu ihm um, wischte sich mit dem Handrücken über die Augen und war plötzlich wieder der alte Besen. »Was sagst du da?« fragte sie barsch.

»Ich sehe, daß du unglücklich bist. Das wollte ich sagen – sonst nichts.«

Noch in derselben Nacht redete ich mit Alex. Ich sagte ihm, daß der Vorschlag seiner Mutter gar nicht so unvernünftig sei. Wir beide würden bei uns wohnen und sie auf dem Dach, bis wir eine eigene Wohnung gefunden hätten. Aber er schüttelte den Kopf. »Das kommt nicht in Frage. Sie ist eifersüchtig auf dich. Sie wird dir das Leben zur Hölle machen. Hab Geduld, Huda, nur ein bißchen Geduld.« Und dann wiederholte er meine eigenen Worte. »Es wird sich alles fügen.«

Und tatsächlich fügte sich alles, wenn auch anders, als wir es uns vorgestellt hatten. Und zwar geschah es in einer jener klaren warmen Winternächte, die der Frühling gleichsam als Vorboten schickt.

Da es im Wadi keine Bäume gibt, steigt dort der Duft des Frühlings nicht von der Erde auf, sondern wird von dem Wind herangetragen. Alex saß gerade bei mir im Zimmer, als wir ein lautes, aufgeregtes Klopfen vom Dach hörten.

»Deine Mutter ruft nach dir«, sagte ich und sah gereizt zur Decke hoch. »Worauf schlägt sie denn nur?«

»Auf einen Eimer«, lachte er.

»Ist sie verrückt geworden? Was soll das? Sie kann doch einfach nach dir rufen.«

Alex stand auf, reckte sich und ging mit hängenden Schultern aus dem Zimmer – doch einen Augenblick später stand er wieder im Türrahmen.

»Sie erstickt!« rief er atemlos. »Ruf einen Krankenwagen!«

Während der Fahrt hielt ich ihre Hand. Sie war kalt und leblos. In ihren Augen stand unbeschreibliche Angst, und ich fürchtete mich vor dieser Angst und wandte den Blick ab. Mir graute davor, daß sie hier nun sterben müsse, ihre Hand in der meinen. In der Allee der Vereinten Nationen staute sich der Verkehr, und die Sirene heulte ohrenbetäubend, als wäre ihr göttliche Gewalt verliehen. Plötzlich erwachten ihre Finger, aber noch immer wagte ich nicht zu sprechen. Statt dessen suchte ich Alex' Blick, der jedoch ungeduldig aus dem kleinen Fenster starrte. Dann traf mein Blick auf ihre geöffneten Augen.

»Jetzt bist du froh, was?«

Die Worte selbst hörte ich erst später – zuerst traf mich wohl der Haß in ihrer Stimme.

»Ja, du bist froh«, sagte sie noch einmal, »du arabische Hure. Ermordet die Mutter und nimmt sich den Sohn.«

Ich begann zu weinen und wurde von Panik ergriffen, als ziehe sie mich mit sich in die Tiefe. Ihre Finger schlossen sich wie eine Zange um meine Hand.

»Ihr werdet mich in der Erde verscharren, und du wirst kommen und an meinem Grab lachen.«

Alex, der von all dem offenbar nichts mitbekommen hatte, drehte sich endlich um. »Sie ist wieder bei uns!« Auf seinem Gesicht war die Erleichterung nicht zu übersehen. »Was für ein Geschenk!« rief er. »Hand in Hand, endlich Hand in Hand.«

»Alex, Alex...«

»Was ist mit dir?«

»Sie... sie...«

In diesem Augenblick sah er den Schrecken in meinen Augen. Schnell zerrte er meine Hand aus der Umklammerung, woraufhin sich die Finger sofort in sein Knie gruben. Aber bevor sie sich auf der Trage aufrichten konnte, um mir ins Gesicht zu spucken – denn das hatte sie zweifellos vorgehabt –, fiel sie bewußtlos aufs Kissen zurück. Ich war wie gelähmt. Es war, als stiege mir der Gestank fauliger Erde in die Nase – ein Geruch, der mich noch tagelang verfolgte.

Nachdem sie eine Woche im Krankenhaus gelegen hatte, brachte Alex sie schließlich in dem klapprigen alten Kastenwagen ins Altersheim zurück.

VIERUNDZWANZIG

Keine Straße gleicht der Straße der Unabhängigkeit. Am Tag ist sie die Hauptverkehrsader zwischen dem Norden und dem Süden der Stadt, eine Straße der Regierungsbehörden, Rechtsanwaltskanzleien und Banken, der Restaurants und Geschäfte. Lärm, Menschenmengen, Staus, aber ihr Äußeres bleibt tagsüber stets respektabel – eine Straße, die dazu bestimmt ist, einen seriösen Eindruck zu machen. Selbst die Polizisten halten sich hier etwas zurück, auch wenn das große düstere Gebäude der Polizeihauptwache das Antlitz der Straße beherrscht. Tausende Männer und Frauen verdienen hier täglich ihr Geld. Touristen und Flaneure gibt es kaum. Eine funktionale, nicht unbedingt freundliche Straße. Personen, die keiner klar umrissenen Beschäftigung nachgehen, sind hier überflüssig.

In den frühen Abendstunden allerdings wird die Straße der Unabhängigkeit zur Hafenstraße. Die Ämter und Büros liegen im Dunkeln, und die Masten der Schiffe und die Hafenkräne erheben sich über sie. Schrill gekleidete Dirnen wirken wie bunte Farbtupfer auf den halbdunklen Gehsteigen. Zuhälter tauchen aus ihren Verstecken auf, betrunkene Seeleute stehen in Gruppen vor den Eingängen von Bars und Kneipen, die bei Tageslicht von niemandem beachtet werden. Die Straße streift die Maske der Anständigkeit ab, die sie tagsüber trägt – die einzigen Frauen, denen man jetzt begegnet, sind Huren. Sie sind die Ware, die hier nachts verkauft wird, und wie die Falafel und Burekas am Morgen, wird auch diese Ware beiläufig verschlungen, wenn auch mit gierigem Verlangen.

Dies und die Kriege Israels spiegeln sich in der Straße der Unabhängigkeit wider. Die schweigsamen Gesichter ernster junger Männer. Die Gesichter von Rekruten, die auf Lastkraftwagen und Panzern, in Jeeps und gepanzerten Kleinbussen vorbeifahren. Sie achten nicht auf ihre Umgebung, lachen nicht, winken nicht, pfeifen nicht hinter den Mädchen her. Selbst diejenigen, die sonst immer zu Scherzen aufgelegt sind, versinken in Schweigen. Schon erblicken sie in der sich auf den Gehsteigen drängenden Menschenmenge die Schatten einer anderen Welt. Der strahlendblaue Himmel über ihnen ist wie das falsche Versprechen eines fernen Paradieses.

An jenem Sonntagmorgen auf dem Weg zum Reisebüro sah ich sie. Alex hatte sich von seiner Arbeit im Hafen freigenommen, um sich auf die Prüfungen vorzubereiten, die am selben Morgen stattfinden sollten, und die bekannten russischen Flüche waren tagelang wie ein wild mit den Flügeln schlagender Vogel im Zimmer hin und her geschossen.

Und nun strömte eine Vorahnung von Krieg durch die Straße der Unabhängigkeit. Ich hatte mein Schicksal mit dem eines Juden verbunden, aber meine Ängste waren die einer Araberin. Ich traute mich nicht einmal, einen der sorgenvoll dreinblickenden Menschen auf dem Bürgersteig zu fragen, was geschehen sei. Ich hatte das Gefühl, sie würden meinem Gesicht ansehen, daß ich Araberin war. Das Empfinden, eine Fremde zu sein, wurde mit jedem Schritt stärker. Meine Füße waren schwer wie Blei. Und ich versuchte, mir immer wieder zu sagen, daß Alex Jude sei, aber gegen meinen Willen hallten in meinem Herzen die arabischen Wiegenlieder meiner Kindheit wider. Auf einer Straße, die in den Krieg führte, würden mich die Juden vielleicht an ihrem Lachen teilhaben lassen, nicht jedoch an ihrem Kummer und ihrer Trauer, und die Araber wiederum würden mich aus ihrem Lachen ausschließen und von mir fordern, ihr Leid zu teilen.

Bestimmt werden sie ihn nicht einziehen, versuchte ich mich zu beruhigen, schließlich hat er im Winter seinen Reservedienst abgeleistet. Und außerdem hat er hohes Fieber, und in etwa zwei Stunden muß er sich der ersten Prüfung auf dem Weg zum Ingenieursdiplom stellen – als ob das im Ernstfall eine Rolle spielen würde.

Natürlich waren an diesem Morgen keine Kunden im Reisebüro. Adina war anzusehen, daß sie die ganze Nacht nicht geschlafen hatte. Ihr Gesicht war fahl, und unter ihren Augen lagen dunkle Schatten.

Boaz trat aus seinem Büro. Auch sein Sohn diente in der Armee und auch ihm war die Sorge anzumerken.

»Kaffee?« fragte Adina, die gerade den elektrischen Wasserkocher einschaltete.

»Ja, danke«, sagte er leise.

»Haben sie ihn eingezogen?«

Shirleys Frage schwebte in der Luft, aber niemand stand auf, um sie zu verscheuchen. Boaz zog mit beiden Händen die Hose hoch und lehnte sich an die Tür seines Büros. Warum antwortete er nicht? Plötzlich wurde mir bewußt, daß die drei mich anschauten, und ich begriff, daß die Frage an mich gerichtet war.

»Nein«, sagte ich langsam, und gegen meinen Willen lag ein Anflug von Rechtfertigung in meiner Stimme.

»Sie haben ihn nicht eingezogen?« sagte Boaz vielleicht etwas lauter, als er beabsichtigt hatte.

»Sie werden ihn aber noch einziehen«, sagte Adina beinahe flüsternd und stellte eine Tasse Kaffee auf meinen Tisch.

Boaz hatte sich wieder beruhigt und lächelte mir sogar mitfühlend zu.

»Sie hat es noch nicht verstanden«, sagte Adina zu ihm.

»Sie wollte eine Jüdin sein«, sagte er, und dieses Mal lag ehrliche Sympathie in seiner Stimme. »Dafür zahlt man einen hohen Preis. Jeden Tag, jede Stunde bezahlt man dafür.« Er schüttelte traurig den Kopf. »Ich bin wahnsinnig. Ich habe mit ihm am Telefon gesprochen, und ich habe gemerkt, wieviel Angst er hat. Er hat gelacht wie ein Kind. Er ist ja auch noch ein Kind.« Er schien sich einen Ruck zu geben. »Wir müssen an die Arbeit«, sagte er und verschwand in seinem Büro.

Kurz darauf folgte ihm Adina mit einem Stapel Akten in den Händen. Ich zog mir einen Stuhl heran und setzte mich neben Shirley.

»Ich habe keine Nachrichten gehört«, sagte ich.

»Das kann doch nicht sein?«

»Doch, ich habe nichts mitbekommen. Alex hat sich auf die Prüfungen vorbereitet, und da hätte ihn das Radio nur gestört.

»Im Libanon ist Krieg. Die... Tsahal... ist dort einmarschiert.« Sie deutete auf ein Transistorradio auf ihrem Tisch. »Adina erlaubt es nicht, daß ich die Nachrichten höre. Sie hat panische Angst um ihren Sohn.«

Mittags wurde ich allmählich unruhig. Wir hatten vereinbart, daß Alex mich gleich nach der Prüfung anrufen würde, aber bisher hatte er sich nicht gemeldet. Auch das Telefon auf Shirleys Tisch blieb stumm – im Laufe des Vormittags hatten sich mehrere Freunde von ihr verabschiedet, aber anscheinend waren ihre Verehrer nun alle in den Krieg gezogen. Der einzige Anruf, der uns erreichte, war von Boaz' Frau. Adina griff sofort nach dem Hörer, aber als sie merkte, wer am anderen Ende der Leitung war, leitete sie das Gespräch schnell weiter – auch diese Mutter eines in der Armee kämpfenden Sohnes verdiente es, respektvoll behandelt zu werden.

Und Alex hatte sich noch immer nicht gemeldet. Vielleicht hatte er die Prüfung nicht bestanden und wollte es mir nicht sagen. Oder vielleicht war sein Fieber gestiegen, und er lag zu Hause im Bett. Am Morgen noch hatte er gesagt, daß er auf allen vieren in die Hochschule kriechen würde, wenn es sein müßte.

Irgendwie schämte ich mich, zu Hause anzurufen und Mutter nach meinem »Mann« zu fragen, der zu dieser Stunde wahrscheinlich die bestandene Prüfung mit seinen Studienkameraden feierte. Auch hätte ich nicht Arabisch sprechen können, um zu vermeiden, daß die anderen das Gespräch mithörten. Arabisch war an diesem Tag die Sprache des Feindes.

Um drei Uhr kam Boaz niedergeschlagen aus seinem Zimmer. »Kommt«, sagte er, »hier gibt es nichts mehr zu tun. Gehen wir nach Hause.«

Adina schaute ihn entsetzt an. Natürlich fürchtete sie sich davor, in ihre leere Wohnung zurückzugehen, aber sie wußte, daß sich Boaz an einem Tag wie diesem nicht eine Sekunde von seinem Telefon zu Hause entfernen würde.

Ich jedoch rannte, so schnell ich konnte, ins Wadi, rannte die schmalen, sich windenden Straßen entlang, bis ich keuchend vor unserem Haus stand. Ich ging gar nicht erst in unsere Wohnung, sondern stieg sofort zum Dach hinauf. Alex' Zimmer war abgeschlossen. Wie blind tastete ich nach dem Schlüssel in meiner Handtasche. Im Zimmer hing noch der Kaffeegeruch vom Morgen – und das unbestimmte Gefühl, daß ein Unglück geschehen war.

Ich stieß die Tür zu unserer Wohnung auf. Mutter sah mich an, als wäre ich krank.

»Er ist im Krieg«, sagte sie ängstlich. »Eine Viertelstunde, nachdem du dich auf den Weg zur Arbeit gemacht hattest, kamen sie und haben ihn mitgenommen. Er hat uns noch gebeten, dich anzurufen. Aber wir dachten, wir warten besser, bis du nach Hause kommst, damit wir bei dir sind, wenn du es hörst.«

Beinahe hätte ich sie angeschrien, weshalb sie mich nicht gleich angerufen hätten, aber dann begriff ich, daß es ohnehin egal war. Ich sank auf einen Stuhl.

Großvater kam ins Zimmer, die Hände mit schmerzverzerrtem Gesicht auf den Bauch gepreßt. Er schwieg. Mutter wartete, bis er sich auf seine Liege gesetzt hatte, und sagte dann mit erstickter Stimme: »Er ist ein guter Mensch.«

»Ja«, sagte ich.

»Mir war es nicht vergönnt, einen Sohn zu haben«, sagte sie leise. »Er hat mich umarmt und geküßt, und dann habe ich lange geweint. Was für eine Welt! Er wird hinausgeschickt, um unsere Kinder zu töten, und ich weine seinetwegen. Was für eine Welt.«

»Genug, Mutter.«

Ich stand auf und ging in mein Zimmer. Mary hatte ihre Bücher mitgenommen, und das Stück nackte Wand starrte mir wie eine häßliche Narbe entgegen. Noch in der Nacht stieg ich zum Dach hinauf. Ich wischte den Boden, legte seine Sachen ordentlich zusammen.

Die Trompete hing, verstaut in ihrem Instrumentenkoffer, einsam an der Wand.

FÜNFUNDZWANZIG

»Hast du immer noch nichts von ihm gehört?« fragte Shirley mich gleich, als ich ins Reisebüro kam. Alle stellten mir nun unentwegt diese Frage. Zu Hause saß Großvater schweigend da, und Mutter wußte nicht, für wen sie beten sollte. Mary, die einen Sohn zur Welt gebracht hatte, wollte kommen, um sich ein paar Tage um mich zu kümmern, aber ich sagte ihr, sie solle mit dem Baby möglichst nicht das Dorf verlassen. Nun rief auch sie jeden Tag an, um mir die ewig gleiche Frage zu stellen: »Hast du immer noch nichts von ihm gehört?«

Adina indessen hatte aufgehört, sich zu schminken, und war um zehn Jahre gealtert. Boaz war etwas gelassener, weil sich herausgestellt hatte, daß sein Sohn nicht an vorderster Front kämpfen mußte, sondern weitab von der Frontlinie zur Bewachung einer ruhigen Grenze abkommandiert worden war. Für Adina war der Krieg eine Art gewalttätiges, aber heiliges Ungeheuer und ihr Sohn Ejal befand sich im Bauch dieses Monstrums. Fast abergläubisch vermied sie es, über den Krieg zu schimpfen – man konnte ja nie wissen, wie das Ungeheuer darauf antworten würde.

Boaz hingegen ließ seinem Haß auf den Krieg freien Lauf. »Das ist ein einziger Wahnsinn«, knurrte er, worauf Adina ihn wütend anstarrte. Schließlich war es eine entsetzliche Vorstellung, daß ihr Sohn, Gott behüte, das Opfer eines Wahnsinns werden könnte. »Was wollen sie damit nur erreichen?« fuhr er fort, ohne sie zu beachten. »Die Macht der Palästinenser zerschlagen? Es ist unmöglich, auf diese Weise die Lebenskraft eines Volkes zu brechen. Das ist das Spiel von Ignoranten, Dummköpfen, die kein Vorstellungsvermögen, keine Vision haben.«

Adina preßte die Finger gegen die Schläfen. »Boaz, wie kannst du nur so reden? Unsere Kinder werden dort ermordet. Genug jetzt.« Heute hatte sie endlich eine Nachricht von ihrem Sohn erhalten. Ein Soldat, der in seiner Einheit diente, war zu einem kurzen Urlaub nach Hause gekommen und hatte sie angerufen.

Ich schwieg. Ich stimmte eher Boaz' zu, aber wie Adina fürchtete ich jenes Ungeheuer, in dessen Bauch sich auch Alex befand.

»Jetzt sind schon beinahe zwei Wochen vergangen«, sagte Boaz zu mir. »Es ist verantwortungslos, daß er sich nicht meldet.«

»Vielleicht hat er keine Zeit zu schreiben«, verteidigte ich ihn.

»Und seine Mutter hat auch noch keine Nachricht von ihm?«

»Ich glaube nicht. Vielleicht weiß sie noch nicht einmal, daß er im Krieg ist.«

»Das ist gut«, sagte Adina leise. »Das ist sehr gut.«

Ich hatte es nicht eilig, nach Hause zu gehen. Das Wadi ist ein arabisches Viertel, und fast jede Familie hat Verwandte im Libanon. Schon gab es Nachrichten über Cousins und Neffen, die dort gefallen waren. Jeden Morgen schlich ich mich aus der Wohnung und kehrte abends genauso verstohlen wieder zurück. Großvater ging nur noch selten ins Kaffeehaus, und Mutter hatte Dshamila gebeten, für sie einen Teil der Einkäufe zu erledigen. Das Übrige besorgte ich auf dem Heimweg und trug es langsam die schmalen Gassen hinauf.

Als ich heute die Wohnungstür öffnete, saßen Mary und

Wahid mit ihrem kleinen Sohn am Tisch. »Wir sind gekommen um dich mitzunehmen«, sagte meine Schwester.

Als ob Landluft etwas nützen würde. Als ob nicht auch dort die schwarze Wolke des Hasses aufgezogen war. Ich lehnte ab. Mutter flehte Mary an, über Nacht bei uns zu bleiben, und Mary erfüllte ihre Bitte gern. Es war beinahe unmöglich, den Säugling Dshamilas Armen zu entreißen. Sie tanzte und hüpfte mit dem Kleinen durch das Wohnzimmer, und bei jedem Sprung fuhr Großvater von seiner Liege auf, aus Angst, der Kleine könnte zu Schaden kommen.

Mary entblößte eine Brust, und alle bestaunten wir das Wunder, als sie ihren kleinen Sohn zum Stillen anlegte. Unter unseren Augen verwandelte sich Mary in eine Quelle.

»Du bist ja noch dünner geworden«, sagte sie und sah tadelnd zu mir herüber. »Da wird für Alex gar nichts mehr übrigbleiben, wenn er zurückkehrt.«

»Sie fastet schon die ganze Zeit«, sagte Mutter in einem verzweifelten Ton.

»Was willst du denn damit erreichen?« fragte Wahid erschrocken.

»Du wirst eine häßliche Braut abgeben«, lachte Mary. Ein Motorrad ratterte auf der Straße vorbei, und der Kleine verzog das Gesicht, als wolle er gleich losweinen. Und so, wie es die Mütter seit Generationen taten, preßte Mary ihre Brust zusammen und spritzte etwas von ihrer Milch auf das Gesicht des Jungen – ein bewährtes Mittel gegen das Erschrecken. In einem Ausbruch übermächtiger Sehnsucht streckte ich einen Finger aus und berührte die warme, beinahe durchsichtige Milch auf den Wangen des Säuglings.

»Du wirst eines Tages ein ebenso schönes Baby haben«, sagte Mutter, und ihre Augen strahlten.

Tränen schnürten mir die Kehle zu, so daß ich kein Wort herausbrachte. Das Mitleid, das in Mutters Stimme mitschwang, verletzte mich nicht, ebensowenig wie Wahids

Angst vor dem bösen Blick – denn natürlich war auch er von dem weitverbreiteten Aberglauben überzeugt, daß man niemals über ein Ungeborenes Prophezeiungen abgeben dürfe, und seien sie noch so schmeichelhaft. Statt dessen keimte in mir ein gewaltiger Jubel. Niemand hatte etwas bemerkt, außer Mary vielleicht. Das Ungeheuer hatte Alex verschlungen, aber ich trug bereits seinen Sohn in mir.

Später überließ ich mein Zimmer Mary und Wahid und zog in Alex' Zimmer auf das Dach hinauf. Seine Bücher waren stumm, seine Kleider schwiegen. An der Wand hing unberührt der Instrumentenkasten. Ich schlief unruhig und schreckte immer wieder auf. Morgen werde ich sehr müde sein, dachte ich, während ich wach lag. Aber vielleicht ist das auch gut so. Die Müdigkeit wird die Sehnsucht und die Ängste verscheuchen. Zwei Wochen waren vergangen.

Am späten Vormittag klingelte das Telefon auf Shirleys Schreibtisch. Sie hob den Hörer ab und sagte nach einem Augenblick im freundlichen, wenn auch unpersönlichen Ton einer Angestellten: »Einen Moment bitte. Für dich, Huda«, flüsterte sie dann und hielt mir den Hörer hin.

Mir wirbelte alles in einem wilden Tanz im Kopf herum. »Alex?« fragte ich aufgeregt.

Shirleys Stimme war zurückhaltend. »Nein, ich glaube nicht.«

Trotzdem riß ich ihr beinahe den Hörer aus der Hand. »Hallo?«

»Guten Tag, bist du Huda?« fragte die tiefe Stimme eines Mannes.

»Ja! Ja!«

»Alex läßt dich grüßen.«

»Hast du ihn gesehen?« fragte ich.

»Ja, wir sind in derselben Einheit. Es geht ihm gut.«

Es ärgerte mich, daß er derart kurz angebunden war, aber alle Fragen, die ich ihm eigentlich hatte stellen wollen, waren plötzlich wie weggeblasen. »Und wie geht es ihm?« fragte ich aufgeregt.

»Ich habe dir doch gesagt, daß es ihm gut geht.«

Ich war erleichtert, daß mir doch noch die wichtigste Frage einfiel. »Und wann hast du ihn zum letzten Mal gesehen?«

»Gestern früh, bevor ich auf Urlaub gefahren bin. Entschuldige bitte, aber ich habe noch eine lange Liste von anderen Familien, die ich anrufen soll...«

»Ist es dort gefährlich, wo ihr seid?«

Er lachte kurz auf. »Dort ist es sicherer als auf dem zentralen Busbahnhof in Tel Aviv.«

»Sag...... sag ihn....«

»Was soll ich ihn sagen?«

Aber ich brachte nichts von dem heraus, was ich ihm hätte sagen wollen.

»Auf Wiedersehen«, sagte ich und legte den Hörer auf die Gabel zurück.

Ich sah zum Fenster hinaus und wurde von einem ungeheuren Glücksgefühl erfaßt. Adina sah mich beinahe neidisch an. Seit vier Tagen hatte sie nichts mehr von ihrem Sohn gehört. Alex aber hatte zumindest am Morgen des gestrigen Tages noch gelebt. Eine Woche zuvor, als Adina gerade Mittagspause machte, hatte ich Boaz ausgefragt, wie ich das Unvorstellbare erfahren würde.

»Bei der Registrierung, als er die Angaben zu seiner Person machen mußte, hat er bestimmt aufgeschrieben, welche Verwandten benachrichtigt werden sollen.«

»Aber wir sind noch nicht...«

»Er kann jeden Namen angeben. Aber vielleicht werden sie auch zuerst seine Mutter benachrichtigen, sollte ihm, Gott behüte, etwas zustoßen. Soll ich mich im Altersheim erkundigen?«

»Nein! Nein!« sagte ich erschrocken.

Mary war mit Wahid ins Dorf zurückgekehrt. Es war

schwül, und nach der Dusche brach mir erneut der Schweiß aus. Am Tisch saß ich wie auf glühenden Kohlen.

»Iß endlich wie ein Mensch«, schimpfte Mutter. »Man hat dir mitgeteilt, daß er gesund ist, und du mußt Gott dafür danken und dich beruhigen.«

»Ich bin ihm ja dankbar«, sagte ich leise. »Aber ich muß jetzt einfach nach oben in sein Zimmer.«

»Warte einen Moment. Ich möchte, daß du ein Kleid anprobierst.«

Seit der Hochzeitstermin feststand, nähte sie ohne Unterlaß – Kleider, Handtücher, Bettwäsche, Blusen und Laken.

»Später, Mutter.«

»Das ist alles, was du zu sagen hast – du solltest mir dankbar sein.«

»Laß sie gehen«, sagte Großvater.

Ich saß auf Alex' Bett und ließ meinen Blick über seine Bücher, seine Kleider, seine wenigen Habseligkeiten wandern. Schließlich stand ich auf und nahm die Trompete aus ihrem Futteral. Mit einem alten Handtuch polierte ich ihre blitzenden Messingrundungen. Ich legte das Mundstück an die Lippen, traute mich jedoch nicht hineinzublasen. Ich lächelte nur. Viele Jahre hatte es Alex' Atem gespürt und war wie ein Sprachrohr für die Gefühle seines Herzens gewesen.

Ich streckte mich auf dem Bett aus und strich mit der Hand über meinen Bauch. Ich fragte mich, bei welcher Vereinigung unserer Körper dieses neue Leben in mir gezeugt worden war, und ich spürte, daß auch Alex bereits von dem Kind wußte.

Als es dunkel wurde, schaltete ich die Wandlampe ein und nahm den Band von Jehuda Amichai vom Bücherbrett.

> Ein Soldat füllt Säcke mit weichem Sand,
> in dem er einst gespielt hat.

In seiner Kindheit hatte Alex nicht im Sand Israels gespielt, und ich wußte nicht, ob er im Waisenhaus überhaupt jemals irgendwelchen Sand berührt hatte. Ich sagte mir, daß er die Säcke mit Sand fülle, in dem sich andere vergnügt hatten, daß er in einen Haß gestürzt worden sei, den andere entfacht hatten, und daß er den Krieg ernten müsse, den andere für ihn gesät hatten. Früher hatten sie mit Sand gespielt, jetzt spielten sie mit Alex' Leben. Hoffentlich warfen sie ihn vor lauter Kriegseifer nicht gleich mit in den Sack. Ich beschwor seinen starken Körper herauf, und ich vertraute auf ihn, unbedingt. Er würde es nicht zulassen. Er hatte Suheer besiegt. Nein, er würde weder den Juden noch den Arabern erlauben, ihn unter Sand in einem Sack zu begraben.

Ich hörte Schritte, die langsam die Treppe heraufkamen. Es ist gut, Mutter, sagte ich leise. Ich komme gleich hinunter. Keine Antwort. Und plötzlich wußte ich, daß es nicht Mutter war, die dort in der Türöffnung stand. Und noch bevor ich sie sehe, weiß mein Herz bereits, wer diese kleine Frau auf der Schwelle ist, deren Brustkorb sich nach der Anstrengung des Treppensteigens senkt und hebt wie ein Blasebalg. Und ihre Augen treten so stark hervor, daß man meinen könnte, sie würden ihr jeden Moment herausfallen. Sie tritt ins Zimmer und fragt: Was machst du hier? Und ich stopfe meine Bluse in die Jeans zurück. Bestimmt weiß sie, daß ich mit Alex geschlafen habe, bevor sie ihn abgeholt haben, und daß ich noch nicht einmal Zeit hatte, mich wieder richtig anzuziehen. Es ist ärgerlich, daß sie das Durcheinander hier im Zimmer sieht, ich hätte es sofort aufräumen sollen, denke ich. Sehen Sie, sagt sie plötzlich in spöttischem Ton zu dem Polizisten, der hinter ihr steht, sie räumt angeblich Alex' Zimmer auf. Eine arabische Hure verdreht meinem Sohn den Kopf, und jetzt ist sie gekommen, um ihn zu bestehlen. Sofort durchsuchen! Aber der Polizist ist verschwunden, und plötzlich reißen ihre knochigen Finger mir die Kleider vom Körper. Schließlich ist es erlaubt, Araber einer Leibesvisitation zu unterziehen, und ich hab gehört, daß man sich nicht wehren soll, damit diese Schmach so schnell wie möglich vorübergeht. Ich darf auf gar keinen Fall ihr gegenüber aufsässig werden, denn sie ist Alex' Mutter, und sie ist verrückt und ein Ungeheuer und unglücklich. Der Trick funktioniert. Geh, flüstert sie ohne Haß und Verachtung in der Stimme, und ich gehe leise hinaus, um sie nicht zu reizen. Aber plötzlich packt mich panische Angst. Was wird sie mir jetzt antun, da ich ihr den Rücken zukehre? Alex kommt die Treppe herauf. Ich muß es schaffen, zu ihm zu gelangen, bevor sie mir ihre Krallen in den Nacken schlägt!

Schweißgebadet wachte ich auf. Durch das Fenster drang das fahle Licht eines neuen Tages.

SECHSUNDZWANZIG

Ich stand in jener blühenden weißen Stadt, die sich entlang der Hänge des Karmel erstreckt. Prächtige Reihen kleiner Häuschen mit blumenbestandenen Vorgärten. Eine Bilderbuchlandschaft mit tiefblauem Meer, strahlendem Himmel und dem leuchtenden Grün des Bergs. Keine abstoßenden Gerüche, keine Armenviertel, kein Lärm. Und dennoch möchte niemand in dieser Stadt wohnen. Man muß den Menschen erst töten, um ihn hierherzubringen und in eines dieser schönen, kleinen Marmorhäuser einzuquartieren.

Adina erkundigte sich für mich und zeigte mir den Weg zwischen den symmetrisch angeordneten Reihen. Und dann zog sie sich zurück. Sie war in dieser Stadt zu Hause. In dem strahlendweißen Licht ging sie zu ihrem Mann, vielleicht um Gnade für die Seele ihres Sohnes zu erflehen. Ejal befand sich noch immer im Bauch des Ungeheuers. Sie hatte recht. Man konnte den Weg nicht verfehlen. Die Namen waren als schwarze Lettern in den weißen Stein gemeißelt.

Ich sah auch lebende Menschen. Gegenüber kniete eine Frau neben einem Grabstein und umarmte den Marmor, als wollte sie das Grab aus der Erde herausreißen. Und ein Stück weiter stand ein Vater, höchstens vierzig Jahre alt. Ungerührt hielt er in der glühenden Hitze aus, bewegte sich nicht von der Stelle. Sein Inneres hatte gewiß schon Feuer gefangen. Der Schweiß lief ihm übers Gesicht und färbte sein

Hemd dunkel. Als ich mich ihm näherte, wandte er nicht einmal den Kopf, er schien nichts zu hören, nichts zu sehen. Nur einmal zwinkerte er kurz wegen des Schweißes, der in seinen Augen brannte, aber vielleicht waren es auch Tränen. Er lauschte angespannt auf den im Sonnenschein gleißenden Stein, der sich hartnäckig weigerte, den Mund zu öffnen und zu ihm zu sprechen. Links neben mir hockte ein junges Mädchen und fragte immer wieder: »Warum? Warum? Warum?«

Alle hier sind wahnsinnig, mit Ausnahme der Bewohner der kleinen Häuschen. Eine alte Frau im schwarzen Trauerkleid saß auf dem Rand eines Grabes und knabberte Zwieback, zu ihren Füßen stand eine Thermosflasche mit Kaffee. Sie schien ganz ruhig und gelassen, und vielleicht war ihr Protest, man solle ihr den Enkel zurückgeben, gerade deshalb so gellend. Aber Gott blieb genauso stumm wie die Bewohner der kleinen Häuschen.

Auch ich gehörte zu ihnen, zu den Wahnsinnigen. Mit dem klaren Verstand einer Wahnsinnigen war ich gekommen, um mit Alex zu beratschlagen.

Adina hatte kein Wort gesagt. Der Gynäkologe war außer sich gewesen, denn er selbst war ein Vater, der seine Söhne verloren hatte. Mutter hatte bitterlich geweint, und Großvaters grüne Augen hatten gefunkelt, als er sagte: »Gerade von dir wünsche ich mir einen Enkel.« Auch er war verrückt, denn er hatte mich sofort verstanden.

»Alex«, sagte ich und blickte auf den strahlendweißen Stein. »Wir wollen von der Zukunft deines Sohnes sprechen, ob es diese Zukunft geben soll. Um Geld geht es nicht – wir werden es nicht leicht haben, denn ich habe wenig, wie du weißt. Deine Mutter hat übrigens sogar die Trompete von der Wand abgehängt, bevor sie das Zimmer an Abu Nachlah übergeben hat. Aber nicht um Geld sorge ich mich. Es geht um etwas anderes. Wenn ich deinen Sohn unter Arabern aufziehe, kann ich ihm dann erzählen, daß er das uneheliche Kind eines Juden ist? Er darf es natürlich nicht von anderen erfahren. Aber wird er damit leben können? Und wenn ich ihn unter Juden aufziehe, werde ich in achtzehn Jahren nicht mehr schön und stark sein, denn man wird mein geliebtes Kind von mir nehmen, so wie man dich von mir genommen hat. Ich werde gezwungen sein, deinen Sohn in einen weiteren Krieg ziehen zu lassen – glaub mir, Alex, dieses Land wird noch viele Kriege erleben. Dein Sohn wird in einer Sondereinheit dienen, denn sein ganzes Leben lang wird er seine Zugehörigkeit beweisen und dafür auch Opfer bringen wollen – eben weil seine Mutter eine Araberin ist. Und dennoch wird er fremd bleiben – unter den Arabern wie unter den Juden. Soll ich uns in dieses Unglück führen? Bitte, Alex, hilf mir, diese Entscheidung zu treffen.«

Die alte Frau mit der Thermosflasche schüttete mit einem kleinen Plastikeimer Wasser über die marmorne Stätte ihres Enkels. Vielleicht war es eben jener Eimer, mit dem er als Kind im Sand gespielt hatte.

Adina wartete bereits am Tor. Sie war nervös. »Ich muß dringend nach Hause. Vielleicht ruft ja Ejal an...«

GLOSSAR

Abu arab.; »Vater«; in Verbindung mit dem Namen eines seiner Söhne (meist des ältesten); häufig als Anrede für einen verheirateten Mann gebraucht.

Arrak arab.; aus Rohrzuckermelasse oder Palmzuckersaft und Reis gebrannter Schnaps mit Anisgeschmack.

Aschkenasim Bezeichnung für ursprünglich aus Deutschland stammende Juden; später wurden u. a. auch Juden aus Frankreich sowie aus osteuropäischen Ländern darunter gefaßt; abgeleitet von *aschkenus,* der seit dem Mittelalter üblichen hebräischen Bezeichnung für Deutschland.

Burekas herzhaft oder süß gefüllte Blätterteigtaschen.

Fellache arab.; »Bauer«, »Landarbeiter«.

Fes arab.; kegelstumpfförmige rote Filzkappe mit Quaste.

Ful arab.; orientalisches Bohnengericht.

Jehuda Amichai einer der bedeutendsten Autoren der israelischen Moderne; er wurde 1924 in Würzburg geboren und wanderte 1935 nach Palästina aus; außerhalb Israels wurde er insbesondere durch seine lyrischen Werke bekannt.

Jeschiva hebr.; eine Art jüdische Fach- und Volkshochschule, in der die den Juden heiligen Schriften studiert werden.

Jewish Agency das aufgrund des Mandatsvertrages für Palästina von 1922 als »Jewish Agency for Palestine« gebildete Organ der Zionistischen Weltorganisationen, das die Interessen der in Palästina lebenden Juden bei der britischen Mandatsregierung vor dem Völkerbund und später vor den Vereinten Nationen vertrat; nach der Staatsgründung Israels wurde die Organisation in »Jewish Agency for Israel« umbenannt und besteht seitdem als Bindeglied zwischen Israel und den Juden der Diaspora fort.

Karmel Name des Bergrückens an der Bucht von Haifa, an dessen Hängen sich die Hafenstadt Haifa erstreckt.

Kippurim hebr.; gemeint ist »Jom ha-Kippurim« (auch »Jom Kippur«), der »Tag der Versöhnung«, höchster religiöser Feiertag im Judentum, an dem gefastet und Buße getan wird, um sich von allen Vergehen zu reinigen und die Versöhnung mit Gott zu erreichen.

Kubba arab.; mit Fleisch gefüllte Teigtaschen.

Labna arab.; eine Art Frischkäse.

Mesusah hebr.; ursprüngl. »Türpfosten«; Bezeichnung für eine längliche Kapsel mit einer Pergamentrolle im Innern, auf die Passagen des Fünften Buches Mose geschrieben sind, in denen die Liebe des Menschen zu Gott betont und der Mensch zur Erfüllung der Gebote ermahnt wird. Die Kapsel, in deren Öffnung das Gotteszeichen zu sehen ist, wird am rechten Türpfosten des Eingangs von jüdischen Häusern und Wohnungen angebracht.

Na'na' arab.; »Pfefferminze«.

Purim hebr.; Freudenfest zur Erinnerung an die Rettung der persischen Juden vor den Verfolgungen Hamans im 4. Jh. v. u. Z. (der Überlieferung nach). Es ist ein Fest der Geschenke für Freunde und Arme, anläßlich dessen sich später der Brauch des Verkleidens und verschiedene Purimspiele entwickelten.

Schin-Beit hebräische Abkürzung für den israelischen Inlandsgeheimdienst.

Solel-Boneh großes Bauunternehmen des israelischen Gewerkschaftsverbandes Histadrut.

Torah hebr.; »Lehre«; »Unterweisung«; Gesetzeslehre, die Moses von Gott offenbart wurde und die er an das Volk Israel weitergab; im engeren Sinne also die Fünf Bücher Mose; auch Sammelbezeichnung für alle den Juden heiligen Schriften. Traditionell wird der Text von Hand auf eine Pergamentrolle geschrieben und in einer Art Schrank (Schrein) aufbewahrt.

Tsahal Name der israelischen Armee, gebildet aus den Initialen der drei hebräischen Wörter, aus denen die vollständige Bezeichnung besteht – »Verteidigungsarmee für Israel«.

Tsfat Stadt im Norden Israels; der in Europa übliche Name lautet »Safed«.

Umm arab.; »Mutter«; in Verbindung mit dem Namen eines ihrer Kinder (meist eines Sohnes) häufig als Anrede für eine verheiratete Frau gebraucht.

Wadi arab.; »Tal« oder »Senke« bzw. Bezeichnung für ein nur in der Regenzeit Wasser führendes Flußbett.

Chaim Lapid · Bresnitz

Roman · 320 Seiten · Aus dem Hebräischen von Markus Lemke

In Jerusalem wird eine Leiche gefunden, der ein Ohr fehlt. Keiner kennt den Toten, niemand vermißt ihn. Inspektor Bresnitz, selbst schwer vom Leben gebeutelt, übernimmt den Fall. Die Jagd nach dem Mörder wird für ihn nicht nur zu einer bedrohlichen Obsession, sondern zu einem Wendepunkt in seinem Leben. Eine Geschichte voller Spannung und Finten, erzählt mit einem hinreißenden Witz, der letztlich nur wie ein dünnes Seil über den düsteren Abgrund führt.

»Ein literarischer Kriminalroman im besten Sinne.«
Der Tagesspiegel

Dov Kimchi · Das Haus Chefetz

Roman · 448 Seiten · Aus dem Hebräischen von Markus Lemke

Jerusalem kurz vor dem Ersten Weltkrieg. Die Familie Chefetz zählt zu den gesellschaftlichen Größen der Stadt, und ihr Haus wird zum Schauplatz von Irrungen und Wirrungen aller Art. In seiner ironisch-feinsinnigen Schilderung der Bewohner und Besucher dieses Hauses, ihrer kleinen und großen Leidenschaften, gewährt uns Dov Kimchi einen ebenso faszinierenden wie spannenden Blick in eine ferne, versunkene Welt.

»Einfach ein gutes Buch, das eine Qualität und Differenziertheit aufweist, wie sie nicht alle Tage zu finden sind.«
Ha'aretz